MOI MON CORPS
MON AME
MONTREAL ETC.

Éditeurs:

LES ÉDITIONS LA PRESSE
ALAIN STANKÉ, Directeur
7, rue Saint-Jacques
Montréal H2Y 1K9
(514) 874-6981

Maquette de la couverture: JEAN PROVENCHER

*Distributeur exclusif
pour le Canada:*

LES MESSAGERIES INTERNATIONALES
DU LIVRE INC.
4550, rue Hochelaga, Montréal H1V 1C6, Qué.
(514) 256-7551

*Distributeur exclusif
pour l'Europe:*

LIBRAIRIE HACHETTE
79, boul. Saint-Germain
PARIS VIe (France)

Dépôt légal:

BIBLIOTHÈQUE NATIONALE DU QUÉBEC
2e trimestre 1974

ISBN 0-7777-0089-1

Roger Fournier

MOI MON CORPS MON AME MONTREAL ETC.

roman

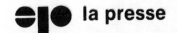 la presse

Je suis étendue sur le dos et je m'abandonne encore quelques instants à la langueur pendant que Julien se rhabille. Vendredi soir... Le vendredi soir il se rhabille un peu plus lentement que d'habitude, me semble-t-il, peut-être parce qu'il se sent coupable de partir pour le week-end.

Nous sommes dans mon appartement, rue Ridgwood; « la rue des maîtresses » comme on l'appelle entre nous, les filles de mon espèce : les filles seules qui ont plus de vingt ans. Donc, vendredi soir, dix-huit heures environ, rue Ridgwood, Montréal, Québec, Canada. Julien attache la ceinture qui retient son pantalon de mâle : quarante ans, deux enfants, et une femme dont il est sur le point de se débarrasser par le divorce. D'où vient-il ?

Commençons au début. J'ai besoin de me situer dans le temps et l'espace. Chez moi, c'est une manie. Donc, en 1492, Christophe Colomb découvre l'Amérique, mais il passe assez loin d'ici, paraît-il. Quand même, mon continent est le continent nord-américain. Il faut mentionner ce genre de détails. J'ai horreur des dates mais il faut bien y revenir de temps en temps. En 1534, Jacques Cartier plante une croix à Percé, et il donne des petits cadeaux aux Indiens qu'on appelle Sauvages. Ça aidera, quelques années plus tard, à les tuer sans trop se torturer la conscience. 1608! Champlain fonde Québec. Ça y est, c'est parti!

Julien, lui, est toujours au pied de mon lit. Maintenant il s'est assis et il noue les lacets de ses souliers. Il m'a regardé tout à l'heure et il m'a souri. Quand il sourit, il est tout à fait charmant.

Donc les Français sont ici et ils colonisent ce qui s'appelle alors la Nouvelle France. Ils veulent faire bénéficier ces terres incultes de leurs talents, de leur culture au sens le plus large du mot. Pour ce faire, il faut déboiser et tuer beaucoup d'Indiens, qui sont aussi gênants que les arbres. Du moins c'est ce qu'on raconte... Epoque heureuse où l'on savait où aller, où on prenait les moyens pour parvenir à ses fins. Aujourd'hui, on fait des compromis, on « discutaille », on laisse pourrir les situations. En ce temps-là on épaulait et bang! Ou bien on tendait l'arc ; la flèche partait comme l'éclair et entrait dans la peau blanche. Travail bien fait qui donnait satisfaction et prévenait les dépressions nerveuses.

Pendant ce temps, les Anglais sont jaloux et font la guerre à la France. Non contents de poursuivre les descendants de Clovis sur les riches terres d'Europe, ils viennent ici donner la chasse aux pauvres colons de la Nouvelle France. Donc, en 1759, sur les plaines d'Abraham, il y a une bataille sanglante parce qu'un gardien de nuit s'est endormi à l'Anse-aux-Foulons. Montcalm meurt vaillamment, car à l'époque on ne savait pas mourir autrement, et la colonie française passe aux Anglais.

Julien se retourne, me sourit de nouveau et va se placer devant ma glace pour coiffer sa lourde chevelure noire. Les ébats de l'amour l'ont embroussaillée. Je sens que j'aime Julien de toute mon âme, et la façon dont il fait l'amour est loin d'être banale...

A la suite de cette fâcheuse défaite que les Français acceptent, semble-t-il, assez allégrement grâce à certains philosophes de boudoir qui n'aiment pas la neige, tous les colons de Sa Majesté qui ont rang et fortune retournent en France fille aînée de l'Eglise et productrice de grands vins. Ici restent soixante mille pauvres diables qui aiment le bon Dieu, le prêtre et la terre, même si elle est recouverte de neige quatre mois par année. Voilà mes ancêtres : des gens têtus autant que résignés. Et la résistance passive commence.

Julien met sa veste. Le voilà bientôt prêt à partir. Il doit rejoindre sa femme et ses enfants, parce qu'il ne veut pas d'histoires. Bientôt ce sera le divorce et nous voulons que ça se passe sans problèmes. Si notre aventure est inconnue, tout ira mieux et nous pourrons nous marier plus vite. Je le sens gêné, comme d'habitude à ce moment-là... Je devrais me lever comme je le fais d'habitude à cet instant de notre rencontre, mais ce soir j'ai quelque chose à lui dire et je préfère rester couchée, étalée dans mon bien-être. Il hésite un peu et j'attends qu'il vienne s'asseoir près de moi, sur le lit.

En 1837, petit feu de paille : des patriotes s'agitent, on tue un peu, on incendie deux ou trois villages et on pend quelques fortes têtes qui ne voulaient plus s'incliner devant la Majesté d'Angleterre. Puis tout rentre dans l'ordre. Trente ans plus tard, c'est la Confédération. Un pays aux dimensions effarantes est né ! En avant Canada ! Les habitants de la province de Québec font des enfants et vont à l'église. Ils savent se contenter de ce qu'ils ont : de la terre, des femmes généreuses et une langue qu'ils gardent précieusement tout en la bousculant un peu. On châtie bien ce qu'on aime... En avant ! Sachons nous contenter du peu que nous avons, et remercions Dieu d'être nés dans un pays catholique. Mieux vaut mourir pauvre et catholique que riche et Anglais, c'est-à-dire protestant, donc voué aux enfers...

Julien, comme je l'avais prévu, s'est assis sur le bord de mon lit et il me tient la main tendrement.

— Tu es bien ?

— Merveilleusement bien. Je suis toujours bien quand tu es avec moi. Tu es un amant extraordinaire...

Il voudrait protester mais il ne trouve pas le moyen d'avoir cette humilité.

Or, en 1914, nous allons aider les Français et les Anglais à se battre. Nous ne savons pas pourquoi mais nous y allons. Il paraît que ce fut un vrai carnage, une vraie grande guerre comme on n'en fait plus. Et quand on a signé la paix, on avait des souvenirs émouvants à se raconter pour exactement vingt-cinq ans. Quand ces souvenirs-là n'ont plus eu de sens, Hitler est arrivé et il a décidé qu'il fallait un grand branle-bas. Ce fut une fête des plus délirantes, avec inventions merveilleuses pour ce qui est des distractions : bombes autoguidées, avions puissants, radars, chars d'assaut invincibles, torture, espionnage double et multiples trahisons. On a demandé aux Québécois s'ils voulaient aller danser outre-atlantique, ils ont dit non, que ça ne les intéressait pas, que ça ne les regardait pas, mais le Canada a décidé qu'il fallait absolument nous distraire et nous sommes allés au bal. Mais ça n'a pas changé grand-chose à notre situation : cette grande fête n'était pas pour nous. L'armée n'a été qu'une « crèche » pour les déshérités que nous étions. Et le Québec a continué sa marche assurée vers la stagnation. Tout allait bien, avec un papa à Québec et un plus gros papa à Ottawa.

Julien se penche sur moi et m'embrasse doucement. Ses lèvres sont chaudes, ses joues sont encore rouges, et c'est à cause de l'amour que nous avons fait subir à

nos corps, cette fête qui ressemble au jeu de la guerre.
— T'es belle, Lucie, belle et bonne, dit Julien en
caressant ma poitrine. Je le laisse faire tout en sachant
très bien que je devrais l'arrêter, parce que je vais avoir
encore envie de lui. Mais c'est si bon de se laisser enve-
lopper par la douceur de sa main !

Toujours est-il que Duplessis est mort. Délire d'enthousiasme, à peine les funérailles terminées. De l'air
enfin ! Jean Lesage est arrivé au pouvoir avec une bande
de ministres, qu'il a baptisée l' « équipe du tonnerre ».
Il faut dire qu'elle comprenait René Lévesque et que
celui-ci allait nous faire produire une quantité fulgu-
rante d'électricité... Tout à coup, le sentiment de la
personnalité québécoise est né. Le Québécois s'est mis
à penser, sans trop s'en rendre compte : « Je suis Québécois avant d'être Canadien... J'ai droit à ma nationalité de francophone... » Et nous avons eu un ministère
de l'Education, et on a chambardé l'enseignement, et
on a emprunté beaucoup d'argent, et on a cru que tout
était possible, que le Québec était la terre de l'avenir.
Mais dans le même souffle on a fait sortir René Lévesque du Parti libéral et, entre-temps, le mouvement
séparatiste était né : « Laissons le reste du Canada avec
ses problèmes ; nous avons les nôtres ; occupons-nous
en..., etc. » Et de fil en aiguille, René Lévesque est
devenu chef du P.Q. qui prône la séparation du Québec,
puis une espèce d'association économique avec le reste
du Canada par la suite. Cela entre autres choses, mais
cela d'abord. VOILA DANS QUEL MONDE JE VIS !
Les fanatiques qui posaient des bombes au début des
années soixante ne semblent plus exister, mais le Front
de Libération du Québec a pris une allure nouvelle :
l'une de ses cellules a enlevé monsieur James Cross, il
y a quelques jours. Et ça barde ! On opte pour la négo-
ciation, du côté gouvernemental, puis on opte ensuite

pour la ligne dure... Il me semble qu'il va se passer quelque chose d'intéressant.

Julien me caresse toujours. Il se fait soudainement plus tendre, presse sa tête contre ma poitrine. Il va se lever. Ce sont les dernières secondes de notre séance amoureuse. Il est temps que je parle. Ce que j'ai à lui dire est banal, mais il faut quand même le dire. Au moment où il va effleurer mes lèvres en disant au revoir, je lui souffle dans l'oreille :

— J'ai quelque chose à te dire.

— Fais vite, je suis en retard.

— Je suis enceinte.

Julien a la main droite sur mon ventre. Il reste impassible.

— T'es sûre ?

— Oui, absolument. Confirmé par le médecin.

J'ai le sourire qui convient, il me semble : je suis enceinte, c'est très bien comme ça, dans quelques mois on va se marier et je vais commencer une vraie vie conjugale avec mon mari qui, lui, va se lancer dans une vie nouvelle.

Mais il faudrait que mon sourire se fige légèrement... Oui, il faudrait que mon sourire se fige puisque la joie à laquelle je m'attendais n'est pas encore peinte sur le visage de Julien. Est-ce de la contrariété ? Peut-être pas. Non, ce doit être l'émotion. J'aime bien ne pas être négative. Ça donne toujours de l'espoir, ce qui permet de mieux faire face aux problèmes. Donc je vote pour l'émotion et je continue à sourire de la façon la plus aimable, toute chaude encore du petit secret que je viens de dévoiler, avec la main de Julien sur mon ventre, comme s'il voulait protéger, déjà, le fruit de notre œuvre commune. Au bout d'un moment, il dit :

— Alors, repose-toi bien pendant la fin de semaine. Au revoir, à lundi.

Un dernier baiser, léger comme le frôlement d'une aile de papillon, et il s'en va.

J'ouvre la radio alors qu'on donne un bulletin spécial : on annonce que Pierre Laporte, ministre du Travail à l'Assemblée nationale, vient d'être enlevé par une cellule du F.L.Q.

Dans le premier communiqué à la radio, on le désigne sous le titre de « Ministre du Chômage »... Je n'ai eu qu'à étendre la main vers ma petite table de chevet et la nouvelle m'est entrée dans l'oreille comme un signe des temps, comme un chant de bête qui sent venir le printemps. Je reste étendue encore quelques minutes, parce que l'atmosphère est au drame. Que se passe-t-il donc dans ma « belle province » ? Serait-ce enfin le commencement d'une vraie tragédie, cette chose abominable, mystérieuse et pourtant capitale, qui procure à chaque peuple sa véritable identité ?

Puis j'entends un bruit de porte qu'on ouvre : « Au revoir, porte-toi bien, bonne fin de semaine, à lundi... », cela dit d'une voix empressée, joyeuse mais sur le ton qu'on emploie toujours quand les minutes sont précieuses. C'est Clément, l'amant de Nicole, ma compagne d'appartement, qui est sur son départ. Lui aussi, le vendredi, il vient faire l'amour en vitesse et il rentre chez lui parce que sa femme l'attend. Clément a une femme très gentille, trois enfants, pas mal d'argent, un physique plus qu'intéressant, et des fantaisies sexuelles que son épouse ne peut pas satisfaire, si j'ai bien compris ce que m'a raconté Nicole. Alors il a une maîtresse, mais il n'est pas question qu'il divorce. Il est trop bien chez lui pour ce qui est du reste. Alors le lundi, le mercredi et le vendredi, il s'enferme avec Nicole dans sa chambre et là, il paraît que c'est le paradis sur terre pour les deux amants.

Tant mieux ! Nicole est une brave fille de vingt-cinq

ans, qui voudrait bien se marier, mais comment faire ? A partir de trente ans, les hommes sont mariés. S'ils sont célibataires et intelligents, ils ne veulent pas se marier. Tous les autres sont cons. Je le sais mieux qu'elle, moi qui ai maintenant presque la trentaine. Nicole se contente donc de l'amant passager, en espérant chaque fois que ce sera le dernier. Quand le nouveau venu arrive, on se dit toujours, ébranlée par les secousses des premiers feux : « Celui-là, il va m'aimer jusqu'à ma mort... » Ce petit mensonge qu'on se fait à soi-même est d'une indicible douceur. Ainsi jugulé, notre subconscient nous laisse jouer les femmes totalement libres et indépendantes.

Nicole a reconduit Clément à la porte, l'embrasse une dernière fois et maintenant elle chantonne dans la salle de bains. Elle flotte encore sur le nuage que Clément lui a glissé sous les reins, naviguant entre deux étoiles dont le scintillement lui procure une véritable ivresse. Mais dans quinze minutes, elle va s'asseoir au bout de la table de notre cuisinette en disant :

— Bon, nous v'là encore embarquées pour une fin de semaine toutes seules, comme deux dindes.

J'aime beaucoup Nicole, qui ne me ressemble pas du tout mais qui a beaucoup de spontanéité. Simple, capable de faire sa part des travaux que réclame l'entretien de l'appartement, elle est une compagne qui ne me gêne pas trop. Son jugement et ses opinions sur la marche du monde sont exactement ceux de la moyenne, ce qui est pour moi une source d'information extraordinaire. Si je veux savoir ce que pense le peuple sur telle question, j'en parle à Nicole et je sais tout de suite ce qu'il en est. Ainsi, je peux me passer d'écouter les innombrables lignes ouvertes à la radio, où madame-tout-le-monde s'en donne à cœur joie.

Je prends sa place dans la salle de bains, pendant

qu'elle passe dans sa chambre pour mettre son vieux peignoir qu'elle aime tant. En la croisant, je note une fois de plus la fermeté de ses petits seins, la minceur de sa taille, la délicatesse de sa peau. On dirait qu'elle vient tout juste de sortir du moule. Le corps de Nicole a quelque chose qui ressemble à la peau de la poire. C'est lisse et ça contient la promesse d'une jeunesse éternelle. J'admire, mais je trouve que cela ressemble trop à la statue : cela manque un peu de la générosité qu'on doit attendre de tout ce qui est féminin.

A mon tour de chantonner, tout en regardant mon ventre qui n'a pas encore changé d'aspect. Là, quelque part au centre de ce bassin qui tient de la grotte, du volcan et de la mer la plus profonde, une merveille est en puissance, s'élabore dans le cœur même de mon humidité la plus intime. Je rêve au mystère de la germination fœtale tout en essuyant l'ouverture touffue de cette cavité par où va et vient le fluide du plaisir. Je touche délicatement ces lèvres charnues qui devront se distendre comme une gueule de serpent pour laisser passer un être nouveau. Et cela sera comme une grimace affreusement douloureuse. Décidément, le grotesque voisine le merveilleux. On dirait que la nature veut sans cesse nous rappeler que nous sommes destinés au meilleur et au pire, entre le moment où nous sortons de la mer et celui où nous entrons dans la terre pour y pourrir...

Le plus naturellement du monde, tout en pelant les pommes de terre, je dis :

— Les gars du F.L.Q. ont enlevé Pierre Laporte...

— Bon, nous v'là encore embarquées pour une fin de semaine toutes seules, comme deux dindes...

Pendant que je fais mon petit travail, elle prépare une recette de foie de veau (avec du jus de citron...).

— As-tu entendu ? Les gars du F.L.Q. ont enlevé Pierre Laporte.

— Es-tu folle ! Mais qu'est-ce qui leur prend donc, eux autres ? Y sont fous ma parole ! A quoi ça va servir ? Qu'est-ce que ça va donner ?

Nous mangeons devant la télévision, qui répand dans la pièce toute l'atmosphère de drame social et politique qui convient à un tel événement. On lit les communiqués du F.L.Q., et puis les déclarations des hommes politiques se succèdent. L'air est chargé de quelque chose de neuf. Jamais on n'a vu pareil bouleversement se produire dans ce pays jeune qu'est le nôtre, où tout est calme, où tout va toujours très bien, où l'obéissance au « père » gouvernemental est quasi religieuse. Le pacifisme du Canada est légendaire. S'il y a un pays où on veut se retirer pour avoir la paix, c'est ici ; et si notre climat était celui de la Floride ou de la Californie, il y aurait bien cent millions de personnes entre nos frontières, surtout à cause de cette paix qui nous colle à la peau comme une tache de naissance. J'écoute les informations avec un plaisir non dissimulé, tandis que Nicole a presque peur :

— Pour l'amour du ciel, qu'est-ce qui va arriver ?

— Pas grand-chose, j'ai bien peur... Ah, j'oubliais de te dire, je suis enceinte. Maintenant c'est confirmé.

— Encore une catastrophe ! Qu'est-ce que tu vas faire ?

— Rien. Les affaires de Julien vont se régler dans quelques mois et on va se marier, c'est tout. Il a seulement deux enfants, c'est pas la mort d'un homme...

— Comme ça tu vas t'en aller d'ici, et je vais être obligée de me trouver une autre compagne de malheur !

— C'est facile, rien qu'autour de toi, au bureau, y en a au moins trois qui sont prêtes à venir.

— Oui, mais c'est pas comme toi...

Nicole a beaucoup de pudeur et elle s'arrête là. Je sais bien que pour partager un appartement avec une fille il faut plus que des qualités. Il faut en sus un petit quelque chose qui fait que le train-train quotidien est pour ainsi dire annulé, démonté, broyé et jeté à la poubelle avec une certaine joie ; même avec sérénité. Autrement, la célibataire se retrouve en proie à l'anxiété. Il s'agit de cet état d'âme qui vous fait dire, devant les menus travaux : à quoi bon ? A quoi bon laver la vaisselle ? Et pour qui ? Et pourquoi ? Pour toute réponse elle ne voit qu'un grand trou, et c'est dans ce trou qu'elle voudrait plonger, mais elle n'ose pas. La voilà donc partagée entre le désir de répondre au besoin fondamental de faire une vie bien remplie, et l'obligation de nourrir son corps, de le laver, de ne pas se laisser aller à la dégradation physique. Je sais que je suis capable de surmonter tous ces petits problèmes et même plus. C'est cela que Nicole aime chez moi : je suis comme le mari fort qui soutient la « pauvre petite femme », pour s'en tenir à la façon primaire dont notre civilisation a divisé le monde d'aujourd'hui en Occident. Nicole aura donc beaucoup de difficultés à me remplacer de façon adéquate, mais je n'y peux rien. Je vais partir d'ici parce qu'il le faut, et elle apprendra à vivre sans moi, ou bien elle fera une dépression nerveuse, ou bien elle épousera un brave type sans l'aimer, qu'elle trompera, qui la trompera, et au bout du compte elle pourra peut-être mourir en se disant qu'elle aura eu suffisamment de plaisir pour fermer une dernière fois ses beaux yeux bleus sans trop de regret.

Nous avons passé la soirée d'hier à regarder la télévision, à boire du cognac, à manger des « chips », des noisettes, des bretzels, et nous avons ri beaucoup, de tout et de rien, comme d'habitude, malgré les événements qui secouent le pays. Finalement nous nous sommes couchées complètement ivres, comme cela nous arrive souvent le vendredi soir.

Ce matin nous avons dormi jusqu'à dix heures, puis nous avons fait la lessive, comme d'habitude, et cet après-midi, comme d'habitude aussi, nous faisons notre promenade sur la montagne. Il fait beau, frais, calme, et les amoureux de vingt ans s'embrassent à bouche que veux-tu, écrasés au pied des arbres. Autour du lac des Castors, les vieux se promènent lentement, les enfants s'amusent avec leur éternel bateau qui ne veut jamais prendre le large, et quelques hommes traînent leur femme par le bras ou à quelques pas derrière eux, las, désespérément las de ce boulet qu'ils ont aux reins. Cela paraît dans leurs yeux, dans les plis de leurs joues, dans le rictus de leurs bouches. Je sais, pour avoir assez fréquenté ces gens-là, qu'ils accusent le destin de les avoir fait plonger dans l'enfer au moment même où ils devaient entrer au paradis, mais je n'ai pas de pitié pour eux. Faibles, ils ont ce que méritent les faibles.

— Y fait beau... Ça sent bon... Mais c'est plate quand même d'être toutes seules...

Il faut environ cinq minutes à Nicole pour échapper ces trois phrases qui résument toute sa vie du week-end. Alors je lui montre un écureuil qui grimpe à un arbre et qui, de là-haut, semble nous lancer un défi dans sa langue gazouilleuse d'écureuil.

— Tu trouves pas que c'est un animal adorable ?

— Ben sûr que c'est un beau p'tit animal, mais qu'est-ce que tu veux que j'en fasse ?

— Aime-le...

Alors elle me regarde et il me semble que le bleu de ses yeux change de ton. Elle est déconcertée, la pauvre, et au bout d'un moment elle dit :

— Je sais... T'as raison... Je sais que je suis bête,

comparée à toi, mais ça fait rien... J'peux pas m'empêcher de dire ce que j'ressens...

— Et qu'est-ce que tu ressens, au juste ? Tu me l'as jamais dit.

— C'est très simple, le vide... Un vide épouvantable... Heureusement que nous sommes appuyées à la rampe qui entoure la plate-forme en face du chalet de la montagne, autrement je demanderais à m'asseoir. Jamais Nicole ne m'en a autant dit, depuis deux ans qu'elle habite avec moi. Jamais ! Et cela en un seul mot ! J'en éprouve un serrement au creux de l'estomac. Elle aussi ! Bravo ! Tant mieux ! Au moins elle sent quelque chose ! Alors elle peut être sauvée ! Ce qui est désastreux, c'est de ne rien voir, de ne rien sentir... Ah ! ma chère Nicole, je vais te montrer comment lutter contre ce vide. Je vais t'enseigner à te remplir les yeux !

— Tiens, regarde Montréal qui est à nos pieds... C'est extraordinaire comme ça change d'année en année !

— Oui, la ville change à vue d'œil mais nous autres... J'ai l'impression que nous autres on est toujours pareilles...

— Mais non, tout se tient. Si la ville change, c'est d'abord parce que nous changeons. Tout le monde change et c'est ça qui donne un visage nouveau à chaque chose...

Je m'arrête parce que, soudain, il me semble que je dis des évidences... Mais je suis convaincue que tous ces buildings, dont les milliers de fenêtres me renvoient les rayons du soleil à la figure, ont un sens pour moi. IL FAUT qu'ils aient un sens, peu importe d'où vient l'argent qui sert à les construire ! J'aime cette ville, étendue à perte de vue, malgré ses taudis, ses bruits, sa saleté et ses pauvres. Je l'aime justement parce qu'elle est vivante et qu'elle se transforme, parce que chaque matin elle se réveille et se remet en marche. Il faut donner à manger à deux millions de personnes, il faut construire, détruire, parler, dire bonjour, bonsoir, écrire des lettres, écrire des rapports, mentir et se battre... Voilà. J'accepte les Anglais, les immigrants, les pauvres, les malades, les bandits et même les riches qui nous exploitent. Je n'ai pas la prétention de pouvoir changer le monde. Je veux simplement être capable de vivre. Je dis seulement qu'il est possible de vivre, malgré tout. Il suffit de le vouloir.

Nous retournons lentement, alors que le soleil baisse. L'automne s'étend sur nous avec des odeurs de « grosse gerbe ». Il y a une centaine d'années, au fond de nos campagnes, on fêtait « la grosse gerbe » à ce moment-ci de l'année, parce que toute la récolte était engrangée. On allumait probablement un feu, on buvait et on dansait. Dans chacune de ces fêtes, il y avait sans doute un jeune homme qui avait les yeux rivés à une jeune fille aux mollets durs et il la faisait tourner. Quand elle était étourdie, il l'emmenait à l'église : « Voulez-vous prendre pour époux... ? — Oui. » Aujourd'hui, il ne reste plus que les odeurs de l'automne, ces odeurs qui collent à la peau comme un long baiser avant la séparation que l'hiver va mettre entre nous et la végétation. J'aime tout cela, je m'en remplis les poumons et j'ai envie de chanter.

Tout à coup, sur la route qui nous ramène vers Côte-des-Neiges, le long du cimetière, je m'aperçois que nous sommes suivies. Derrière nous, un homme règle ses pas sur les nôtres ; un homme seul. Ce genre de choses m'amuse beaucoup.

— Oh ! J'ai oublié quelque chose...

Je me retourne et marche en sens inverse, ayant pris soin de faire pivoter Nicole en la tirant par le bras. Surpris, il s'arrête de marcher pendant quelques instants, puis il pense à jouer le monsieur qui marchait tout naturellement et il se remet à avancer. Parvenu à notre hauteur, il nous dévisage en sifflotant. Je le regarde avec un sans-gêne de péripatéticienne pendant tout le temps qu'il est dans mon champ de vision, puis au bout d'une dizaine de pas, nous faisons demi-tour et commençons à marcher derrière lui. Nous rions assez fort toutes les deux pour qu'il nous entende, et comme notre rire sonne faux parce que nous ne sommes pas comédiennes, il ne tiendrait qu'à lui de nous attendre pour engager la conversation. Mais non, il marche plus vite que nous. Il fuit ! Deux femelles qui ont l'air moqueuses, ça lui coupe ses moyens. Pauvre petit... Ce n'est pas de cette façon, bien sûr, que je choisis mes amants, mais comment ne pas être flattée par l'intérêt qu'un homme vous porte, même s'il est un inconnu ? Le fait que ce jeune homme ait été alléché par nos croupes, alors que nous longeons un cimetière, par un beau samedi d'octobre, me plaît énormément ; surtout aujourd'hui, alors que l'inquiétude semble s'être emparée de nos chefs d'Etat...

Voici dimanche. Nous nous levons tard toutes les deux, avec la gueule de bois. Hier nous sommes allées au cinéma, évidemment, puis dans une boîte dont nous sommes les habituées : *Le Garde-Fou*. Ce lieu de haute culture occidentale tient de la discothèque, du bar et un peu du bordel. Un peu seulement parce que les filles qui vont là ne se font pas payer, mais elles peuvent facilement entrer en contact avec un désœuvré cherchant « une nuit » ou « une heure » qui soit différente de celle qui l'attend entre ses draps froids. Amoureuses toutes les deux, Nicole et moi, nous nous contentons de flirter au premier degré seulement. C'est-à-dire de répondre si on nous adresse la parole. Répondre gentiment, bien sûr, mais sans aller jusqu'à laisser entendre que... Parfois il y a des gens intéressants, mais hier il n'y avait personne. On aurait dit que toute la ville s'était cachée. On sent que la peur s'est installée un peu partout. Une dizaine de clients au plus sont entrés, tous des jeunes sans intérêt. Alors nous avons bu en compagnie de Georges, le barman, qui de temps en temps nous offre un verre en espérant qu'un jour, peut-être... Mais il a commis une maladresse que Nicole ne peut pas lui pardonner, en disant un jour :

— Vous savez, l'une ou l'autre, moi... n'importe laquelle, ça me fait pas de différence...

— Alors tout ce que tu veux c'est nous baiser, salut, bonjour, à la suivante ? Merci bien ! Faudrait nous aimer un peu...

— L'amour, c'est démodé, on parle plus de ça.

Alors je dis :

— On le sait que c'est démodé, mais le monde ordinaire demande qu'on fasse encore semblant d'y croire. Au moins faire semblant...

— Mais toi, ma belle Lucie, t'es pas une fille ordinaire... Alors ?

Je ne réponds pas, me contentant de sourire en prenant une gorgée, l'œil rivé sur la verrue qui orne sa joue droite. Je sais que je suis une fille pas tout à fait ordinaire et quand je veux je peux faire l'amour sans aimer, mais cette verrue-là me dérange autant qu'une mouche dans un bol de soupe.

Donc c'est dimanche et nous le laissons s'étirer lentement, comme une coulure de miel. Mais cette belle journée a mal commencé, comme d'habitude. En avalant ses aspirines, au réveil, Nicole n'a pas manqué de gémir :

— Tu parles d'une vie de con... Pourquoi est-ce qu'on se fait chier de même pour des hommes qui nous aiment peut-être pas du tout !

— Tu mélanges tout. On n'a pas bu parce qu'on était seules.

— Pourquoi alors ? Si j'étais mariée ça se passerait pas de même.

— Exactement pareil ! Tu sortirais avec ton mari en fin de semaine parce que t'aurais envie de fuir ta maudite cuisine, puis tu boirais autant...

— Oui, mais au moins... Ah ! J'aime mieux pas en parler...

Alors je la dorlote un peu et je réussis à la lancer dans un vieux suspense de Simenon, et je la perds pour le reste de la journée, ou à peu près. Moi, enfermée dans ma chambre, la fenêtre ouverte au soleil jaune de l'automne, je me laisse mûrir comme une gerbe de blé au mois d'août, enfoncée dans mes oreillers mous. Je cuis doucement, à la manière d'un pain oublié au four. Je mijote, attentive au chant imprévu de mes borborygmes. C'est le psaume des mineurs qui ne cessent de travailler, même le dimanche, et qui parcourent sans cesse les souterrains de mon ventre. Je m'allonge dans le calme avec la sérénité du nénuphar qui, de par sa nature et grâce au phénomène de la tension superficielle, adhère si pleinement à la surface de l'eau... On dirait qu'il est dans sa nature d'adhérer à cette douceur. Puis je deviens la tête d'un grand arbre, un bouleau ou une épinette qui a pleine confiance en ses racines et qui se berce au sommet d'une montagne, buvant le vent tiède par tous les pores de ses feuilles. Rien ne peut m'arracher à cette terre dans laquelle j'ai planté mes pieds. Et mes pieds blancs, joliment arqués, je les ai plantés dans la terre comme dans la joie. Alors par mes racines je bois du bonheur, si bien qu'à mon visage, branche de résineux à la verdure éternelle, il ne se dessine que des sourires...

Une demi-heure comme ça au moins, à faire la planche sur la mer de mon bien-être, voguant sur ce plasma qui me mène inévitablement au sein maternel. Véritable jouissance. Je ferme les yeux et touche les draps de mes doigts longs mais gonflés de sang, arrondis, généreux en récepteurs nerveux, et j'apprécie la douceur de la fine percale. Dans ma douce chemise de nuit, mes cuisses nagent avec la facilité de la truite qui évolue d'une queue agile, au cœur de l'eau claire. Encore un peu et je vais me mettre à soupirer d'aise...

Alors j'ouvre mon vieux Kazantsaki, lui qui m'a appris à aimer chaque fibre de ce tissu mystérieux qui constitue la vie de l'univers, et je plonge dans l'âme mouvementée de ses personnages. Il paraît que c'est de la littérature pour adolescents, mais je m'en fous. Que les intellectuels continuent à démolir et à reconstruire leur caverne dans laquelle ils font pousser des champignons vénéneux. Moi je cours vers le soleil, qui ne manque pas de tremper la lame des poignards, mais au moins cela se passe au niveau des passions, dans le bouillonnement du sang qui jaillit parce que les cœurs s'appellent. Mon soleil est peut-être tragique, mais il est chaud, et les morts qu'il étend sur son champ de bataille sont des morts assouvis, heureux de retourner à la terre comme s'ils retournaient au sein de la mère.

Nous arrivons donc lentement au lundi, et le travail nous rappelle. Au bureau, on ne parle que de l'enlèvement : « Qu'est-ce qui va arriver ? Penses-tu qu'y vont accepter les demandes des felquistes pour libérer Laporte ? Le monde est en train de virer fou..., etc. » Ligne dure ? Ligne douce ? On ne sait pas trop ce que le gouvernement va adopter comme conduite. Certains hommes politiques ont trouvé un beau qualificatif pour désigner les gars du F.L.Q. qui ont réussi les enlèvements. Ils les appellent les « désespérés ». Ce terme a le mérite de ne pas incriminer outre mesure nos révolutionnaires. On sent là, cachée derrière la cloison du raisonnement, l'excuse paternaliste. Mais ça ne va pas plus loin. Pour aller plus loin dans cette logique il faudrait ajouter : « Nous, qui gouvernons le pays, nous sommes responsables de ce qui arrive, responsables de ces enlèvements ; nous allons donc nous examiner soigneusement et nous allons prendre des mesures pour que cela n'ait plus à se reproduire... » Mais il semble que cela ne soit pas dans la mentalité de nos pères de familles au pouvoir. « Le timon de l'Etat » donne à celui qui le tient une conscience de timon : roide. Passons... A mon humble avis de femelle, cet événement n'est rien de grave et ne doit pas nous empêcher de vivre. Nous sommes peu habitués aux grands problèmes politiques ; voici une belle occasion de nous faire la main. Allez-y ! Négociez, fouillez dans les petits tiroirs de votre cerveau, faites travailler votre imagination.

Je travaille pour une grosse compagnie canadienne, au service des relations publiques. On me parle en anglais la plupart du temps et on m'envoie souvent des mémoires en anglais. Je réponds en français, ce qui agace les grands patrons, mais on me respecte. Depuis quelques années, c'est un peu la petite guerre. Les Anglais ont peur. Ils sont tous nés avec le trouillomètre à zéro. C'est leur caractéristique principale. Voilà pourquoi ils sont si rébarbatifs à nous reconnaître, comme nation. Nous sommes le serpent qu'ils ont réchauffé dans leur sein. Merci madame Angleterre... Mais ça ne fait rien ; grâce à ces petites luttes, nous nous affermissons, nous prenons forme. Je crois en l'affirmation calme d'une tranquille conviction. Le reste viendra par surcroît...

D'ailleurs, tout cela n'a pas tellement d'importance. J'attends le téléphone de Julien. Le lundi matin, à onze heures, il me téléphone toujours. Il est maintenant onze heures cinq, et j'attends, l'œil presque rivé à l'appareil, au lieu d'aller dans le bureau de Jack où je devrais être, pour discuter la venue d'un groupe de visiteurs. J'attends, c'est-à-dire que je compte les secondes, les minutes, en essayant de m'imaginer ce qui peut bien se passer à son bureau. Il va certainement m'appeler d'un moment à l'autre, je le sais. Un, deux, trois, quatre... Ça sonne! Je souris en décrochant le récepteur. C'est Jack qui m'attend. Je lui dis que je pourrai y aller seulement dans quinze minutes, parce que j'ai une lettre de la plus haute importance à écrire. Et au cas où il sortirait de son bureau, je me mets à la machine.

Le temps passe par secousses, comme les battements de mon cœur. J'ai besoin d'entendre Julien dire qu'il m'aime, que les choses avancent et que dans quelques mois nous serons ensemble tous les jours. A onze heures et demie, je n'en peux plus et je compose le numéro de son bureau :

— Allô? Est-ce que je pourrais parler à Julien s'il vous plaît ?

— De la part de qui ?

— Lucie Leblanc.

Quelques instants pendant lesquels mon artère cogne furieusement à la paroi du récepteur, et au lieu de la voix de Julien, c'est celle de la secrétaire qui me revient :

— Monsieur Langlois n'est pas ici pour le moment. Est-ce que je peux prendre le message ?

— Merci. Je rappellerai.

Je connais par cœur le ton que doit prendre une secrétaire qui a reçu l'ordre de ne pas déranger le patron. Malheureusement, ces filles-là ne sont pas toujours talentueuses, ça se sent à plein nez. Voilà : JULIEN NE VEUT PLUS ME VOIR! Il a disparu en même temps que Pierre Laporte et en même temps que mes menstruations...

Au fond, je le savais. Je le savais ! Je l'ai senti tout de suite, vendredi soir, quand je lui ai annoncé que j'étais enceinte. J'ai su qu'il ne voulait pas de cet enfant, rien qu'à voir son visage impassible. Cette impassibilité-là était fausse. Il avait envie de crier que ça n'avait pas de sens, qu'il voulait la paix. Mais il n'a pas osé me le dire. Et aujourd'hui, il n'a même pas la force de m'avouer qu'il ne peut plus me prendre telle que je suis. J'éclate de rire. Décidément, ce n'est pas le courage qui écrase nos mâles !

A cinq heures moins cinq, je quitte le bureau comme une employée modèle, et Julien ne m'a pas téléphoné. Confirmation de ce que j'ai pensé ce matin : c'est bel et bien fini. Pour rentrer à la maison, je marche longtemps, au lieu de prendre tout de suite l'autobus. J'ai besoin d'air, même pollué. J'ai besoin du bruit de la rue, de la bousculade. Cela m'apprend que je ne suis pas seule au monde, et que tous ces hommes et ces femmes qui courent, à la fermeture des bureaux, courent vers des problèmes qui sont probablement pires que les miens. Bien sûr, il n'est pas question que je m'effondre parce que je suis abandonnée par un homme qui devait m'épouser. S'il est parti comme il l'a fait, je suis sauvée d'un grand malheur en restant seule. Mais il y a la blessure : le fait que j'ai été trompée. Je croyais être aimée, et ce n'était pas vrai. J'étais servie par un étalon de bonne race, un point c'est tout. J'en ai bien pour une semaine à oublier cette insulte. Dans notre monde, si je peux appeler ainsi l'ensemble des filles qui sont passablement belles et qui sont parvenues à plus de vingt-cinq ans sans se marier, c'est le phénomène le plus fréquent. La blessure la plus commune. C'en est devenu vulgaire... Mais on s'habitue mal à ce genre de gifles.

J'entends pleurer autour de moi presque toutes les semaines. Au bureau, où circulent une trentaine de filles qui ont à peu près mon âge, je vois des yeux rouges, des larmes, des sanglots repoussés, tout le cortège de l'amour détruit. On vit librement, faisant semblant d'oublier que le chaland des aventures passe : il ne s'arrête jamais longtemps aux petits ports où il lui prend fantaisie d'aborder.

J'arrive à la maison plus tard que d'habitude et je rentre sur la pointe des pieds parce que c'est lundi et que Clément, lui, est à son poste, comme Julien devrait l'être en ce moment. Dans la chambre de Nicole, j'entends battre le tambour de la charge. Combat singulier ! Toutes les portes de la forteresse sont ouvertes, le pont-levis est baissé, les flambeaux sont allumés et la garde chante à pleine poitrine pendant que l'assaillant s'en vient au galop sur son beau cheval blanc. Il franchit la porte et trouve son adorable adversaire sur sa couche, béante, la main tendue vers la lance du guerrier. Nicole roucoule, râle, accompagne chaque mouvement de son partenaire avec la musique de sa gorge. Cela vient des entrailles, apparemment, car le son qu'elle produit, à la fin, n'a plus rien d'humain : c'est celui de la bête qui va mourir.

Au lieu de rentrer dans ma chambre, où je n'aurais pas si bien entendu, je me suis assise au salon et j'écoute, voyeuse des oreilles... Je ne suis pas jalouse. J'aime le plaisir en soi et je suis bien contente que Nicole puisse le prendre à plein ventre. Elle y met toute l'ardeur accumulée pendant ce week-end qu'elle a trouvé long. Elle se donne comme s'il n'y avait plus rien d'autre au monde pour elle. Bravo ! Que tout le reste aille au diable ! La seule question que je me pose, au sujet de cet accouplement débordant, est la suivante :

est-ce que Clément ne fait que profiter, lui aussi, du chaland qui passe ?

Cela me fait penser à Julien. Il y a quelques mois, je l'ai surpris « ailleurs », au moment le plus « excitant » de notre union. C'était un matin. Exceptionnellement, il s'était levé à six heures, m'avait téléphoné et je lui avais dit de venir. Il était arrivé, frais comme la rosée, et il s'était glissé dans mes draps, se coulant dans ma chaleur. La fenêtre de ma chambre était ouverte, le store était levé et on pouvait voir les arbres de la montagne illuminés par le soleil levant. C'était un matin de juin comme il en existe rarement. Ce genre de matins où on a l'impression que le soleil est un baume, une pensée divine qui vous inonde de bien-être tout en vous insufflant le sens de la grandeur. Tout à coup, j'ai ouvert les yeux. Au-dessus de moi, tout en étant très actif, Julien regardait par la fenêtre un écureuil qui s'amusait dans un arbre, juste en face de lui. Quand on y songe, c'est extraordinaire le nombre de choses avec lesquelles on peut tromper une personne qu'on aime, ou qu'on dit aimer ! Mais j'accepte tout cela, parce que nul n'est tenu d'être l'esclave d'un autre, ou d'une idée. Le vent souffle et on est curieux de savoir ce qu'il traîne avec lui. Il faut de la vigilance, et encore de l'amour...

Comme la séance de Clément et Nicole est terminée et qu'il va bientôt sortir, je me retire dans ma chambre. Mon lit est semblable à un objet de musée : bien fait, tiré à quatre épingles. Voilà. Je recommence une période de veuvage qui durera peut-être plus longtemps que d'habitude, mais je n'ai pas envie de pleurer là-dessus. Dès que j'aurai maîtrisé la brûlure causée par l'insulte, est-ce que je ne serai pas de nouveau libre ? Et cette liberté est mon plus grand bien. Alors je me jette sur mon grand lit, m'étends sur le dos, jambes écartées, et je me laisse pénétrer par la douceur d'exister, de respirer. Je suis une tige de blé qui sort de terre, verte et fraîche.

Nicole étant « libérée », je passe à la cuisine où elle me rejoint.

— Comment, mais Julien est pas venu?

Il y a de l'étonnement sur son joli visage, mais beaucoup plus de contentement, de satisfaction. Elle a toutes les rougeurs de l'amour comblé aux joues, avec en plus un air de supériorité: « J'ai fait l'amour comme une déchaînée et toi tu l'as pas fait! Gnan! Gnan! Gnan! Gnan! Je passe à la tête!»

— Non. Julien est pas venu. Il viendra plus jamais d'ailleurs.

Elle me répond par un silence, les yeux en points d'interrogation, la bouche ouverte, puis elle demande enfin:

— Vous vous êtes chicanés?

— Même pas... Il me fuit comme la peste...

— Mais qu'est-ce qu'y t'a dit?

— Rien...

J'explique ce qui s'est passé, mais Nicole, qui est une bonne fille, plaide en faveur d'un empêchement: « Il a pas pu, il a eu des problèmes, il a été vraiment incapable de te parler... »

— Pas du tout. Crois-moi, je sens ces choses-là.

— Ça prend-y un écœurant pour faire une affaire pareille! Y te fait un enfant pis après y disparaît! Ni vu ni connu! Pis à part de ça comment ça se fait qu'une fille comme toi tu t'es fait faire un enfant? Ça tient pas debout!

— C'est très simple. Un jour je me suis trouvé sans ma pilule et on avait l'occasion de faire l'amour, mais comme il me jurait qu'on allait se marier bientôt et qu'au fond j'avais envie d'avoir un enfant de lui, je l'ai fait avec beaucoup de plaisir... Pour moi, c'était l'aboutissement normal de notre amour...

— Ouais... Vas-tu te faire avorter ?

— Pas question ! Je me fais un plaisir de le conduire à terme et de l'élever ensuite.

Nicole me regarde, les yeux dilatés, et tout à coup elle éclate :

— C'est écœurant ! Ecœurant !

Puis elle s'arrête, étonnée de mon calme :

— On dirait que ça te dérange pas plus que ça ! Moi ça me révolte !

— Ça me dérange un peu, évidemment, mais à quoi ça me servirait de tout casser ? Je me ferais encore plus mal, c'est tout. Julien est parti, vive la liberté ! Moi, j'aime assez la vie pour la donner à un enfant, que j'ai les moyens d'élever d'ailleurs.

— Ben t'en as du courage, ma fille, t'en as à revendre... Moi à ta place, c'est ben simple...

Oui je sais, à ma place, Nicole pleurerait, gémirait sur le sort des filles abandonnées et maudirait les hommes, ces sans-cœur. Je ne vois pas l'utilité de dépenser toute cette salive. Les hommes sont faibles, sans colonne vertébrale ; je le sais depuis longtemps, mais comment se priver d'eux ? Et n'y a-t-il pas des moments où nous aimons jusqu'à leur faiblesse ?

Maintenant la semaine est passée et Julien, comme je m'y attendais, ne m'a pas téléphoné. Tout est bien fini. Je suis presque rétablie de la blessure, et je me replace dans le temps et l'espace. Me voilà donc seule une fois de plus dans cette ville, en octobre de l'année 1970, Montréal, province de Québec. J'aime déjà l'enfant que j'ai dans les entrailles, en voie de développement ; j'aime la ville qui fourmille de monde le soir à cinq heures ; j'aime les millions de mille carrés qui composent notre province : de la forêt, du minerai à jeter par les fenêtres (d'ailleurs on ne se prive pas de le faire), des céréales, du bétail, du lait, du pain, de la viande, des forêts, beaucoup de roche, de la matière grise en ébullition, etc. J'aime tout cela malgré nos complexes d'infériorité. J'aime la pâte humaine en général et la nôtre en particulier, malgré toutes les erreurs que nous avons pu commettre dans le passé, en tant que nation, amen.

Là-dessus je téléphone à ma sœur, qui ne m'aime pas beaucoup parce que je n'ai jamais eu une vie exemplaire à ses yeux, pas plus qu'à ceux de mes parents d'ailleurs. Ils ont eu deux filles : une qui a bien tourné (c'est-à-dire qui s'est mariée et qui semble bien s'entendre avec son mari) et l'autre, moi, qui vis avec des hommes successifs depuis une dizaine d'années, sans avoir l'air de vouloir me « brancher ». Il faut que j'apprenne à ma sœur que je suis enceinte :

— Figure-toi que je suis enceinte...

— Es-tu folle ?

Bon. Tout le cortège des lieux communs. Elle ne me comprend pas d'être aussi calme.

— On dirait que ça te fait rien !

— Ça me fait quelque chose mais j'endure...

Je ne téléphone pas à mes parents. La nouvelle va leur parvenir dans quelques secondes par la voix de ma sœur. Me voilà libérée de mes devoirs filiaux et nous entreprenons un autre week-end à deux, Nicole et moi. Clément est venu, comme d'habitude, mais cette fois je suis sortie, prétextant un marché à faire, pour ne pas les entendre faire l'amour. Nous buvons du cognac en regardant la télévision. La semaine a été bouleversante : négocie, négocie pas, négocie... Finalement, l'effeuillage de la marguerite est tombé sur « négocie pas », et c'est la manière dure qu'on a employée pour répondre aux ravisseurs de Laporte. Tout le monde est sur les dents :

la peur ! La police cherche prudemment, semble-t-il, et nous nous mettons au lit complètement ivres, Nicole et moi.

Réveil brutal. La Loi des Mesures de Guerre : hélicoptères, jeeps, téléphone « tapé » et fouilles n'importe où sans mandat. J'ai mal à la tête et je me dis que tout ce monde-là ressemble à Julien : surgit un problème et ils se cachent derrière des lois. C'est aussi une fuite, comme celle de Julien...

Parce que c'est samedi soir et que nous sommes seules comme d'habitude, nous allons au cinéma. Etrange. On sent la peur dans les rues de la ville comme on la sentirait dans les membres d'une personne affolée. J'ai l'impression que notre petit monde s'est engagé dans une impasse. Qu'est-ce qui va arriver ? Comment vont-ils s'en sortir ? Est-ce que la violence, sous cette forme nouvelle, va éclater chez nous ? Est-ce que nous allons encore avoir les bombes à retardement dans les édifices fédéraux ? Est-ce que l'armée va marcher sur Québec ? Est-ce que ? Est-ce que ? Cette crise est si nouvelle... On dirait que le monde éprouve un secret plaisir à perdre les pédales... L'attrait du désastre ? Moi, quelque chose me dit qu'il y a du bon dans ce qui arrive.

Au *Garde-Fou*, après le film, personne. Seulement nous deux et Georges, qui écoute la radio. La ville est vide et nue, comme une coquille de noix. Nous buvons un peu mais, fatiguées par notre soûlerie de la veille, nous rentrons assez tôt, crevées de lassitude et d'ennui. Un dernier communiqué vient d'arriver au poste C.K.A.C. de la part du F.L.Q. Il paraît qu'ils ont quelque chose à remettre au gouvernement. C'est là-dessus que nous laissons Georges, trépignant d'intérêt et d'inquiétude. Nous sommes fatiguées de le voir s'occuper seulement de cette fameuse crise.

Je me réveille assez tard. Le soleil brille, il fait frais,

et tout à coup je suis inquiète. Je n'ose pas ouvrir la radio. Dans l'air, il me semble qu'il y a plus de drame encore que la veille. Je me traîne les pieds dans l'appartement, me lave, écoute un disque. Nicole se lève, bâille, gueule contre la lenteur et l'insignifiance des dimanches, puis elle allume la radio. Voix funèbre ! On parle de Pierre Laporte au passé, plus exactement à l'imparfait : « C'était un fier batailleur... » Tous les hommes politiques qui s'adressent aux auditeurs ont la même voix étranglée par la douleur, l'indignation et... la peur. C'est le drame dans toute sa splendeur. J'écoute, et après le choc, je rêve. Le choc est assez terrible : jamais on aurait cru qu' « ils » le feraient, malgré la menace contenue dans chaque communiqué. Car enfin, pour parler comme les sociologues, nos problèmes nationaux n'ont pas la même ampleur que ceux de Cuba, de l'Algérie en 60, de la Palestine et du Biafra. Notre sol est celui de la paix, du calme dans la prospérité et de la liberté, si on compare avec ce qui se passe ailleurs. Cela, on l'a dit sur tous les tons. Alors ?

Nicole s'arrête de bâiller et crie :

— C'est pas possible ! Ils ont pas fait ça !

— Oui, ils l'ont fait...

— Mais où est-ce qu'on s'en va pour l'amour du bon Dieu !

Nicole a les larmes aux yeux. Je rêve pendant que la radio continue : « ... homme intègre... lâchement assassiné... un homme qui donnait sa vie pour son pays... », etc. Sanglots, cris du cœur. Les ondes hertziennes sont devenues un fleuve qui charrie tous les mots funèbres du dictionnaire.

Je n'ai surtout pas envie de dire que les gars ont bien fait de nous priver d'un ministre en l'assassinant. Je pense que se débarrasser ainsi d'un homme politique gênant n'arrange rien. Et tuer un homme est un geste pour le moins répréhensible (!) (Je n'arrive pas à employer le mot « criminel », qui est dans la bouche de tout le monde en ce moment...) Mais ce qui me passe par la tête, soudain, c'est que Pierre Laporte est un symbole. Et cela, les hommes politiques qui parlent en ce moment à la radio le savent très bien. Laporte représente l'ensemble des hommes politiques qui nous gouvernent. C'est contre eux tous que le coup est dirigé. Voilà pourquoi ils trouvent aujourd'hui tant de qualités au ministre assassiné. Voilà pourquoi ils sanglotent. Quand ils le mettent sur un piédestal, c'est eux-mêmes qu'ils voient sur un socle. Et s'ils crient si fort leur indignation, c'est peut-être qu'ils ont peur de se faire enlever eux aussi...

— Comment ça va finir, toutes ces histoires-là ? Moi c'est ben simple, si j'avais les moyens, je m'en irais de ce maudit pays... Me semble qu'on a assez de se faire geler six mois par année sans avoir des problèmes politiques en plus !

— Tout dépend de ce que tu demandes à ton pays...

— J'demande pas grand-chose : travailler en paix pour avoir de quoi manger en paix. C'est pas la fin du monde il me semble !

— Dans certains cas, ça peut l'être... Ça suppose au départ qu'on existe vraiment comme nationalité...

— Pis, on n'existe pas encore, depuis le temps !

— Pas vraiment, j'imagine... (Voilà bien cent fois que nous échangeons ce genre de phrases, mais ça ne rime à rien.) En tout cas, un événement comme celui-là ne se produit jamais sans raisons graves, même si les auteurs de ce crime sont condamnables...

L'atmosphère du drame est entrée dans notre appartement, comme si l'air en était chargé. Nous respirons de l'émotion, de la crainte, de la haine, de la peur. L'image de notre province est déchirée. Il faudra en

construire une autre avec de la patience, de l'imagination, de l'audace... J'ai envie de me recoucher pour
rêver à tout cela. Retourner aux draps chauds comme
à la matrice et attendre que le tremblement finisse.
Rêver à Julien quand il était bon, fort, m'écrasant de
tout son poids. J'aime bien me faire écraser, quand je
fais l'amour. Cela me donne l'impression de m'anéantir
dans le don total. C'est maintenant que j'aurais besoin
d'un homme ! Il me semble que si les révolutionnaires
prenaient le temps de baiser, ils verraient les choses
d'un œil plus clair.

Nicole tourne en rond dans l'appartement comme
une taure dans un enclos sans herbe ni eau.

— Lis donc un bon roman d'Agatha Christie.

— J'ai pas envie de lire. J'ai envie de rien. Je m'ennuie et j'ai l'impression que le monde est en train de
virer fou... Tout ce que je pourrais faire c'est baiser, et
encore...

— Va faire une promenade.

— Es-tu folle ! La ville est pleine de police.

— C'est pas pire qu'hier.

— Non, j'ai pas envie...

Incapable de vivre entièrement avec elle-même, Nicole se trouve complètement déboussolée quand elle
manque de distractions. Qu'est-ce que je peux faire
pour elle ? A peu près rien, en vérité, parce qu'elle ne
saura jamais entrer en elle-même. Elle n'est à l'aise
qu'avec les couvertures du lit, les ongles, la peau, le toit
de la maison et les murs. Au cœur du cœur de l'habi-
tation, elle étouffe.

Alors je mets le tourne-disque en marche et je commence à danser sur une musique déchaînée : trompette
et saxophone. Le volume de l'appareil est à peu près
au maximum, les murs tremblent et je me démène

comme un singe à qui on aurait mis de la térébenthine sous la queue.

— Es-tu folle ? Ça y est, elle est folle !

— Viens danser, viens...

— J'ai le bloc, pas question.

— Danse, ça va faire sortir tout le mal que t'as dans le corps.

Un pas à gauche, un saut, la jambe en l'air, le sang monte, je me gonfle, la chaleur m'inonde, le diable me pousse, bang bang bang à la batterie, trois coups de bassin comme si je faisais l'amour à un géant, course à droite vers la salle de bains, puis debout sur le divan, les coussins tombent, défaisons la maison, les bras étendus, en bas, en haut, à gauche, le saxophone se met à pleurer de plaisir telle une femelle qui n'en peut plus de jouir, je me déhanche sur place pour faire lever la tête du serpent, ça y est, le reptile se dresse, monte lentement entre mes cuisses, entre en moi, je le serre et le berce à la fois, je le réchauffe, je l'étrangle, ayant vaincu la bête. « Anges purs, anges radieux ! » J'éclate ! Bang bang bang bang. Une pétarade de coups secs, le batteur est hystérique, j'ai le feu aux entrailles et Nicole enfin se met à rire :

— T'es folle ! T'es folle !

— Oui, folle de joie !

La musique s'arrête, je me laisse tomber sur un fauteuil pour reprendre mon souffle, puis je vais prendre Nicole dans mes bras. Je l'embrasse, la presse contre moi pour lui communiquer la chaleur de mon sang qui bout, puis je la baise au front. Elle est froide et elle me sourit, mais son sourire est inquiet : elle a l'air de se demander quelle sorte de bonne femme je suis. Comment le saurait-elle ? On ne connaît bien un être humain qu'après des siècles de fréquentation et d'échanges, grâce à la réincarnation. (Tout le monde peut faire de l'ésotérisme, comme de la prose...)

Cela fait, je me retire dans la salle de bains. Me voilà allongée dans le cercueil blanc et l'eau coule sur moi, chaude, douce, rendue plus pénétrante encore par la vertu de la mousse. Maintenant je suis recouverte, imprégnée de chaleur et de mystère. Par vagues lentes et successives, la tiédeur part de mes pieds lourds de sang et monte jusqu'à mon visage. Chaque pore de ma peau est une porte ouverte sur le mystère de l'eau qui m'enveloppe comme dans le sein d'une mère. Je coule dans le giron du bien-être, les yeux fermés, le cœur gonflé de joie, parce que l'espoir est en moi. Je crois à la vertu de tous les objets qui composent l'univers, à partir de la plus petite pierre jusqu'à la matière grise qui bouillonne dans le cerveau du savant... même ceux qui fabriquent des bombes atomiques. Ici au Québec, on a tué Dieu en quelques années, après qu'il eut été tué ailleurs en plusieurs occasions, et pourtant je le sens courir dans mes artères. Invisible bien sûr, mais porteur d'une telle puissance que tout mon corps en reste pantois d'admiration. Je crois au dieu qui coule dans mes veines et qui s'engouffre dans les cavités de mon cœur en me communiquant le rythme sacré du monde.

Il me vient à l'esprit que, dans le salon, il y a quelques instants, je dansais sur le cercueil de Julien. Oui, Julien est mort et je dansais sur son cercueil, comme les Grecs sautaient par-dessus le cercueil de celui qu'il fallait aller porter en terre au lever du soleil. Au fait, c'est moi qui ai tué Julien avec la faculté que j'ai de voir les choses aussi simplement. Si j'avais été la femme ordinaire, hargneuse, questionneuse et difficile à satisfaire, il aurait pu vivre encore longtemps comme mon amant, et peut-être même serais-je devenue sa femme. Mais il s'est noyé dans mon champ de vision trop large ; il s'est étranglé dans son étroitesse d'esprit. Dieu soit loué !

Il faut dire aussi que je dansais en même temps sur la brèche qu'on vient de creuser dans la vie politique du Québec. Quelque chose a été coupé, et c'est peut-être un cordon ombilical qui tardait à se rompre...

Massage du visage avec crème pénétrante. Je fais le tour de ma grande bouche, donnant toutes sortes de formes étranges à mes lèvres généreuses. Je suis contente de ma bouche qui est grande, apte à recevoir, ornée de dents solidement plantées, blanches, capables de tailler dans n'importe quelle chair. Ma langue est large, agile, épaisse, riche en papilles gustatives, et si elle s'agite avec tant d'allégresse dans ma bouche, c'est parce qu'elle a hâte de se poser sur un objet désirable : fruit, chair humaine, viande, etc. Mais il y a plus simple : elle peut s'étaler avec plaisir entre mes dents pour laisser couler sur elle la gorgée d'eau fraîche dont mon sang a besoin.

Avec une brosse propre à stimuler la circulation, je fais le tour de mes seins qui ont eu la bonne idée de ne pas grossir démesurément, mais qui pèsent assez lourd dans la main de l'homme pour lui faire sentir tout le poids qui m'habite : le poids de la femelle capable de nourrir. Je suis fière de mes mamelons qui dressent la tête dès que le doigt agile les entoure d'un mouvement circulaire. Ils sont comme deux petits museaux de bêtes fouineuses qui cherchent à communiquer avec les sens de ceux qui me regardent.

A la taille, il faut frotter plus fort évidemment, parce qu'on a toujours l'impression que la graisse a fait son nid là, entre les deux flancs et au-dessus des hanches. Mais rien n'est encore catastrophique. Le triangle formé par l'aine gauche, le nombril et l'aine droite n'est plus cette forme presque concave que mes dix-huit ans

avaient sculptée pour me donner en cadeau au moment
où je me lançais dans ma première aventure. Non...
D'ailleurs, dans le ventre juvénile il y a une sécheresse,
une platitude qui touche à la froideur et qu'on devrait
perdre sans trop se désoler. Maintenant, sans avoir
totalement perdu mes formes en cet endroit, j'y vois
se dessiner avec plaisir les lignes généreuses de la pléni-
tude. Le tout repose sur des jambes solidement plantées, fines et moulées depuis le tendon d'Achille jusqu'à
la naissance de mes fesses, qui rebondissent orgueilleu-
sement à chaque mouvement de mes hanches. Et si elles
bougent en ayant l'air de vouloir obstruer le chemin qui
mène à cette croisée des chemins où le mal et le bien
se confondent, c'est pour appeler la main qui va les
mettre sur le chemin du plaisir.

Me voilà donc, nue, face à moi-même, rue Ridgwood,
Montréal, Québec, Canada, Amérique du Nord, Terre.
Et je souris à la joie qui m'habite. Je sourirai toute ma
vie, malgré tous les assassinats politiques du monde.
Tout simplement parce que « la tragédie » n'est pas
dans les événements. Elle est au fond de chaque âme
qui se met à avoir peur, par faiblesse, et qui crie vengeance.

On enterre Pierre Laporte. Hélicoptères à basse alti-
tude, soldats perchés sur les toits environnants, mitrail-
leuses à la main en guise de bannières, policiers à perte
de vue, motards casqués à pleines rues, tout le bataclan.
Sinistre ! Mise en scène colossale pour entretenir la
peur, nourrir le drame. Après on peut dire au peuple :
« Vous voyez bien que nous avons raison de vous fouil-
ler et de vous emprisonner sans mandat. » Et le peuple,
qui a plus besoin de tragédie que de lucidité, dit oui,
merci beaucoup et bravo. Tant mieux si tout cela peut
satisfaire un besoin profond. Après tout, les autorités
ont les moyens de s'adonner aux grands jeux, aux

grandes manœuvres qui faisaient jaillir l'émotion dans le cœur des peuples anciens : mai 68, Kennedy et les bateaux russes en route pour Cuba, 1940, 1914, la Bérésina et César franchissant le Rubicon puis rentrant dans Rome par la Voie Appienne, tout cela est relié par le même fil, pétri de la même farine.

Un intellectuel de Montréal a écrit : « J'ai mal à mon peuple. » Jolie formule qui dit bien le dilemme devant lequel se trouvent placés ces gens-là. Les voilà fort embêtés, ces hommes éclairés qui souffrent parce que le gouvernement est méchant, brutal, ignoble. Ils ne savent plus s'ils doivent opter pour l'assassin de Laporte, qui sera peut-être un héros national dans vingt ans, ou pour le gouvernement qui a le devoir de le rattraper et de le punir parce qu'il est un criminel. Allez donc écrire des poèmes et des romans quand vous avez ce nœud-là dans la gorge ! Alors c'est bien simple, n'écrivez plus, messieurs. Reposez-vous un moment. Laissez le peuple déguster sa peur, savourer son drame. Il en a besoin. Ça aussi, c'est de la poésie ! Faites comme moi. Couchez-vous dans votre baignoire et ouvrez le robinet. Si vous ne pouvez pas vous réconcilier avec la chaleur de votre sang, calez-vous la tête sous l'eau. Vous allez mourir. Le suicide aussi est un poème, en un certain sens. Il paraît même que c'est une œuvre d'art...

(Plus j'agrandis les frontières de l'espace que j'habite, partant de ma chambre et ouvrant l'iris de mon œil jusqu'à découvrir la planète, plus cet espace devient petit. Par contre, il y a une réalité qui ne change pas de proportions ; c'est le temps. L'heure est toujours là, pesant de tout son poids. C'est cette heure-là qui est importante. Le temps passé n'est que matière à fabulations...)

Nous sommes mercredi, à l'heure qui précède le souper. Je suis en train de me demander ce qui va m'arriver au cours des prochains mois. Maintenant je suis totalement libérée de Julien. J'ai casé la chose. Expérience vécue. Ne me reste plus que l'enfant qui germe en moi. C'est une autre affaire. Je suis arrivée à ne plus mettre Julien en cause. L'enfant devient « mon » enfant exclusivement. Mon problème à moi parce que ma chair à moi. Je ne suis pas la première fille du monde à nourrir un fœtus et je suis certaine que tout va bien se passer. Mais dans l'immédiat ? Je bois un Martini rouge, parce que ce n'est pas trop fort, pendant que Nicole roucoule dans sa chambre parce que c'est mercredi. Clément semble être en pleine forme si j'en juge par les effets sonores qu'il produit... Et je suis en train de rêver à toutes les fois où j'ai fait la même chose. Heureusement que je ne manque pas de souvenirs... Juste au moment où je vais me remettre en mémoire cette fin d'après-midi extraordinaire de février 1963, alors que j'avais dévoré mon jeune partenaire et que... Bang ! Bang ! Bang ! dans la porte.

— Ouvrez !

J'ouvre et la police entre en trombe. Deux gars armés de mitraillettes me bousculent au passage, dans leur énervement. Il semble que notre force policière ne soit pas très habituée à ce genre de pratique, la perquisition-surprise... On me met face au mur et comme des voix viennent de la chambre de Nicole, l'un des deux en ouvre la porte avec violence. C'est fou, j'ai d'abord envie de rire. Je sais qu'ils ne peuvent absolument rien trouver chez moi, mais ce pauvre Clément qui est en train de faire l'amour et qui est ici incognito ! Bien sûr, les cris qui sortent de la pièce sont affolants.

— Tais-toi ! Cesse de crier et tourne-toi... Toi aussi, l'étalon !

Au moins, voilà un compliment à l'adresse de Clément... Je les entends bousculer des objets, des livres, des tables, des portes de placards. Heureusement, je n'écris pas. Et je n'ai même pas le petit livre de Mao ; alors je ne peux pas être suspecte. Dans la chambre de Nicole, il n'y a que du Simenon et du Agatha Christie. Le temps passe, lourd, même si je ne me sens pas coupable de quoi que ce soit, parce qu'un policier armé qui se promène dans votre dos ne peut pas, dans l'état actuel d'énervement qui secoue le pays, vous inspirer confiance. Et j'aime ma peau ! C'est maintenant que je me rends compte combien j'aime mon corps, combien j'y tiens... On dirait que mes convictions politiques s'engouffrent toutes dans l'entonnoir de ma seule personne. Si tout part de moi, tout peut revenir à moi ! Petit moment de faiblesse que je suis bien prête à me pardonner, puisque je n'ai jamais été aussi seule avec moi-même, maintenant, face à ce mur, pendant qu'on viole mon domicile. Quelle loi magnifique on a votée là ! Jamais on n'a donné autant de droits à des pauvres types ! Et le mot violer me fait peur tout à coup : pendant que j'ai le dos tourné, comme ça, les mains en l'air, si l'un d'eux s'avisait de me prendre par-derrière... Bien sûr, mon imagination fait des bonds, parce que je n'ai pas d'autres ressources que mon imagination, face à ce mur plus ou moins blanc (faudrait faire le grand ménage). Voici le bruit de pas lourds qui s'approchent. Des bottes. C'est plus fort que soi, on pense au fascisme.

— Séparatiste ?

— Je suis membre d'aucun parti politique. Je suis pour la liberté de pensée.

A sa place, j'aurais engagé la conversation plus avant, mais je suppose que ma réponse lui a paru trop difficile à comprendre et il va dans la chambre de Nicole pour poser la même question à Clément, qui ne tremble pas de froid mais de peur, nu, pitoyable, et qui n'a qu'une idée en tête : « Ma femme, mes enfants, les problèmes, mon Dieu ! Mon Dieu ! »

— Séparatiste ?

— Non ! Je suis marié, père de famille...

Le ton plaintif ! L'étalon est devenu veau ! Tout cela va durer encore cinq minutes au moins. Je sens que les envoyés du gouvernement traînent un peu. Ils n'ont rien trouvé, mais c'est tellement drôle pour eux de voir les deux amoureux face au mur, nus. Est-ce possible que tous les habitants du Québec aient droit au sadisme de la force policière parce qu'un ministre a été assassiné au nom d'une idéologie peut-être condamnable !

Finalement j'entends l'un des deux agents qui dit, à l'intention de Clément :

— O.K. tu peux continuer ta job, le père lapin...

Ce sarcasme-là ne me plaît pas du tout, de la part d'un grossier personnage. Au moment où je les entends ouvrir la porte, je me retourne pour lancer :

— Quand vous trouverez l'assassin de Laporte, vous le saluerez de ma part...

Je ne sais pas pourquoi ils ne m'ont pas emmenée. La porte s'est refermée sans qu'ils me répondent, et me voilà tout étonnée de ne pas avoir été arrêtée. Probablement qu'ils ne savent pas ce que veut dire : saluer quelqu'un... En passant, je jette un coup d'œil dans la chambre de Nicole. Ils sont encore dans la même position, tremblants de tous leurs membres.

— Ils sont partis...

Les voilà face à face et Clément saute sur ses vêtements pendant que Nicole s'effondre sur le lit, secouée par la plus belle crise de larmes que j'aie vue de ma vie. Je l'entoure de mon affection et de mes bras. Clément a les dents serrées, à peine assez entrouvertes pour laisser passer ses imprécations :

— Les écœurants! Les écœurants! C'est ça, not'belle civilisation! Sauvages!

Il enfile son slip, ses chaussettes, puis il pense enfin à Nicole qui pleure:

— Voyons mon trésor, pleure pas comme ça, voyons, y sont partis maintenant, c'est fini... C'est fini je te dis...

Alors Nicole explose:

— Je le sais que c'est fini! Mais ça fait rien, baptême!

Et elle se relance à corps perdu dans les pleurs, oubliant même de se rhabiller. Il faut quinze bonnes minutes pour la calmer, la vêtir, et Clément nous quitte en vitesse parce que sa femme l'attend. Il est en retard. Un dernier baiser avant de disparaître et nous voilà seules. Nicole se verse un énorme verre de gin pendant que je me rends compte que si Julien n'avait pas eu peur de l'enfant qu'il m'a fait, j'aurais été au lit moi aussi, dans les bras de la « luxure », au moment de la perquisition. Je ris, mais nerveusement, il faut bien l'avouer.

— Tu vas quand même pas la trouver drôle, celle-là!

— Non, je pense seulement à Julien, qui aurait très bien pu être dans la même situation que Clément...

— On pourrait s'en passer, tu peux me croire... C'est pour le coup qu'y veuille plus jamais remettre les pieds ici... Pis à part de ça depuis quand y ont le droit de rentrer comme ça chez les gens?

Nicole baigne dans l'information et la politique, comme tout le monde, et finit par ne plus savoir ce que la radio et la télévision nous serinent à cœur de jour dans les oreilles. J'explique la loi des mesures de guerre, dont elle a entendu parler, mais comme la majorité, elle a cru que ce n'était pas pour elle.

— Une maudite loi de fou, ça!

— Oui, chaque pays a besoin, apparemment, d'un

moment de folie. C'est ce que le Canada est en train de vivre. On devrait avoir les reins assez forts pour se tirer d'une petite crise comme celle-là...

— Le Canada je m'en fous, comme je me fous pas mal du séparatisme pis du F.L.Q. A quoi ça sert de prétendre qu'on vit dans un pays civilisé si on peut plus faire l'amour quand on a envie, chez soi !

Voilà. Nicole pose le problème de la façon la plus simple et la plus directe du monde : l'individu a des droits qui sont sacrés, et parmi ceux-là, celui de faire l'amour, qui est sans doute le plus enivrant... après celui de gouverner, bien entendu. Comment réconcilier cela avec la raison d'Etat ?

Mais ce genre d'impasse ne peut pas avoir raison de mon espoir en l'être humain. Je rêverai à tout cela et je finirai bien par trouver une réponse. En attendant, je suis seule avec le fœtus qui se nourrit de mon sang, imperceptiblement, sans arrêt, occupant un peu plus d'espace à chaque seconde, jusqu'au jour où il me fera éclater, à la manière du fruit trop mûr qui ne peut plus contenir son jus. Est-ce que je vais remplir les prochains mois avec cette chose seulement ? Non. Ça ne peut pas remplir ma vie, même si ça me remplit le ventre. Il me faut un autre homme, et des rêves, pour survivre à l'atmosphère traumatisante qui a envahi toute la province.

Les heures passent, les jours se succèdent, la police fouille les maisons avec une espèce de frénésie, et on met du monde en prison tant qu'on peut. Tout le monde semble suspect ! La plupart des intellectuels et des « gauchistes » protestent, avec raison. Il y a encore des hommes qui essaient de ne pas perdre les pédales. Mais on ne trouve toujours pas les assassins, ni monsieur Cross.

Je m'accroche au temps qui, en passant, me raconte

une histoire charmante tous les jours. L'histoire de quelqu'un qui se lève, commence au bas de l'échelle, monte à son zénith, jusqu'au bout de ses possibilités, puis qui se met à descendre lentement pour disparaître comme il est venu. Cette histoire quotidienne a le même mouvement que la vague roulant sur la mer, interminable, jamais la même et pourtant toujours semblable. Je crois à cette histoire que le soleil me raconte tous les jours et que je peux habiller à ma fantaisie, selon les vents, les nuages, la pluie ou la neige. Je crois qu'en dehors de cette aventure quotidienne, il n'y a pas grand-chose de vraiment important. Faites ce que vous voudrez de votre vie, elle suivra toujours plus ou moins la courbe décrite par le soleil et la terre, le plus vieux couple du monde, l'un fécondant l'autre, la pénétrant de ses rayons pendant qu'elle roule sans cesse dans l'espace, ineffablement libre, mais en même temps incapable de se détacher du roi qui la tient dans son orbite, comme on retient l'être aimé dans son giron. (Et pourtant, je ne suis pas défaitiste !)

Ce soir 26 octobre, on annonce que trois cent soixante-quinze personnes ont été arrêtées, dont deux cents ont été relâchées. Mais aucune trace de monsieur Cross ni des suspects dans l'affaire Laporte : les frères Rose et Francis Simard, de même que Bernard Lortie. Cela fait beaucoup d'innocents qui ont subi l'affront d'une arrestation, et beaucoup d'autres à peu près innocents qui devront subir un ou plusieurs interrogatoires puis dormir derrière les barreaux pendant un certain temps. Je retourne tout cela dans ma petite tête de femme, et je me trouve impuissante. Le Canada a toujours passé pour un pays exemplaire : généreux, paisible, capable de beaux gestes politiques en diplomatie internationale. Ce doit être cette image de pays « exemplaire » qu'il veut conserver dans le cas présent ! Voyons un peu les choses : deux enlèvements politiques et un meurtre ; politique aussi. Contre cela, on mobilise trois forces policières de même que l'armée ! Qu'est-ce qu'on va mobiliser si un jour nous faisons face à une vraie crise politique ? Il y a des jours où j'ai envie de rire, quand je vois tous ces gens qui cherchent et qui ne trouvent rien. Alors, les petits révoltés sont plus malins que ces milliers de personnes dressées au dépistage ! Mais tout compte fait, ce n'est pas drôle. C'est grotesque. Et tout ce que je peux faire, c'est me jeter à corps perdu sur mon enfant, lui qui est encore innocent, lui qui ne sait pas encore discuter. Il pense à la façon des fleurs, des fruits qui mûrissent, du blé qui germe. Recroquevillée sur mon utérus où il se gonfle lentement, gorgé de sang, je l'écoute, et c'est la seule prière que je peux faire à l'intention de tous ceux qui souffrent parce que notre petit monde traverse un moment de crise.

Mais la faim commence à me torturer le ventre. J'ai du vague aux cuisses... Julien est parti depuis plusieurs jours maintenant, et rien ne se montre à l'horizon. La ville entière est bouleversée par la police et le F.L.Q. Il n'y en a plus que pour la politique ! Et l'amour alors, vous allez l'oublier ! En amour, le mâle est typiquement canadien-anglais : il a peur de tout. Et dès qu'il a peur, il devient impuissant. Pendant ce temps, les femmes se racontent des histoires ou sombrent dans l'alcoolisme. C'est ce qui va arriver bientôt à Nicole. Depuis qu'il s'est fait prendre littéralement « les culottes baissées », Clément n'a pas remis les pieds à l'appartement. « Ils sont venus une fois, ils peuvent très bien revenir. Ça s'est vu ailleurs », répète-t-il tous les jours à sa maîtresse. Alors elle boit. Je bois avec elle pour ne pas la laisser seule, généreuse que je suis... (!) Nous allons au cinéma, puis au *Garde-Fou*, mais rien ne sort de tout cela qu'un énorme ennui. Les rues sont vides, ou pleines de policiers et de soldats, ce qui revient au même. Nous nous enfonçons dans le ridicule.

Le soir tombe, les journées sont plus courtes, les journaux sont pleins de problèmes et de protestations contre les mesures de guerre, et nous en sommes réduites à la télévision, Nicole et moi. Aujourd'hui, c'est vendredi, heure de l'amour, mais une fois de plus Clément ne s'est pas montré. Je dis à Nicole :

— Pourquoi t'as pas fait penser à ton homme de t'amener au motel ?

— J'aime pas ça... Ça me donne l'impression d'être une putain.

— J'vois pas la différence entre faire l'amour ici ou ailleurs.

— Moi ça me dérange... J'sais pas comment ça se fait mais c'est comme ça. J'y suis allée une fois, pis j'ai eu l'impression de me vendre.

— Mais si tu partais en voyage avec lui, tu irais au motel !

— Pas pareil...

Je m'arrête là, stupéfaite de la façon dont on moule une conscience avec des idées toutes faites.

— Est-ce que Clément t'a téléphoné aujourd'hui ?

— Non, c'est moi qui l'ai appelé.

— Ah ! bon...

— Qu'est-ce que tu veux dire ?

— Rien, j'ai dit « ah ! bon », comme ça...

Puis soudainement je me trouve lâche de ne pas lui dire ce que je pense en réalité, et après quelques secondes d'hésitation, je laisse tomber :

— J'ai l'impression que tu devrais l'oublier...

— Comment ça !

Les grands yeux bleus de Nicole sont pleins d'étonnement, d'inquiétude et d'indignation, parce qu'elle n'arrive pas à concevoir que Clément puisse l'abandonner sans qu'ils se soient brouillés.

— Attends, tu verras...

Nous buvons, face à la télévision qui nous annonce tout à coup que la police a finalement arrêté Bernard Lortie au cours de la journée. Bravo ! Mais les trois autres se sont enfuis, grâce à un placard à double-fond. Voilà comment on écrit nos romans de cape et d'épée. D'abord on a envie de rire un peu, puis on se laisse aller à la crainte : agacée par cet insuccès, la force policière va-t-elle redoubler de bêtise ? Tout est possible.

Et l'automne se fait de plus en plus sombre. Au bureau, la température des relations entre Anglais et Français a baissé encore de quelques degrés. Si tout va mal au pays, selon eux, c'est à cause de nous, les Québécois francophones, avec notre maudit séparatisme, nos bombes et notre F.L.Q... Quand ils nous regardent on peut lire dans leurs yeux : « Nous les Anglais, jamais nous ferons une chose pareille ! » Evidemment, quand on est propriétaire d'une maison qui rapporte, on ne la fait pas sauter...

J'ai l'impression, depuis que je suis « seule » et que je regarde les événements se dérouler dans la froideur de cet automne qui n'a jamais été aussi plat, que ma vie est liée, soumise, enchaînée à notre petit drame national. Tout a commencé en même temps que la fuite de Julien, et il me semble que je vais être sans amoureux jusqu'au jour où le dernier acte de cette petite tragédie sera joué. Je suis rattachée aux mouvements du monde par des liens qui sont ancrés jusqu'au creux de mon ventre. Je le sens... Comme les animaux sentent l'orage venir. Alors il y a des jours où je souhaite ardemment que la police arrive à ses fins. Qu'on les retrouve, qu'on les juge et qu'on n'en parle plus ! Mais le monde ne va pas dans le même sens. On dirait que la population s'est habituée à l'armée omniprésente. On en parle encore, on s'inquiète un peu, mais il faut bien se distraire ! Alors on a recommencé à sortir. Il y a le cinéma, le hockey, le théâtre. Que la police fasse son boulot ! Voilà bien la preuve que tout cela n'est qu'une tempête dans un verre d'eau. Si au moins quelqu'un s'était avisé de bombarder Montréal, comme on bombarde Hanoi...

Toujours est-il que le mois de novembre a fini par s'écouler sans que rien se produise. Rien, si ce n'est que Clément, comme je l'avais prédit, ne vient plus à la maison, qu'il ne téléphone plus, etc. Bref, Nicole est aussi veuve que je le suis, et chaque jour elle me répète :

— J'comprends pas ça... Tout allait bien entre nous.

— Peut-être qu'il t'aimait plus, et que l'aventure de la perquisition lui a servi de prétexte...

Je lui dis ça pour qu'elle conserve encore ses illusions sur le sexe « fort », mais j'ai la certitude que les choses sont beaucoup plus simples. Clément aimait peut-être un peu Nicole, mais il y a une chose qui est sacrée pour lui, comme pour tous les hommes, c'est la paix. Dès qu'il y a l'ombre d'un problème à l'horizon, il fuit. Au fond, il a juste assez de courage pour tromper sa femme ; pas suffisamment pour en aimer une autre, avec tout ce que cela comporte de responsabilités. Voilà ce que nous devons accepter d'avance : nous ne pouvons être qu'un certain « genre » de maîtresses, surtout pas l'épouse !

Nous en sommes au troisième gin, c'est le week-end qui commence et il s'annonce plus morne que jamais, quand la télévision nous lance une grande nouvelle à la figure : on a retrouvé monsieur Cross, et les terroristes, en échange, auront un sauf-conduit pour Cuba. Soulagement général. On respire... Et bravo pour la force policière qui, vous le voyez bien, n'est pas si bête

51

qu'elle en a l'air. Surtout, on respire parce que monsieur Cross n'est pas mort. Que c'eût été vilain, un autre mort, étranger celui-là, venu d'Angleterre par surcroît ! Que c'eût été vilain ! Qu'est-ce qu'on aurait pris comme répression ! Pensez-y un peu : on n'a tué qu'un pauvre petit Québécois, et tout se passe comme si on avait déclaré la guerre à un empire...

Nous célébrons l'événement. A onze heures du soir, nous sommes ivres toutes les deux. Nous avons mangé, bu, dansé, fait du strip-tease à tour de rôle pour passer le temps, mais surtout pour tenter de dépenser l'énergie que nous avons dans le corps. Mais il nous manque encore quelque chose : un homme. Tout d'un coup, cela s'impose à moi, brutalement, bêtement, comme le besoin de manger vous prend après un certain nombre d'heures. Je dis à Nicole :

— Attends-moi, je reviens.

— Où est-ce que tu vas ?

— Ça sera pas long, attends...

J'étais presque nue, mais en deux temps deux mouvements j'ai enfilé des vêtements. Me voilà prête à sortir, me voilà dehors. Un homme ! Si Montréal contient deux millions d'habitants, il doit bien y en avoir un pour moi ! Non, pas le trottoir, quand même... Et pourtant, en descendant vers la Côte-des-Neiges, j'ai failli aborder deux ou trois cas intéressants. Taxi, vite ! Vite ! Vite ! Naturellement, je débarque au *Garde-Fou*, où il y a du monde parce que c'est vendredi. Georges me salue et, à cause du petit sourire qu'il m'adresse, je comprends que mon ébriété est visible même si je m'imagine le contraire. Après m'être assise au bar, je me retourne. Des hommes, des femmes... Beaucoup plus d'hommes que de femmes, comme d'habitude... Si je ne suis pas capable d'en sortir un d'ici, je ne m'appelle pas Lucie.

Georges me sert, je le regarde et j'ai tellement faim

que je le prendrais en fermant les yeux sur sa méchante verrue. Non, c'est ridicule. Je lui tourne le dos et j'examine les buveurs attablés. Ils sont avec leurs maîtresses ou avec leurs femmes, et ils parlent des derniers événements. J'entends confusément des mots qui soudain ne m'intéressent plus du tout : « ... guerre, police, Cross, Rose, Cuba, Algérie, armée, révolution, gouvernement parallèle, faible à Québec, fort à Ottawa, hommes de paille, enlèvements, révolution, révolution, etc. » Pour le moment, tout cela ne me dit rien. Ou plutôt si ! Ça me révolte parce que si je suis seule et affamée, et si on éprouve si durement la faiblesse de nos chefs, c'est parce que tous les mâles n'ont pas plus de couilles que mon pauvre Julien. Dès qu'un petit problème se présente, ils ont peur, ils tremblent, ils crient maman et finissent par se cacher dans le nid de la première couveuse venue. C'est mon soir de contestation ! J'ai envie de crier... Tiens, je vais les faire taire et leur parler, leur dire d'abord qu'il n'y aura pas de vraie révolution chez nous sans grande souffrance. « Il vous faudra, messieurs les poules mouillées, gémir, souffrir, subir un grand choc, une guerre par exemple, qui ferait mourir trois ou quatre cent mille Québécois. Une vraie guerre avec des bombes sur les villes, des balles en pleines poitrines et du sang rouge qui coule. Oui, beaucoup de sang « québécois » (je commence à en avoir plein le dos du « québécois ») s'infiltrant lentement, chaud, dans la terre, pour faire d'elle notre vraie terre nourricière... Du sang qui donnerait son vrai goût national à notre pain quotidien, parce qu'il féconderait notre blé. Alors au lieu de palabrer, messieurs les poules mouillées, de même que vous monsieur (tiens un jeune homme seul qui ferait très bien l'affaire, il faut que je demande à Georges de me le présenter. C'est lui que je choisis, ça y est), oui, vous qui êtes jeune et beau, allez exposer votre belle gueule aux balles de l'ennemi, et ensuite vous reviendrez. Alors nous vous ouvrirons les bras, nous les femmes, les « femelles ». Prenez les armes, marchez sur Ottawa ou sur Québec, peu importe, nous sommes cocus du père autant que du fils ; marchez, frappez, allez-y en rangs serrés, sentez-vous les coudes, et que votre mort fasse couler les larmes de vos enfants, de vos épouses, ces grosses poufiasses qui sucent votre sang de toute façon. Mais je sais bien, messieurs, que vous n'irez pas à la guerre, comme ça, de vous-mêmes. Il faudrait qu'on vous frappe. Tiens, j'en suis presque à souhaiter qu'un ennemi quelconque, les Anglais ou les Américains, n'importe qui, nous déclare la guerre. Bang ! Une bombe sur la place Ville-Marie. Bang ! Une bombe sur la Colline Parlementaire de Québec. Et le grand jeu commencerait ; le malheur national, la grande fête des pleurs qui ont raison de couler. Et alors, cette chère identité après laquelle nous courons tous en essayant de sauver la langue française, opération qui se donne de grands airs mais qui n'a rien de fondamental parce qu'elle n'atteint pas le cœur de l'homme, cette identité, dis-je, nous l'aurons ! Et nous serons sauvés ! Et nous aurons un gouvernement fort ! (Le peuple est masochiste : il réclame toujours un gouvernement fort, une police forte, une armée forte. Plus on enseigne la démocratie au peuple, plus il se sent faible, semble-t-il, et il réclame un père fort pour le protéger...) Oui, nous aurons un gouvernement qui se tiendra debout, des hommes solides, des enfants qui auront connu la souffrance et qui travailleront à construire un pays vraiment neuf, le pays de l'avenir, où régnera la compréhension entre les deux nations fondatrices. Merci, messieurs...

Je prends une grande respiration comme si j'attendais les applaudissements, et je me retourne vers

Georges en m'apercevant que tout cela m'a passé par la tête en quelques secondes, sans que j'ouvre la bouche. Je ne l'ai pas dit! Moi aussi je suis une poule mouillée! J'ai pensé à toutes ces grandes phrases en regardant le beau jeune homme qui est seul à une table, qui a l'air de s'ennuyer et qui fera l'affaire. Je demande à Georges :

— Celui-là, tu le connais ?

Mais au même instant on sonne à la porte. Le chien de garde n'est pas là et Georges doit aller lui-même mettre son œil au judas. Il ouvre et revient, suivi d'une belle grande statue grecque aux allures souples qui, pour gagner sa vie, ne ferait que lancer le javelot, courir, sauter et rire. J'avale une énorme gorgée et je fais signe à Georges de me le présenter. Georges, qui m'en veut légèrement de lui avoir refusé la prise de ma forteresse personnelle, fait d'abord semblant de ne pas s'en apercevoir, mais dans l'état où je suis je ne vais pas m'arrêter pour si peu. Soudain, je crie : « Oh », tout en sursautant, mais je me secoue tellement que mon verre m'échappe.

— Vous vous êtes fait mal ?

— Non, je viens de penser tout à coup que j'ai une copine à la maison, chez moi, et je lui ai promis que je lui amènerai mon frère pour un travail...

Georges lève les yeux au ciel. Jamais il ne m'a vue employer un procédé aussi grossier. Le galant, cependant, n'hésite pas à « oser » s'offrir, et nous voilà dans sa voiture. Je suis ivre mais consciente, affamée sexuellement mais sachant très bien ce que je fais. Cette soif me fait trembler. Il est au volant, tout près de moi, souriant, même s'il ne sait pas encore exactement ce qui l'attend. Pour l'affranchir, je ne vais pas prendre les grands détours de la coquetterie : deux pas en arrière, un pas en avant... Je pose résolument une main sur sa cuisse, et mes doigts brûlants, agiles, par une pression et un va-et-vient non équivoques, en disent plus longs que toutes les déclarations « amoureuses » du seizième siècle. Paul se tourne vers moi et son visage marque à peine l'étonnement. Il est si fat qu'il se croit plein de mérite, le pauvre ! C'est parce qu'il est intelligent, bon, généreux, beau, noble, fier, fort, qu'une femme comme moi l'a choisi. Il est l'élu ! A quoi bon lui enlever cette illusion ? Du moins pas tout de suite... J'ai besoin de lui, c'est tout. Il va me servir ; seulement me servir. Je pose la tête sur son épaule en disant :

— Quand je t'ai vu, j'ai pas pu m'empêcher d'avoir envie de toi. Ça m'a pris tout de suite au ventre. C'est la première fois que ça m'arrive, un truc pareil...

— C'est formidable...

Je le surveille de mon œil gauche, qui ne quitte pas son visage. Comme il est fier ! Il se rengorge, ayant l'air de dire : « Eh oui, c'est comme ça. Les filles me trouvent irrésistible. Je ne peux pas m'empêcher d'avoir du succès... » Ah ! Si j'avais une bonne syphilis à lui refiler ! Mais non, la médecine moderne nous a privées de cette arme secrète...

Inutile de pleurer sur le progrès, aujourd'hui ça fait démodé. Nous entrons dans l'appartement, où Nicole est encore en petite tenue, le verre à la main, les genoux en l'air, la chatte sur le seuil de la porte.

— Je te présente Paul. C'est Nicole.

Elle baisse les genoux et tend la main tout en me regardant d'une manière aussi embrumée qu'interrogative.

— Mets-toi à l'aise, Paul. Qu'est-ce que tu bois ?

— Je prendrais bien un scotch.

Il sourit, le brave, et je lui prépare son verre, ayant jeté mon manteau sur le divan d'un geste désinvolte. J'ai décidé de me lancer dans le désordre, d'ouvrir les vannes. Et que ça saute ! D'ailleurs, ce vieux cérémonial : un verre, une caresse, un baiser, la main sur le genou, etc., avant d'entrer dans la chambre, me casse les pieds. J'apporte le scotch de Paul dans ma chambre en lançant à Nicole de ne pas bouger, que nous revenons bientôt, et le mâle me suit.

— Tiens. Bois.

Je tiens le verre, l'incline, il entrouve la bouche et je verse la liqueur d'or entre ses dents. Voilà, une bonne gorgée pour bébé. Maintenant je l'embrasse, me déshabille, il fait de même et nous allons droit au but. Le terrain est prêt, il n'y a plus qu'à semer. Action ! Il est beau, il est fort, il est sur moi et je le tiens à pleins bras pour qu'il m'écrase bien. Du feu ! Le volcan en ébullition ! Une étoile apparaît au firmament de mon ciel de lit. Je crache des rayons de soleil par tous les pores de ma peau. Le grand esprit s'est emparé de moi, je suis en train de me diviniser, si bien que je me sens voler d'une planète à l'autre. Je rêve à la poussée fantastique d'une fusée Saturne V, celle qui met les astronautes en orbite. C'est ça que je veux en moi ! Et je le veux tellement que je le sens, ce symbole sexuel des temps modernes ! Je le sens, il m'emporte, et j'aimerais mieux mourir en cet instant plutôt que d'être arrachée à cette envolée interplanétaire. Soudain, je perds la notion du temps. Il n'y a plus qu'un éclaboussement de lumière, comme si j'entrais en collision avec l'essence même de ce qui compose le secret de toutes les galaxies connues.

Au même instant meurent des centaines de personnes dans le monde.

Au même instant éclate un accord de guitare qui donne envie de pleurer.

Maintenant je reviens lentement, les yeux fermés, essayant de revivre les différentes étapes de ce voyage, celles pendant lesquelles j'ai été consciente. Bien... Tout est parfait... J'entends de nouveau les bruits de la maison, la respiration désormais calme de celui qui a réussi à me satisfaire, et cela fait une espèce de musique. Tout ce qui m'entoure est en train de chanter, doucement, comme si j'étais couchée sur la mer, une mer peuplée de sirènes murmurant à mon intention les mélodies les plus veloutées du monde. Lentement, la vague me ramène au rivage...

Il faut désaltérer l'instrument, le faire passer aux ablutions, le cajoler un peu et ainsi de suite.

— Vous êtes écœurants, dit Nicole, de me faire ça sous le nez !

— Attends un peu, allons ! Charité bien ordonnée commence par soi-même.

Paul est un peu réticent. (La belle délicatesse de certains hommes !) Il a un rendez-vous, il est tard, etc.

— As-tu faim ?

— Non, merci, ça va...

— Bon, alors très bien. Nicole...

Je lui fais signe que c'est son tour, qu'elle peut y aller. Elle l'entraîne par la main et j'éclate de rire en voyant le regard médusé que le pauvre mâle me lance par-dessus son épaule. Je remplis mon verre de nouveau, mets le tourne-disque en marche, à plein volume, et je laisse passer le temps, baignant dans mon ivresse et dans les relents encore tièdes du plaisir que je me suis accordé. Jamais je n'ai eu autant de tendresse pour l'animal que je suis, parce que j'ai réussi à être complètement selon cette portion de moi-même qui n'a rien à voir avec mon esprit. Je pense à un chien que j'ai vu jouer dans la neige il y a quelques années, à la campagne. J'enviais la façon qu'il avait de se donner complètement à son jeu, soufflant, courant, jappant, lampant, bavant, bandant tous ses muscles pour sauter, frémissant de tous ses membres au bien-être qu'il éprouvait.

Il paraît que les animaux nous donnent des leçons, si on les observe bien. Alors je vote pour leur pureté ; elle est totale. Justement parce que le chien qui pisse dans la neige ne peut même pas se rendre compte qu'il la salit.

Ça y est, c'est fini. On se rhabille dans la chambre de Nicole. Et la soirée va se terminer, comme il se doit, par un dernier verre et des propos bénins. Nous n'avons rien à nous dire, et d'ailleurs cet homme serait le plus cultivé de la terre que je ne voudrais pas lui parler vraiment, même si je ne regrette rien de ce que j'ai fait.

— Au revoir j'espère, dit Paul en louchant du côté de notre téléphone.

Je demande à Nicole :

— As-tu dix dollars ?

— Oui, pourquoi ?

— Pose pas de questions trop compliquées, donne.

Je joins son billet au mien et les donne au taureau en disant :

— A travail égal salaire égal. Merci beaucoup. Au revoir.

Mais à l'étonnement qu'il y avait jusque-là dans les yeux de « monsieur » se joint maintenant une grosse étincelle d'indignation :

— Qu'est-ce que c'est ça ! Pour qui me prenez-vous ?

— Pour rien de spécial, mon vieux. Tu nous as rendu service, on te paie, c'est tout.

— J'ai pas besoin de ça !

Il tend les deux billets, les dépose sur la table du téléphone, mais je les reprends, les mets dans une enveloppe :

— Tu donneras ça aux pauvres. Tiens, envoie ça au cardinal Léger, au Cameroun. Ça va lui faire plaisir et ça peut servir à soulager un lépreux.

J'ai mis l'enveloppe dans sa poche de manteau et je

le pousse dehors avant qu'il ait eu le temps d'ouvrir la bouche, puis nous éclatons de rire toutes les deux. A travers la porte, nous l'entendons crier :

— J'suis pas une putain !

— On n'a jamais dit ça ! Tu nous as rendu service et on t'a payé, c'est tout. Cesse de te plaindre. Bonne nuit.

Il gueule encore pendant quelques secondes dans le couloir et finalement il s'en va. Reste la nuit de décembre qui est devenue légère, courte, et dans laquelle nous nous laissons couler. Musique. Alcool. Demain je me ferai un plaisir de construire une nouvelle journée à ma mesure de femme qui aime chaque parcelle de tout ce qui compose l'univers.

Par ma fenêtre entrouverte, le jour entre dans ma chambre. C'est un jour de décembre, et comme tous les jours de ce mois il a mis du temps à venir. Pendant le dernier mois de l'année, les jours s'en vont vite, comme une clientèle de passage. Et ils viennent tard, le matin, sombres. Je les attends au coin de mon lit, un peu anxieuse, comme la dame des temps anciens attendait l'homme, derrière sa fenêtre ; comme d'autres attendent le passant, au coin des rues. Il faut avoir le corps plein de sang chaud pour recevoir une aube de décembre dans son lit, à sept heures du matin, et il faut que j'aie l'imagination fertile pour être capable de l'aimer. Mais oui, je suis capable !

La soirée d'hier a été tellement bonne ! Bien sûr, comme je ne suis pas un monstre, il faut que je me parle un peu, que je me galvanise la conscience... enfin, cette chose qu'on appelle la conscience et qui pourrait peut-être me reprocher d'avoir agi de la sorte : « Une femme ne se donne pas comme ça, au premier homme venu. C'est... C'est... » Elle ne trouve pas le mot, ma conscience. Tant pis pour elle. Je coupe court en lui disant que ce n'est rien du tout : ni laid, ni sale, ni bête.

C'est en dehors des coutumes, d'accord, mais qui a institué les coutumes ? Des hommes, justement, qui ont voulu que seulement la femme soit « la chose » qui attend, qui obéit, qui accepte le « monsieur » quand ce dernier le veut bien. J'avais faim, j'ai mangé, et maintenant je digère, une main attardée à mon flanc encore frémissant au souvenir de la bataille que nous avons livrée contre la mort. Voilà tout.

C'est congé aujourd'hui, je dis à ma conscience de se reposer, de s'étendre comme moi, dans la tiédeur des draps, et d'écouter le temps couler, lentement, à la manière des rivières étalées dans les plaines aux longues herbes molles. Il y a des jours comme ça, où on arrive à ne pas sentir le temps passer : il glisse imperceptiblement, comme un bateau qu'on voit au loin sur la mer. Enfouie sous mes draps, comme je le suis en ce moment, il me semble que je n'ai pas d'âge. C'est peut-être parce que le soleil ne se montre pas et que tout est incertain, sans ombres, sans éclat. Alors je me laisse couler dans mon bien-être qui est une mer sans fond, fermant les yeux, cherchant une place fraîche sur l'oreiller, attentive à la sensation qu'éprouve ma joue droite sur la percale froide. Il me semble que cette partie de mon corps sera toujours la même : charnue, sensible, inapte à la pourriture. D'une main paresseuse, je fais le tour de mon sein gauche, écoute au passage mon cœur qui bat au ralenti, puis je retourne à mon ventre, centre de la terre, cette mer chaude et salée où fermente mon enfant. Avec mes doigts, je lui parle déjà, tapotant doucement ma peau pulpeuse. Oui, les premières transformations sont maintenant apparentes : une légère transformation de ma peau, comme si elle s'était épaissie. Je deviens plus charnue, plus apte à la préhension, à la caresse, tel un fruit gorgé de jus qui ne demande qu'à être avalé. Il me semble que je suis plus belle ainsi, plus femme, et je dis à mon fœtus que je suis heureuse de l'avoir en moi, que je vais lui donner tout mon sang s'il le veut, car je me sens riche de corps, riche ! Capable de donner la vie à toute la ville !

En allant à la salle de bains, je croise Nicole. Elle a la gueule de bois, évidemment, et mauvaise conscience en plus. Elle regrette ce qu'elle a fait hier soir. Je le vois dans son œil qui ne veut pas répondre à mon sourire. Elle m'accuse de lui avoir fait faire une bêtise : « Qu'est-ce que ce gars-là va penser de moi ? » Ou encore : « Je me suis conduite comme une fille de rue. »

— Ça va pas ?

— J'ai mal à'tête pis j'suis tannée... J'pense que j'vas passer la journée couchée.

Elle replonge au cœur de ses draps et je prends l'autobus pour me rendre au centre de la ville. Au flanc de la montagne, le cimetière est calme, orné seulement d'un cortège funèbre qui accompagne un mort en terre gelée. Les arbres sont presque nus, abandonnés, chargés de tous les souvenirs de l'été qui les avait habillés de feuilles et du chant des oiseaux. Il y a aussi, dans leurs souvenirs, les propos des amoureux qui ont passé près d'eux ou des hommes qui s'ennuyaient, accompagnés de leur femme et marchant l'un derrière l'autre, comme attelés au même boulet. J'aime les arbres du mont Royal et j'aime toute cette montagne qui s'élève au cœur de la ville. Une montagne, c'est plein de mystères. Il en faudrait au milieu de chaque ville pour mettre un peu d'enfance sur le visage des grands buildings.

Je n'ai pas de courses à faire. Je veux simplement marcher, rue Sainte-Catherine, de la rue Guy à la rue Saint-Laurent. Je veux voir les gens qui sont pressés, même si c'est samedi, regarder leur visage et essayer de comprendre, deviner ce qu'ils pensent, ce pourquoi ils ont l'air inquiets. Ils regardent les vitrines pleines de choses fascinantes, parce que Noël s'en vient, parce qu'il faut faire des cadeaux, parce qu'on a besoin de milliers d'articles inutiles, parce qu'il fait froid, parce qu'il faut bien se gâter un peu dans ce « maudit pays » où tout est si dur, surtout avec la loi des mesures de guerre en plus « ... et mon frère est en prison... depuis dix jours... Moi j'ai été perquisitionné... On m'a emmené en prison mais ils m'ont relâché sans même me questionner... » Je lis ça sur des visages, rue Mackay, rue Bishop, avec son bureau de poste, édifice fédéral gardé par les hommes de l'armée, mitraillette à la hanche. La mise en scène continue, parce que les frères Rose sont encore au large avec Simard. On ne regarde presque plus les soldats, qui ont l'air de s'ennuyer, parce que, bien sûr, les révolutionnaires du Québec ne sont pas très nombreux et ils ne courent pas les rues. Il paraît qu'on va finir par connaître les raisons profondes qui ont motivé ce déploiement de force. Je regarde les gens autour de moi et je me demande s'il est bien nécessaire de le leur dire. Je crois qu'ils ne veulent pas le savoir. Ils aiment mieux le mystère, le drame : il y avait des méchants, nous étions menacés et le gouvernement est arrivé juste à temps pour nous sauver ! Maintenant nous sommes soulagés, tranquilles pour faire nos affaires... Cette façon qu'a le peuple de voir les choses ne m'empêche pas d'aimer le monde. Je veux être lucide et gaie. Alors je me dis que si les mesures de guerre répondent à un besoin de théâtre, tant mieux ! Les vrais divertissements sont rares de nos jours...

Tous les cinq cents pas, la clochette de l'Armée du Salut se fait entendre, inlassablement secouée par une main de femme hideuse qui se tient près d'une grosse boule transparente suspendue à un support d'acier en forme de L renversé. Dans cette boule de verre, on voit les dollars s'amonceler. Je n'ai jamais pu me résigner à ce genre de charité, parce que je n'y crois pas, et je suis étonnée du succès que remportent ces bonnes femmes chaque année, au temps des emplettes. Je suppose qu'on éprouve du remords et qu'on veut se payer des traites sur l'éternité, au cas où quelqu'un nous demanderait des comptes après la mort.

La rue Sainte-Catherine est vraiment la chose la plus étriquée du monde, la moins architecturée, la plus abracadabrante, si on pense à la vue d'ensemble qu'elle offre : une église, un building, un trou, un parking, une vieille maison, etc. C'est certainement laid. Et pourtant cette rue est vivante ! Alors ? Elle vit et témoigne de notre santé, de notre vigueur. J'entre dans l'un de ces restaurants sans allure (chrome et arborite) pour prendre un café. Yes ? Oui. May I help you ? Un café. Voici. Merci. Il fait chaud et on se bouscule. Je me sens bien dans cette mer de monde qui a besoin de tant de choses et qui se débat pour les obtenir, petit à petit, morceau par morceau, comme les fourmis qui transportent des grains de poussière pour construire leur maison. Avoir besoin, ça veut dire être en vie ! Moi, ça m'émeut. Joyeusement ! Autrement, je ne vois pas pourquoi on se débat tellement dans les hôpitaux pour sauver les malades, même ceux qui n'apportent rien à la société. Rien, excepté le battement de leur cœur, leur souffle, et le regard qu'ils jettent sur le monde.

Le mois de décembre continue, morne à cause de l'atmosphère politique. Les élections municipales ont eu lieu malgré tout, Drapeau a été élu et il a crié comme un dément qu'il avait raison. Tout cela est bien « laid » et je suis toujours seule, c'est-à-dire sans homme, et nous arrivons bientôt à Noël. Je me sens emmêlée corps et âme à tout ce qui se passe dans ce pays, et une fois de plus j'ai la certitude que je serai seule tant que la crise ne sera pas dénouée. Je le sens dans mes tripes.

Il faut que l'abcès crève au plus vite parce qu'on ne voudra plus de moi quand j'aurai le ventre gros.

Nicole a eu plus de chance que moi. Hier, vendredi, elle est arrivée à la maison avec son « nouveau ». Trente-cinq ans, assez beau, marié bien entendu. Et il est parti « après », comme d'habitude, en disant :

— Au revoir, à lundi.

Voilà notre marque de commerce : « Au revoir, à lundi. » Nicole sourit pendant qu'elle ferme la porte, transportée par les débuts de son aventure, mais dès qu'il n'est plus là elle se laisse tomber dans un fauteuil en disant :

— Maudit toryeu ! Fallait qu'y soit marié lui aussi !

— Voyons ! Y me semble que c'était réglé, cette histoire-là. Tous les hommes sont mariés, cons ou laids.

— Je l'sais ben ! Je l'sais ! Mais ça fait rien... On y pense quand même de temps en temps...

A propos de mes aventures amoureuses et de notre aventure politique actuelle (le tout étant si emmêlé, si lié, que j'en arrive à croire à la prédestination, et j'ai peur, comme si quelque chose de grave allait m'arriver), je n'ai pas raconté à Nicole ce qui m'est arrivé le jour où on a libéré James Cross. Je repense à cette scène tous les jours.

Le quatre décembre à l'heure du déjeuner, je suis sur le trottoir aux coins de Dorchester et Université. Je suis là et je regarde : la rue, les gens, les buildings grisâtres dans le soleil froid. Il vente à cause du couloir créé par les gratte-ciel plantés dans le secteur. On a annoncé à la radio que James Cross avait été retrouvé sain et sauf. On a négocié, et maintenant ils vont le libérer officielle-ment au pavillon canadien de Terre des Hommes, trans-formé en territoire cubain pour la circonstance. Notre Expo 67 aura donc servi à autre chose qu'à nous donner l'illusion de la richesse... Les sirènes hurlent, les voitures s'effacent, les piétons s'assemblent et le cortège passe, avec la fameuse Chrysler. Au fait, on ne passe pas, on fonce! Une vraie charge! Au coin de la rue, nous sommes une cinquantaine à nous tenir en grappe, autant à cause de l'émotion que du froid. Et je voudrais être dans cette vieille voiture, auprès des felquistes, pour leur demander comment ils ont fait pour tromper la police pendant si longtemps. C'est vraiment extraordinaire! Il me semble que les règles du jeu veulent qu'on les félicite. Cela dit, je voudrais bien leur demander comment ils ont pu croire qu'il était nécessaire d'enlever un diplomate britannique pour revendiquer nos droits, et comment ils ont pu s'imaginer qu'ils s'en sortiraient. Je regarde la ville, les gens qui mangent, les gens qui travaillent, les chômeurs subventionnés par l'Etat... Notre dépendance politique. J'essaie de comparer nos « malheurs » à ceux des autres pays, et je me demande si tout cela n'est pas un coup de tête d'adolescent qui a décidé d'emmerder son papa, rien que pour le plaisir de l'emmerder.

— Pardon mademoiselle...

On me pousse gentiment. Je suis perdue dans ma rêverie, au milieu du groupe, et je ne vois pas que j'ai le pied sur un gant. Le monsieur s'est penché pour le ramasser, il se relève, sourit, dit merci, et je passe une éternité à plonger dans ses yeux. Je descends, descends, remonte, me baigne, m'étale, me roule dans le bleu ciel qu'il répand sur moi. Finalement je dis :

— Excusez-moi, j'étais dans la lune, à cause de l'événement...

— Je comprends... Une bonne chose que ce soit terminé.

— Oui.

Notre grappe de badauds se désagrège, le cortège étant passé depuis longtemps. On n'entend plus que les sirènes de la police qui s'étirent sur l'autoroute Bonnaventure. Il faut que je parte mais il est encore près de moi, et il me demande où je travaille.

— Ici à côté, à la B.C.I.

— Ah bon! Moi je suis à la C.A.I. Nous nous reverrons peut-être.

— Peut-être...

Et je pars la première, serrant mon sac à main sur mon ventre, contractée, les jambes raides (« je dois marcher d'une façon ridicule! »), espérant qu'il va me rappeler, me demander mon nom, mon numéro de téléphone, mon adresse, tout! Mais non. Rien. Je n'entends que le bruit sec de mes talons sur le ciment froid du trottoir. Si je me retournais? Non. Quand même... Il doit y avoir un régisseur, quelque part, qui dirige le hasard, et qui m'a placée près de lui... Monsieur le régisseur des rencontres, faites-moi le rencontrer de nouveau, je vous en supplie... Ce n'est pas qu'il soit beau... Oui, il est beau, mais c'est plus que ça : il m'inspire confiance, il m'attire, comme si j'étais destinée à me fondre en lui.

Noël me fait presque peur. Nicole s'est rendue chez ses parents, pour deux jours, tandis que moi je suis invitée au réveillon chez les miens, ce soir. La fête religieuse n'a plus de sens pour la plupart d'entre nous. Reste à trouver des raisons pour nous réjouir particulièrement ce jour-là. Je n'en vois qu'une : enfin les journées vont commencer à s'allonger. Retour aux sources, si on songe que les « fêtes » ont probablement été « programmées » à ce moment de l'année pour adoucir cette pré-période difficile du solstice d'hiver, alors que le soleil ne fait que passer pendant quelques heures chaque jour, et si incliné qu'il ne parvient pas à nous réchauffer. Cette noirceur me pèse plus que tout au monde et j'ai besoin de rassembler toutes mes forces pour ne pas sombrer dans la léthargie.

A quelques générations près, tous les Montréalais sont des campagnards. Mon père, lui, est fils de paysan, directement transplanté de la campagne à la ville grâce à des études que lui a payées son père, à l'époque où il fallait débourser cinq cents dollars par année pour que votre enfant apprenne quelques belles phrases de latin, aille à la messe tous les jours et comprenne une fois pour toutes que Dieu mène le monde. Si ça va mal, c'est parce qu'on ne pense pas assez au Créateur.

Je vois mon père et ma mère une fois par année, le vingt-quatre décembre. Nous nous embrassons, nous échangeons quelques cadeaux, et nous mangeons de la dinde. Ma sœur vient, elle aussi, avec son mari et ses deux enfants. Nous ne nous aimons pas plus qu'il le faut. Je ne sais plus très bien ce que j'ai fait pour leur déplaire, mais je me souviens seulement que, il y a sept ou huit ans, j'ai éprouvé le besoin de les quitter et je suis partie. Je ne « pensais » pas comme eux, et nos discussions devenaient de vraies chicanes.

Chaque année, je vois les traces laissées sur leurs visages par le temps, et le choc est brutal. Comment ne pas songer que, demain, j'aurai ces rides-là, cette voix qui casse, cette démarche mal assurée, ces gestes amorcés puis non achevés parce qu'on s'aperçoit tout à coup qu'ils sont inutiles ou faux ? Au moins, que je ne perde pas la faculté que j'ai de faire pleinement tout ce que je fais, en essayant d'en retirer tout le plaisir possible !

Mon père vieillit vite parce qu'il n'a jamais accepté le changement ; le changement en soi, à tous les points de vue. Il en est encore à rêver au temps des labours à l'époque où son père marchait derrière les chevaux, les bras aux mancherons de la charrue, et cela du milieu d'octobre à la première neige. Il y avait la moissonneuse tirée par trois chevaux, des charrettes que l'on chargeait à la main, et on chantait. On mangeait des pommes, on travaillait au clair de lune, les revenus étaient minimes, mais il n'y avait pas de problèmes. Aucun problème, à part une stagnation totale. Il y avait Dieu, la terre, la famille, l'enfer et le ciel. Calme, harmonie, simplicité.

— ... tandis qu'aujourd'hui, le vacarme, les disputes et finalement le F.L.Q., la police, un ministre assassiné, c'est la fin de tout !

— Mais non papa, c'est la suite normale...

— Ah ! toi, je sais ce que tu penses ; aussi bien pas discuter de ça... En plus y paraît que t'es enceinte ?

— Oui, depuis le mois de septembre...

Il se replonge dans son assiette, ma mère a les yeux baissés, et ma sœur fait semblant de s'occuper de ses deux enfants, comme pour mettre un mur entre notre conversation et eux. Surtout, ne pas scandaliser ces pauvres petits... Noël est une trop belle fête pour la ternir par une dispute de famille. Alors on mange en silence ou on commente la dinde, les pommes de terre en purée, la confiture d'atakas et tout le reste du menu, qui est à peu près le même chaque année. De temps en temps, je regarde mon beau-frère qui a trente ans et qui fait tout ce que ma sœur désire. Je les ai vus se fréquenter, s'embrasser à cœur de soirée, enflammés, « ma chérie mon trésor mon amour ». Il avait le nez droit, la lèvre taillée dans la pulpe de sanguine, et pas une ride. Il riait, montrait ses dents, jouait, chantait, dansait, faisait tout avec joie. Maintenant il ressemble à un bœuf qu'on traîne à l'abattoir, interminablement. Dès l'anneau passé au doigt, ma sœur lui a fait comprendre que la vie est une chose sérieuse. En conséquence il faut qu'elle, la mère de ses enfants, soit protégée au maximum, respectée, dorlotée, enterrée sous les trucs modernes, avec maison, voiture, et tout et tout et tout. Alors mon beau-frère n'est plus un homme ; il est un pourvoyeur de biens matériels au service d'une femme et de deux enfants qui consomment sans dire merci parce que tout leur est dû. Le cas typique de la fille qui s'est « décroché » un mari pour se mettre à l'abri jusqu'à sa mort. Jamais un accroc dans leur mode de vie, jamais un coup de vent, une poussée d'air chaud ou froid. Toujours le même calme sidéral, toujours le même programme, avec maman qui lui téléphone chaque jour et qui répète sans cesse : « Ma pauvre p'tite, j'sais ce que c'est que d'avoir des enfants ; j'espère que tu te sens bien, que t'es pas trop fatiguée et que ton mari fait pas de bêtises... Oui, oui, vous venez dîner dimanche, comme d'habitude, après ça on fera un tour de voiture avec ton mari... »

Son « mari » est beau, malgré la mort que la vie de famille lui a peinte sur le visage. Je le regarde de temps en temps, lui souris, et il me rend un sourire fabriqué sur mesure pour le temps des fêtes. Le plus beau service que je pourrais lui rendre, ce serait de faire l'amour avec lui : le faire partir en orbite une seule fois, pour le libérer, lui faire savoir qu'il a des couilles et lui montrer à s'en servir. Alors il se remettrait peut-être à vivre plutôt que de se laisser sucer le sang par ma sœur... Mais non, je ne lui rendrai pas ce service. S'il n'est pas capable de se libérer de lui-même, avec tous les exemples qu'il a sous les yeux, il ne mérite pas que je me donne cette peine.

Et puis merde ! Tout ce monde est en train de me rendre triste ! Ils vont me gâcher mon Noël, qui n'est pas déjà si drôle. Alors après le café je me lève :

— Excusez-moi, j'ai un rendez-vous. Il faut que je rentre...

70

— Voyons donc, Lucie! On se voit une fois par année...

— Tu vas pas nous faire ça...

Mais je sens que le cœur n'y est pas. Ils protestent mollement. Je peux partir si je veux, m'en aller loin, avec toutes mes idées de fou et mon enfant dans le ventre... Ils ne s'ennuieront pas de moi... Je ne sais pas pourquoi mais je les embrasse plus chaudement que d'habitude. On dirait que plus je m'éloigne d'eux, plus ils s'enfoncent dans la « mort-en-vie ». Et soudain il y a le cœur de ma mère qui se déchire. Elle me serre dans ses bras et pleure en disant :

— Mon Dieu, Lucie, si tu voulais... Si t'as besoin, je pourrais t'aider, peut-être... si tu veux... C'est pas facile, tu penses jamais comme les autres... Moi au milieu de tout ça, j'sais plus trop quoi faire...

— Inquiète-toi pas maman, tout va bien... J'ai besoin de rien.

— Pauvre enfant, tu pourrais te passer d'être si orgueilleuse.

— Appelle ça de l'orgueil si tu veux, moi j'appelle ça le besoin naturel de vivre ma vie comme je l'entends... Et puis c'est plus qu'un besoin, c'est un devoir. Allons, pleure pas pour rien... » Je l'embrasse encore une fois, les autres sont mal à l'aise, je le sens bien, mais ça ne fait rien. J'aime bien ma mère qui, elle, a été l'esclave de mon père toute sa vie. Elle s'est vengée en faisant de sa fille la reine de son gendre, qui doit se saigner à blanc pour elle. Les familles jouent des jeux étranges, amusants, fascinants, comme si le besoin de souffrir et de faire souffrir était aussi nécessaire que le pain. Pas très drôle, tout ça, mais ça m'amuse quand même, sur-tout quand je pense qu'on veut tout foutre en l'air, tout casser, le mariage et la famille, allez hop! Et après? Rien. Justement. Le miracle de l'amour, ce n'est pas d'aimer un homme ou une femme ; c'est de s'aimer soi-même juste assez pour être capable d'aimer vraiment une autre personne.

— Je te reconduis, dit mon beau-frère au moment où je vais téléphoner pour demander un taxi.

— Non, non, pas la peine...

— C'est ridicule, voyons, ma voiture est là...

Il insiste tellement que j'accepte et me voilà près de lui sur la banquette, après avoir jeté un coup d'œil furtif à ma sœur qui lui a simplement dit de revenir vite pour ne pas trop briser la soirée. Silence. Il vente, il neige, les rues sont pleines de « slush » comme il se doit. Le mari de ma sœur conduit prudemment, sans me regarder, visiblement troublé par la scène à laquelle il vient d'assister. Je le regarde en coin, de temps en temps, sans mépris, sans désir, totalement neutre. Le mari de ma sœur n'est pas un homme : il est un jouet entre les mains de sa femme et de sa belle-mère. Je n'ai pas de pitié non plus. Voilà du gâchis comme il y en a un peu partout sur la terre, mais je n'ai pas envie de m'attrister pour autant. Tout à coup il laisse tomber :

— Ta mère souffre beaucoup, tu sais...

— Oui je sais...

— Tu pourrais pas faire quelque chose ?

— Quelque chose qui serait comme me détruire moi-même en redevenant la petite fille qui dit oui à son père ?

— Non, mais... Ah, t'as peut-être raison, y a pas grand-chose à faire...

— Je les aime malgré tout, c'est déjà beau, non ?

Silence. Feu rouge, « slush », décorations de Noël aux portes, arbres plantés dans les « bancs de neige », lumières multicolores et clignotantes, etc. J'accepte tout cela ; je l'avale en essayant de le transformer, même si au fond ça n'a pas de sens.

— T'es une drôle de fille... Moi je t'aime bien...

On ne répondra pas à cette gentillesse qu'on m'a déjà servie deux mille fois. « Drôle de fille ! » Parce que je me prends en main moi-même ? N'importe qui peut le faire, avec un peu de sang dans les veines.

— Quel numéro chez toi ?

— 6080, en haut de la première côte.

Nous montons la rue Ridgwood avec difficulté à cause de la neige et de la glace. Nous voilà devant ma porte et il me regarde :

— Voilà...

Combien de fois on m'a ramenée à la maison, comme ça, une « première fois » ! Et à cet instant précis où il arrête sa voiture le monsieur qui ne me connaît pas me regarde d'un œil interrogateur : « Qu'est-ce qu'on fait ? Vous m'invitez à monter ou je repars tout de suite ? Non, quand même un baiser avant de partir. » Le scénario ne varie pas beaucoup d'un mâle à l'autre. Il n'y a que l'atmosphère qui change, selon l'intensité du désir qui vous unit à celui qui est là, assis derrière son volant, et qui se demande jusqu'à quel point il peut oser. Alors on dit merci, bonne nuit, ou bien on sourit et on accepte la bouche qui se tend. Mais ce soir avec le mari de ma sœur, rien. Pas de fluide dans l'air, rien de cette griserie qui vous fait croire que la voiture est confortable, que l'air est doux, parfumé, tendre, propice à l'amour. Pourtant, je lui dis :

— Monte encore, jusqu'en haut de la rue.

— Pourquoi ?

— Monte.

Ma rue se termine en cul de sac. Tout en haut, on fait le tour d'une espèce de rond-point avant de repartir en sens inverse. C'est là qu'il fait sombre et que tout est calme. Quelques arbres de Noël nous envoient des signaux rouges, bleus, jaunes, mais c'est tout.

— Arrête ici.

Le mari de ma sœur obéit et me regarde d'un œil si troublé que j'ai envie de rire, mais je m'en garde bien. Me voilà collée à lui, l'embrassant, et tout à coup il se réveille, m'enlace, se débat, me caresse avec la maladresse des débutants. Décidément, cet homme ne connaît que ma sœur, qui a autre chose en tête que le sexe. Alors je m'incline sur lui et ma bouche le prend avec tout le raffinement dont elle est capable. Il bêle comme un petit mouton qui retrouverait le pis de sa mère après trois semaines de sevrage. Et dans son délire, il prononce mon nom avec une extase qui, en toute autre occasion, serait un hommage peu singulier à mon talent :

— Ah ! Lucie ! Lucie ! C'est extraordinaire... Merveilleux, Ange...

Voilà. Le jouet de ma sœur et de ma mère ne sert plus aux mêmes jeux que d'habitude. Il voudrait me parler, me dire des choses qui se bousculent visiblement dans sa petite tête, mais il ne le peut pas. C'est trop compliqué. Le voilà désemparé.

— Lucie, j'sais pas comment te dire...

— Dis rien et redescends la rue jusqu'à ma porte.

— Ecoute... quand je te vois... je me rends compte, on dirait que je mène une vie qui a pas de sens...

— Alors tu parleras de ça à ta femme, hein... C'est avec elle que t'as choisi de faire ta vie.

— Tu me comprends mal...

— Je te comprends très bien. Seulement j'ai pas envie de philosopher sur les malheurs du mariage matriarcal par ce beau soir de Noël canadien et québécois. Retourne vite à ton réveillon, on t'attend... A part de ça si t'as des problèmes, t'es assez vieux pour les régler.

J'ai mis dans ma voix, en plus de l'ironie, une certaine

74

dose de sécheresse qui le surprend, qui lui fait mal, le pauvre homme.

— Lucie, j'te comprends pas...

— T'es pas le premier. Si tu savais comme je suis habituée à ça... Allons, pleure pas. Bonsoir et merci de m'avoir ramenée chez moi. Joyeux Noël !

Il reste bouche bée. Je dépose le baiser de circonstance sur sa joue droite et me voilà chez moi, seule.

Enfin, les jours vont commencer à rallonger !

Nicole revient, le travail reprend, on croise des centaines de personnes dans les couloirs, dans les bureaux, partout, dont le visage est marqué par la fatigue et surtout par les excès d'alcool. L'homme ne peut pas s'amuser plus que de raison sans hâter sa destruction. Parfait ! On meurt encore plus vite à ne rien faire, ce qui est plus bête, parce que sans plaisir.

La semaine qui sépare Noël du Jour de l'An est assez bizarre. Pour moi, elle a toutes les caractéristiques de ce no man's land qui sépare les frontières de deux pays. Terrain mort, temps mort. On dirait que ce temps n'appartient à personne et que, par conséquent, il se refuse à nous. Tous les ans, j'en ai presque un nœud dans l'estomac, et chaque matin je me réveille assez tôt pour tirer mes rideaux et épier le lever du soleil. Oui, il s'en vient, une minute et quelques secondes plus tôt qu'hier ! Bravo ! Et pourtant, dès que j'arrive au travail, j'ai l'impression de me remettre à flotter dans l'espace, sans l'appui du temps, peut-être parce qu'on ne fait pas grand-chose...

Nous avons eu notre « party de bureau », comme d'habitude, mais je n'y suis pas restée longtemps. Il paraît qu'on a fait des choses... J'apprends cela par les secrétaires qui se lancent des allusions de temps en temps, d'un bureau à l'autre. Au fait, je n'apprends rien du tout parce qu'il y a une dizaine d'années que je travaille ici, et d'ailleurs toutes les « parties » de bureau se ressemblent. Les plus drôles à observer, ce sont les patrons et les cadres « supérieurs » qui, le lendemain, n'accordent pas un sourire aux jeunes filles qu'ils ont pelotées la veille, ou qu'ils ont tout simplement baisées sur le coin d'un pupitre : « Vite, dépêchons-nous avant qu'on vienne nous surprendre... Quelqu'un d'autre peut avoir besoin de la place... » Je connais tout cela par cœur. Voilà pourquoi, maintenant, je pars avant le grand déchaînement. Mon équilibre n'a pas besoin de ce défoulement annuel.

Je nage donc entre deux eaux, à la maison, au bureau, quand la radio nous lance la nouvelle que tout le monde attend depuis si longtemps : « Ce matin, 28 décembre, à cinq heures, on a retrouvé les frères Rose et Jacques Simard, présumés assassins de Pierre Laporte, dans une petite maison de Saint-Luc, banlieue de Montréal. » Suivent tous les détails de l'arrestation, le trou que les jeunes gens avaient creusé dans la terre pour se cacher, en passant derrière une fournaise ; leurs provisions, leurs vêtements, etc. Et ils se sont rendus sans se battre. On les a trouvés grâce à la surveillance intelligente de la police qui, depuis quelque temps, soupçonnait les criminels de vivre justement dans cette maison où personne n'entrait ni sortait, mais dont les fenêtres s'allumaient la nuit...

— Enfin ! Dis-moi pas que cette affaire-là est finie pis qu'on en entendra plus parler », dit Nicole joyeusement, en avalant son jus d'orange. Elle parle avec l'aplomb des « justes », de ceux qui n'ont pas fait de mal et qui ont, par conséquent, « le droit » de condamner. Nicole parle comme la majorité, cette majorité qui a la certitude de ne pas être responsable de quoi que ce soit qui dérange la marche harmonieuse du monde. Pourtant, il faudrait voir un peu quel prix on doit payer cette tranquillité du « monde en marche dans la paix, le calme et l'harmonie », vieux refrain de tous les pacifistes connus et inconnus.

Moi je pense que l'harmonie perpétuelle est inhumaine.

Et je mange « ma » toast sans répondre au soupir d'aise que vient de pousser ma chère Nicole. Elle a quand même raison de se réjouir, bien sûr, parce que l'étreinte que l'on ressentait depuis le milieu d'octobre était devenue insupportable. On s'en rend compte en ce moment, si on se laisse aller à mesurer la sensation de légèreté qu'on éprouve. Le soulagement nous donne des ailes. Malgré moi je pense aussi : « Enfin ! Enfin ! Enfin ! » Et avant d'entrer dans le grand building où se trouvent nos bureaux, je m'attarde aux coins des rues Dorchester et Université. Il est neuf heures moins le quart. On se bouscule, il fait froid, les collets blancs courent pour traverser la rue, les pneus des voitures crissent sur la neige dure, et le policier qui dirige la circulation, au centre du carrefour, a l'air d'un pantin sur une montagne de glace. Je cherche ! C'est là qu'il m'a vue, le monsieur qui avait fait tomber son gant, le jour où les felquistes sont partis pour Cuba. C'est là qu'il m'a parlé... Aujourd'hui que tout est fini, il devrait repasser, non ? Au lieu d'entrer au bureau, je traverse la rue Université, puis je reviens sur mes pas... Rien. Il n'est pas là. Pourtant...

Puis j'entre au bureau en me disant que je suis ridicule. « Idiote ! Je suis bête, chercher un homme que je ne connais même pas, uniquement parce que... » Eh oui, uniquement parce que... Il m'a attirée, c'est tout, et c'est suffisant ! Dans le hall du building, l'atmosphère est à la joie. On parle haut. « Ça y est ! Ils les ont eus ! Pas trop tôt ! Pendaison ! Prison à vie ! J'espère qu'ils vont pas les rater ! Tant mieux, on va respirer ! »

Le pays est-il si faible qu'il ait besoin de faire disparaître trois jeunes hommes pour être capable de vivre ? Le 1er janvier arrive enfin, dans le froid. Il fait sombre. Je me repose parce que, hier soir, il y a eu « party » chez des amis de Nicole. On a bu, parlé politique, indépendance, mesures de guerre, liberté, littérature, etc. Mais le cœur n'y était pas. Je cherchais un homme, un vrai, parmi les six ou sept qui se trouvaient là, mais je n'ai pas trouvé. Ils étaient trop jeunes, trop vieux ou bêtes. Toujours le même tableau... Minuit est arrivé tout à coup et nous avons échangé la vieille formule, comme un fétiche qu'on se passe de bouche à bouche. Nous savons bien que l'année ne sera ni plus belle ni plus laide, ni meilleure ni pire que l'autre, à tout prendre, mais nous avons besoin de nous encourager... Nous avons besoin surtout d'être généreux envers les autres et de leur souhaiter tout le bien possible. « Tout ce que tu désires... La réalisation de vos vœux les plus chers... » Nous bavons de générosité... Pourtant, il faut bien se dire que certaines personnes souhaitent votre propre mort !

Je place mes mains sur mon ventre et je presse. Que mon futur enfant soit beau, intelligent, sain de corps et d'esprit. Je ne peux rien lui souhaiter de mieux : qu'il soit bien constitué physiquement aussi bien que mentalement, et qu'il se débrouille. Je ne veux pas d'un enfant gâté, affaibli par une vie trop facile. D'ailleurs, inutile de me faire du souci à ce sujet : dans la situation qui est la mienne, sa vie ne peut être que difficile.

Pour célébrer la nouvelle année, j'aimerais bien faire l'amour mais je ne vois rien poindre à l'horizon. La désolation ! S'il ne faisait pas si froid j'irais rôder aux alentours des rues Dorchester et Université, rien que pour éprouver de nouveau ce que j'ai ressenti quand je lui ai parlé ; rien que pour meubler mon âme de cette fébrilité qui précède le moment divin où l'homme s'approche et que l'on sent, jusqu'à sa moelle épinière, qu'on pourrait se donner à lui totalement. On se souvient de ces moments-là pendant toute une vie.

Mais la température est sibérienne et toute la ville se repose de la veille. Alors j'arpente mon lit vide. Avec mes bras et mes jambes, je mesure cet espace exclusivement réservé à l'abandon. C'est ici que je m'abandonne au sommeil, au repos, à la nuit, aux rêves, et enfin au bonheur d'être possédée par un homme que j'aime. Je songe à toutes les fois où je me suis lancée à corps perdu dans les orages de l'amour, ces moments sublimes où le plaisir se confond avec la joie. Il paraît que, pour les savants très avancés, il y a des cas où la physique et la chimie se confondent. En amour, on peut quelquefois observer le même phénomène, pour ce qui est du plaisir et de la joie. Mais aujourd'hui, je m'abandonne à ma solitude, que j'embrasse, que je roule sur ma poitrine entre mes seins chauds, fruits abandonnés que je caresse de mon souffle. Puis je la fais glisser sur mon ventre, je la place entre mes cuisses, croise mes jambes sur ses reins et je serre de toutes mes forces pour l'étouffer, ma solitude, cette compagne qui s'est un peu trop attachée à moi. Mais non, il faut que je la laisse respirer... J'ai besoin d'elle aujourd'hui. Alors il faut la tenir doucement par la main, m'enrouler dans son manteau, me confier à son giron, chercher, en sa compagnie, la partie de mon cœur que je ne connais pas encore. Là, entre les deux oreillers, la tête enfouie, les cheveux défaits, j'ai laissé Julien me faire un enfant, sciemment, et il faut m'assurer que je ne le regretterai jamais, que je lui pardonne d'être parti par lâcheté.

A la radio, le Premier Ministre parle au monde, à son pays, à ses administrés. Pas un mot sur les troubles que nous avons vécus. Pas un mot sur les mesures de guerre qu'il a « dû » nous imposer. Il parle de la jeunesse qu'il faut aider, parce que c'est elle qui fera le pays de demain... Eh oui, mais j'appartiens au pays d'aujourd'hui ! Il faut que je vive dans cette ville, dans cette province, dans ce pays, AUJOURD'HUI ! C'est maintenant que j'ai le devoir d'être heureuse, fière, capable de sourire, de manger avec appétit, de travailler sans me sentir humiliée par les patrons, de vieillir sans devenir acariâtre et de mourir en me disant que j'ai vécu chaque instant de ma vie au maximum. J'ai droit à tout cela maintenant, monsieur le Premier Ministre !

— Alors fais comme d'habitude. Puise en toi-même la force d'être heureuse...

Pour la millième fois, une espèce de prophète me glisse cette phrase à l'oreille, puis je m'abandonne à mon lit, laissant couler le temps lentement, parce que c'est la première journée de l'année. Celle-là, il faut la laisser passer sans l'embêter avec nos petits problèmes.

Puis tout d'un coup c'est le matin et ça saute ! Une explosion ! Un éblouissement ! La rue était pleine de fourmis qui s'en allaient au travail, mais soudainement elle est vide. C'est toujours la même rue Dorchester, avec l'hôtel Reine-Elisabeth, la masse de la place Ville-Marie, le vieux square Dominion et tout et tout, mais subitement il n'y a plus que lui qui avance à ma rencontre. Il fait froid, ce froid magnifique de janvier qui éclate dans la lumière du soleil matinal, qui coupe toutes les fumées de la ville en quelques secondes, dès leur sortie des cheminées. Malgré moi, je ralentis. Va-t-il me reconnaître ? Il le faut ! Je souris, il me regarde, il hésite, et le voilà qui sourit lui aussi en s'arrêtant. A force d'espérer, j'ai gagné ! Le désir accomplit des miracles.

— Bonjour mademoiselle...

— Bonjour...

J'attends, ne sachant plus quoi faire. Qu'il ose! Qu'il ose me parler du froid, de l'hiver, de l'été, de n'importe quoi, mais qu'il ne parte pas tout de suite!

— Nous nous sommes vus, je crois, à une occasion particulière...

— Oui, quand on a retrouvé James Cross.

Voilà, on se souvient! Il est content de me revoir, moi aussi (!), et il veut savoir mon nom.

— Lucie...

— Jacques Samson...

Nos mains s'enlacent pour un moment, et j'ai enlevé mon gant, moi aussi, pour qu'il puisse toucher ma peau. Qu'il sache tout de suite que mon corps s'ennuie, que j'ai besoin... Il me regarde sans parler parce qu'il y a trop à dire, ou si peu. Qu'est-ce qu'il y a dans ses yeux? Du désir? Oui, je vois du désir et cela me satisfait. Allons, proposez-moi n'importe quoi, pour la forme, et tout ira bien.

— C'est un peu froid pour faire connaissance ici, vous trouvez pas?

Ça y est! C'est parti! A cinq heures, heure divine où tous les employés de bureau ont le droit de ne plus penser qu'à eux-mêmes, je me précipite dans l'ascenseur comme s'il y avait le feu. Vite! Vite! Vite! Pour la première fois depuis plus de trois mois, il y a quelqu'un qui m'attend, et cet homme va peut-être m'aimer... Peut-être pas... Je m'en fous. Premier étage, le hall, la sortie, et courons au bar du Reine-Elisabeth. Il est là, à l'heure, il sourit, je bois, j'ai chaud, je tremble, qui êtes-vous Jacques Samson?

— J'aime la liberté par-dessus tout...

On ne peut pas lui reprocher ça!

— La liberté pour vous-même seulement?

— Non, non, pour tout le monde.

Hésitation. Allons, dites le fond de votre pensée. Je l'engage d'un franc sourire.

— Quand j'ai une aventure, je ne demande pas la fidélité, parce que, de toute façon, moi je ne promets rien.

Parfait. Il faudrait maintenant avouer, cher monsieur, que vous êtes marié. Allez-y.

— Est-ce que vous vivez seule ?

Quand même, il est sur la piste. Ayant répondu que je partage un appartement avec une autre fille, je vois dans ses yeux une petite lueur de satisfaction, même s'il joue l'indifférence. Il plante son décor, sans trop s'en rendre compte. Puis il devient sérieux :

— Moi je suis marié et j'aime beaucoup ma femme... Mais j'aime bien faire l'amour avec d'autres, à l'occasion...

Il parle en me regardant droit dans les yeux, sans l'ombre d'un sourire sur les lèvres. Cette franchise me plaît autant que son visage. Jusqu'ici, je n'ai connu que des hommes mariés qui commençaient à me faire la cour en disant : « Tu sais, ma femme ne me comprend pas... Elle est désagréable, mesquine, vieillie et souvent bête comme ses pieds. Ça fait au moins deux ans que j'ai pas envie de coucher avec elle... » Rien de plus désagréable que ces litanies accusatrices, récitées par un homme qui cherche des raisons pour tromper sa femme, qui veut en tout cas se justifier auprès de la fille qu'il a l'intention de séduire. Faibles en face de la « tentation », les mâles parviennent à se déculpabiliser en traçant un portrait repoussant de leur épouse. Jusqu'à ce jour, on ne m'a jamais servi d'autres salades ; mais voici un homme qui est capable de s'admettre ! Merveilleux ! Il veut « du sexe » et il le dit franchement. Un bon point pour vous, cher ami.

— Vous faites bien de me dire que vous aimez votre

femme, autrement j'aurais pu penser que vous êtes absolument incapable d'aimer qui que ce soit...

— Vous trouvez pas qu'il est un peu tôt pour parler d'amour ?

— Peut-être, oui, il est trop tôt, bien sûr... Aujourd'hui tout va si vite...

Je ris bêtement, affolée à l'idée que j'aie pu lui faire prendre la panique. Il a un petit secret, bien sûr, comme tout le monde, et son petit secret, comme celui de tout le monde, c'est qu'il a souffert à cause de l'amour et qu'il ne veut plus en entendre parler. Il veut vivre, travailler, baiser, manger et dormir sans avoir de problèmes. Il va me déclarer tout cela dans quelques minutes, ou à notre prochaine rencontre, j'en suis certaine. Mais ça ne fait rien. Ça aussi, c'est faux, comme n'importe quelle attitude qu'on se donne. Tous les êtres humains sont capables d'amour, plusieurs fois. Il suffit d'être assez fort(e) pour ouvrir les vannes, et alors ça coule, ça descend en vous comme une avalanche en montagne.

Donc, attendons un peu, continuons à écouter sa voix qui est calme, sereine, qui vient de la tête plutôt que de la gorge. Sympathique. Les mains : longues, fermes, agiles, avec des doigts qui ont l'air forts. Et sa peau est lisse, sèche, chaude sans être moite, de sorte qu'il pourrait me toucher une journée entière sans que cela devienne désagréable. Bouche : bien dessinée, grande, formée par des lèvres ni trop généreuses ni trop minces. Petit chef-d'œuvre d'harmonie que ces lèvres. Je vais les appréhender avec les miennes, en faire le tour, les effleurer de mon souffle, les toucher avec ma chair pulpeuse. Dents naturelles, régulières, qui éclairent son sourire. Nez : droit, solidement planté au milieu d'un visage admirablement proportionné, éclairé par des yeux bleus qui rient souvent. Cheveux : noirs, généreux, épais, qui ont l'air décidés à rester là jusqu'à la mort de monsieur. Homme déterminé. Bien. Très bien. Petit détail, un grain de beauté sur la joue droite. Rien de trop prononcé. Une décoration !

— Et vous... Vous êtes amoureuse de quelqu'un ?

— Non, pas vraiment. Au fait, je serais plutôt libre en ce moment... Vous voyez ce que je veux dire...

— Oui...

Le voilà pensif... Puis il lève les yeux et on dirait que c'est maintenant seulement qu'il me regarde, qu'il veut me voir. Son regard est sur mon visage, il en fait le tour, et malgré moi je rougis un peu. C'est bête mais je sais que je rougis. « Mon Dieu faites qu'il ait envie de moi ! » Il n'a pas encore fini. Il me regarde les seins ! Ça va, les seins, ça va, je n'ai pas peur... Comme je suis bête ! Je suis bête d'avoir peur de son jugement. Me ressaisissant, je demande :

— Alors ça va ? Je passe l'examen ?

— Heu... Voyons !

Il rit, rougit à son tour et il pose sa main chaude sur la mienne. Nous rions tous les deux, et le plus difficile de ce premier entretien est maintenant passé.

— Il faut que je parte. Je suis désolé...

Bien sûr. L'heure de l'apéritif ne peut pas s'éterniser. Madame attend à la maison avec les enfants. Je comprends ça. Je l'accepte. Autrement, il n'y a plus de vie amoureuse possible pour une fille de mon âge. En avant !

Jacques me dépose chez moi avec sa grosse voiture. C'est l'hiver, il fait noir de bonne heure, et dès que nous sommes devant ma porte, mes lèvres attendent le premier baiser. Eh oui, pourquoi tous ces détours ? On n'a plus le temps de jouer à la coquetterie. Embrassez-moi, cher monsieur, embrassez-moi, pour que je sache le plus tôt possible si nos deux corps peuvent s'accorder.

— Voilà... J'aimerais bien vous revoir...

Moi aussi, demain soir, ce soir, n'importe quand ! J'ai la gorge sèche, le temps passe, il fait froid. Il fait froid pour tout le monde et encore plus froid pour celle qui est seule.

— Vous pouvez me téléphoner quand vous voudrez...

Vite un stylo. Voici mes numéros de téléphone. Merci monsieur Bell d'avoir si magistralement simplifié les communications : « Allô ? Je meurs d'envie de vous embrasser, j'arrive. » Et un homme s'amène chez vous en vitesse parce que la terre tourne sur elle-même comme une folle et chacun de ses tours vous rapproche inexorablement du tombeau. Je prends la main qu'il tend vers moi avec hésitation et, comme si elle m'attirait, je penche vers lui de tout mon corps. Il me cueille avant que je disparaisse dans le précipice creusé par la fièvre des premières approches, et voilà ma tête entre ses mains en forme de coupe. Il l'incline doucement et il boit. Le désir coule entre mes lèvres ouvertes, comme le sang coule de toutes les plaies creusées par l'amour brisé. Inlassablement, le sang de l'amour coule en ondes interminables, cherchant fiévreusement le cœur où il pourra se jeter en bouillonnant et produire une chaleur nouvelle.

— A bientôt...

— Au revoir. Merci de m'avoir ramenée chez moi...

Je sors de la voiture et le vent de l'hiver m'empoigne, mais j'ai la chaleur d'un volcan dans le ventre. Je ne sens rien. Rien d'autre que le battement de mon cœur, tambour qui m'accompagne fidèlement dans toutes mes marches, victorieuses ou non.

Nicole s'aperçoit qu'il se passe quelque chose, bien sûr, dès que je mets les pieds dans l'appartement. Nous voilà toutes les deux dans la cuisine, un verre dans une main, une cuiller dans l'autre, brassant la sauce et les événements nouveaux :

— Qu'est-ce qu'il t'a dit ? Qu'est-ce qu'y fait ? Y est-y beau ? Y est-y marié ? T'as l'air énervée pas pour rire ! Vous êtes-vous embrassés ? Quand est-ce que tu l'amènes ici pour faire l'amour ? Comment est-ce qui s'appelle ? Lui as-tu dit que t'étais enceinte ?

Là je tombe assise sur la petite chaise qui est au bout de la petite table de notre petite cuisine.

— Figure-toi que non !

— Mais... T'as pas osé ?

— J'le sais pas, ça m'a même pas passé par la tête. On a parlé de toutes sortes de choses, mais pas du fruit de mes anciennes amours. Ça doit être mon subconscient qui m'en a empêchée.

— T'as le subconscient pas mal hypocrite.

— J'vais lui dire ça demain... la prochaine fois que je le verrai...

Ma soirée, qui avait commencé dans le délire de l'espérance, va peut-être se terminer dans la crainte. Je suis rongée par la peur qu'il réagisse mal à cette nouvelle : « Comment ! Une fille évoluée comme vous ! » Il va penser que je suis bête... Il va peut-être avoir peur que cet enfant soit une source de problèmes... Il va peut-être m'abandonner avant même de m'avoir possédée... Au creux de mon lit, je tente de retrouver mon calme, ma sérénité... Dans l'espace réservé à mon repos, cet espace qui est une sorte de lac dans lequel je peux me laisser couler avec délices sans penser au naufrage, je tente de me ressaisir en faisant le point : mon âge, mon corps et ses attraits, mon cœur et sa générosité ; ma joie... Bon, je suis capable, moi Lucie ; je suis forte... Je suis forte et je veux rire encore longtemps... Je viens de loin, bien sûr, comme tous les Québécois, mais il faut oublier 1608, 1759 et 1867 ; il faut oublier le temps du déluge et regarder cette ville. Dans le noir, j'imagine Montréal qui scintille ; je me redis le nom des rues : Sherbrooke, Sainte-Catherine, Maisonneuve, Crescent, etc., et je vois tout cela qui gronde, pullule, grouille, comme une fourmilière... Et puis il y a les grands espaces de la campagne : la Beauce, le lac Saint-Jean, la Gaspésie, l'Abitibi et enfin le Grand Nord, insondable, riche, follement riche en gibier, en minerais, en eau... Je reviens au cimetière de la Côte-des-Neiges où reposent les Montréalais disparus, et je monte la rue Ridgwood lentement, examinant toutes ces maisons de rapport qui ont de vingt à quarante ans, dépareillées, inégales, avec leurs petits balcons blancs qui se découpent sur la brique rouge ou ocre, puis je me retrouve dans mon lit chaud. Voilà. Je suis seule, mais je viens de rencontrer un homme et pourquoi ne m'aimerait-il pas un peu ? Le pays respire (!) maintenant que les frères Rose et Jacques Simard sont en prison. L'armée est partie, la police ne fouille plus, je sens que la vie reprend son cours normal. La révolution des Felquistes a avorté. Tant pis. D'ailleurs, à quoi ça nous servirait, une révolution, une vraie ? A changer de maîtres. Et rien ne me dit que ce serait mieux. Au fond, si j'avais à choisir, je choisirais l'anarchie, si elle n'était pas autodestructrice. C'est le seul système dans lequel on peut se vanter d'être libre... Mais le voisin s'approche et vous coupe la tête parce qu'il en a le droit. Alors votre liberté s'en va dans le ruisseau, avec votre sang. Là-dessus je m'endors...

Je rêve que je marche en forêt, dans un petit sentier, tenant par le cou un beau jeune poulain au poil lustré. Il est fort du poitrail, il a le cou musclé, le museau doux et il me répond quand je lui parle.

— T'as bonne haleine, lui dis-je en l'embrassant entre les deux narines.

— Oui, je suis bien, je suis beau ; chez moi tout est bon parce que je suis jeune...

Il est fringant et je dois déployer toutes mes forces pour le retenir près de moi. Avec mon bras droit, je serre son cou qui s'allonge, bandé. Il est jeune et sa force me rend malade de désir. Puis il disparaît et je marche derrière un enfant qui traîne derrière lui, au moyen d'une corde, une espèce d'écrevisse ou un scorpion. Finalement je mange du homard (l'animal en question), qu'on a fait cuire dans un tuyau, après lui avoir enlevé la carapace. Le poulain est parti.

Ce rêve m'enchante et me fait peur à la fois. Malgré moi, j'assimile le poulain à Jacques, à sa virilité... Le besoin que j'ai de vie sexuelle intense... Et tout cela s'en va, comme de l'eau que je ne peux pas retenir entre mes doigts. Je mange et tout se dissipe, comme si en me nourrissant je travaillais à ma prochaine destruction. Mangeons quand même !

Vendredi soir, dernière semaine de janvier. Une tempête énorme commence. Froid, vent, neige. Tout le jeu de la nature qui a besoin de déployer ses forces, elle aussi, de temps en temps. (L'agressivité fait partie de la galaxie...) Il m'a fallu deux rencontres avec Jacques pour lui avouer que je suis enceinte, et il lui en a fallu une autre pour oser me demander si j'acceptais quand même de faire l'amour avec lui ! Si j'accepte ! Etrange situation où la délicatesse, aiguillonnée par l'inquiétude, devient ridicule. Charmant tout de même.

Nous entrons finalement chez moi ensemble pour la première fois. Nicole, parce que c'est vendredi, est dans sa chambre avec « son » homme. J'explique la situation, nous passons dans ma chambre, puis au lit, et je ferme les yeux. La neige crépite à ma fenêtre, poussée par le vent qui siffle, hurle, poursuivant une bête invisible entre les maisons. Il fait chaud au creux de mon lit et la joue froide de Jacques repose sur mon ventre gonflé. Quand je suis nue, ma grossesse est évidente mais je suis encore belle, je le sais, et je lui dis de ne pas avoir peur, qu'il ne fera pas mal à l'enfant qui germe. Il peut m'écraser de tout son poids ! Je caresse Jacques, les yeux toujours fermés, et me voilà envahie par un magnifique sentiment de beauté. Oui, c'est comme si toute la beauté du monde roulait vers moi en une longue vague, une interminable vague venue du large et capable d'inonder tous les continents. J'ouvre la bouche et il me semble que j'avale le soleil, père de la création, celui qui dispense tous les bienfaits de la terre. Que le soleil entre en moi par tous mes orifices ! Je roule dans la vague qui m'emporte, soulevée, glissant, lancée, rebondissant puis coulant vers le cœur même du brasier qui me consume, puis remontant de nouveau, soulevée par l'essence même de tout ce qu'il y a de beau sur la terre.

J'aborde un rivage tranquille, mouillé d'eau pure, et Jacques est allongé près de moi, sur le même sable chaud. J'ai maintenant la certitude que l'âme de Julien est très loin, enterrée pour toujours dans un profond cimetière. Je ne la sentirai plus jamais, rôdant autour de moi, me rappelant chaque jour qu'il a déjà compté pour quelque chose dans ma vie.

Avant de venir chez moi, Jacques a dit : « Je ne promets rien. Je n'offre pas l'amour... » Je savais bien qu'il pensait de la sorte mais j'ai été heureuse de sa franchise. Avant de faire l'amour il a précisé qu'il ne m'offrait que son corps et j'ai dit oui, oui, oui, je veux m'en contenter. Je ne demande rien de plus pour l'instant : j'ai besoin de me faire ce gros mensonge. Plus tard, s'il faut payer je paierai. Le prophète dit : « Malheur à celui qui refuse de partir en voyage parce que le désert est dangereux. Il ne connaîtra jamais la joie de boire à l'ombre des palmiers, sous des cieux inconnus... » J'aime le prophète. Il est pompeux, il parle par clichés, mais il dit la vérité. Le monde s'énerve, s'agite, court, crie, crache des injures, demande au gouvernement de s'occuper de tout, mais le prophète a raison, lui qui est nu sous sa robe et qui dit qu'on doit chercher la protection au fond de son propre cœur. Le prophète me parle doucement, me berce de ses phrases pendant que je caresse le dos de Jacques, heureuse de provoquer ces petits frémissements involontaires, signes de plaisir. Le prophète est profond, me fait partager son sens de la beauté et on entend des voix dans le salon :

— Au revoir, à lundi.

— Au revoir.

Voilà. Jacques se retourne subitement et il n'y a plus de prophète.

— Il faut que je rentre moi aussi.

Il se penche sur moi pour me donner le baiser qui va mettre fin à la séquence-lit. Il sourit.

— Lucie, je suis content... Tu es bonne.

Il me palpe, comme un maquignon tapote la croupe d'une jument qu'il pourrait vendre plus cher que les autres. « Tu es bonne », ça veut dire que j'ai le corps qu'il aime et que je sais m'en servir. Voilà malgré tout un compliment qui me fait plaisir. Nous nous comprenons, nous nous accordons, nous jouons la même musique, harmonieusement. Alors je suis contente moi aussi. Ne boudons pas le plaisir, il traîne peut-être quelque chose derrière lui...

Il part, au revoir à lundi, et Nicole sort de sa chambre en vitesse avec son air fouineur :

— Puis ? Ça y est ?

— Extraordinaire !

Nicole veut tout savoir et je me fais un plaisir de raconter, en embellissant un peu, bien sûr. Comment faire autrement ? Elle se réjouit avec moi, mais quand elle me demande jusqu'à quel point je crois qu'il m'aime, je la déçois beaucoup :

— Il m'aime pas...

Nicole tombe des nues :

— Ben voyons donc ! Quand on fait l'amour, c'est parce qu'on s'aime... d'une certaine manière.

— Justement ! D'une certaine manière seulement. Pas plus. On ne s'aime pas tout court. C'est vieux comme le monde.

— Mais y t'a pas dit qu'y t'aimait ?

— Pas du tout.

— Te v'là encore embarquée dans un bateau qui va couler...

— Ton fameux amant de l'automne passé, Paul, il t'aimait, lui ? Il t'a dit qu'il t'aimait ?

— Evidemment... Y me le disait chaque fois qu'on se voyait.

— Bon ! Et il est parti à la première complication. Si c'est ça, ton amour, j'aime mieux m'en passer...

Nous continuons sur ce ton pendant que nous préparons le souper, nos propos sur l'amour se mêlant à l'odeur des haricots et de la viande qui mijotent. Nicole sait parfaitement que ses amants ne l'aiment pas vraiment, en général, et je devrais me dispenser de le lui prouver. Si elle prétend le contraire, c'est parce qu'elle a besoin de cette illusion : elle ne peut pas accepter froidement que l'amour est tellement rare qu'il vaut mieux ne pas le chercher. Très rare et absolument nécessaire, on doit se contenter de ce qui lui ressemble. Nous sommes au siècle des produits synthétiques... Et tout à coup voilà notre Nicole affaissée, les coudes sur la table de la cuisine, une fourchette à la main, les yeux baignés de larmes que je sens brûlantes de révolte :

— Ben oui, maudit toryeu, t'as raison ! T'as raison ! Ces gars-là, tout ce qui les intéresse, c'est not'cul !

J'en suis quitte pour la consoler de mon mieux, mais sans trop de succès. Elle veut se venger.

— Comment ?

— Laisse faire... Si tout ce qui compte c'est s'amuser, on va s'amuser...

Je ne sais pas pourquoi mais, dans sa bouche, ces mots sonnent faux comme du mauvais théâtre. Elle se prépare à donner un coup d'épée dans l'eau, j'en suis certaine. J'aime beaucoup Nicole, pour toutes sortes de raisons, les meilleures étant qu'elle est bonne, simple au point d'être naïve, et généreuse. J'aime aussi sa faiblesse de fille qui s'abandonne à un certain désespoir dès qu'elle se sent délaissée par l'homme qu'elle accepte dans son intimité, en lui donnant tout l'amour dont elle est capable. Nicole est l'image type de l'équilibre fragile qui est notre condition de femelles lancées dans la vie sans la possibilité des grandes ambitions. Nous ne serons jamais appelées à de grandes carrières : actrices, députés, ministres, écrivains, etc. (tout ce que le monde admire bêtement). Non. La vie ordinaire, tous les jours. Rien que la vie ordinaire. Les frontières de notre monde sont tracées de façon précise et ne s'étendent pas à perte de vue comme les champs de notre belle province. Limitées ! Appartement modeste, autobus ou métro, bureau, cinéma, chambre à coucher avec ou sans homme à heures fixes. Alors il faut être bardée, blindée, d'une manière ou d'une autre. Nicole a choisi l'illusion, moi la force dans la lucidité. Et je regrette amèrement, tout à coup, de lui avoir ouvert les yeux, ou plus exactement de l'avoir forcée à admettre qu'elle se trompait.

Nous passons tout le week-end à la maison, enfermées, parce que la tempête a bloqué la ville. Plus de douze pouces de neige. On ne passe plus. On reste entre ses quatre murs et on boit, l'œil morne, le livre sur les genoux, les pieds dans les pantoufles. C'est la fête du vent. La nature se lance dans la débauche, elle qui ne connaît pas de morale. Et le prophète me parle : « Heureux celui qui peut rentrer en lui-même. C'est là qu'il trouvera les seules raisons de vivre... » Merci, prophète. Je rentre dans mon lit et me pelotonne au cœur de ma chaleur, à l'écoute de mon ventre plein de vie, et je me souris à moi-même au souvenir de Jacques enfoui dans mes draps. Rien ni personne ne peut m'enlever la douceur que j'ai connue ici hier soir ; la douceur et le bien-être que j'ai le pouvoir de transformer en bonheur, si je songe seulement à la beauté de ces gestes que le désir nous fait accomplir, à la satisfaction que l'on éprouve au déploiement de ces forces obscures que la vie quotidienne nous oblige à contraindre.

Nicole prend son bain, lit un peu, se coiffe, fait sa lessive, le tout en répétant que « c'est plate pour mourir, que c'est pas drôle ce maudit pays-là, si demain peut arriver au moins on va faire l'amour, autrement y a de quoi se tirer une balle dans'tête ».

— Si on avait les moyens d'aller passer l'hiver dans le sud...

Par la fenêtre, nous voyons les hommes pelleter la neige pour libérer leurs voitures.

— Si on avait les moyens d'aller passer l'hiver dans le sud, on pourrait très bien avoir d'autres raisons de ne pas être heureuses.

— Ça fait rien ! On est moins malheureux dans l'eau tiède que dans la neige...

Je pense à des pays où il fait chaud : la Martinique, le Mexique, Haïti, l'Amérique du Sud, l'Afrique, le Vietnam ! Est-ce que le climat rend les Vietnamiens heureux ?

— Va au Vietnam, là ça chauffe...

— Grande comique, va !

Elle me fait la grimace et disparaît dans sa chambre.

Je m'aperçois que le Vietnam est devenu un symbole. Ce n'est plus un pays où on torture, tue, bombarde, déchire, brûle. Ça, on l'a tellement montré et tellement dit qu'on ne le voit plus ni ne l'entend. Le Vietnam est un pays où on ne peut pas avoir l'idée d'aller vivre, comme ça, tout naturellement. Le reste, on ne le sait pas et on ne veut pas le savoir. Quand ils sortiront de ce cauchemar, les Vietnamiens seront terriblement grands ou détruits moralement. Tout ce que je peux faire, c'est penser à eux en me disant que peut-être un jour deux grandes puissances choisiront le Québec comme pays interposé pour se faire la guerre. Ça pourrait peut-être arriver, et alors, à nous les vraies larmes, les vraies raisons de pleurer...

Lundi jour d'amour, je prends l'autobus en souriant. Les rues sont encore enneigées à moitié, la circulation est lente, on se bouscule, on attend, les voitures s'embourbent, on crie, on s'entraide et on arrive en retard au bureau. Parfait ! La nature nous dérègle, acte de Dieu, impunité assurée. D'un côté on gémit, de l'autre on s'amuse, selon qu'on est employeur ou employé. « C'est la vie ! »

Et Jacques me téléphone comment vas-tu ? Très bien et toi ? As-tu passé une belle fin de semaine ? Très belle, j'ai lu, je me suis reposée, j'ai paressé au lit, avec ton odeur qui était encore là. C'est vrai ? Adorable vicieuse... Alors ce soir ? Oui.

J'ai parlé en chantant, la voix moelleuse, la gorge déjà mouillée... Heureusement que je suis seule dans le bureau ! Non pas que j'aie honte, mais je voudrais que ce que je ressens en ce moment soit un secret entre Jacques et moi. Je ne crois pas à l'amour ! Bon. Je n'y crois pas mais je crois quand même que... Je sens qu'avec le temps, malgré tout ce qu'il me dit, malgré tout ce qu'il prétend, Jacques peut m'aimer... Et moi, qu'est-ce que je ressens, au juste ?

Impossible de monter la côte de la rue Ridgwood avec la voiture. Jacques l'a laissée au garage du coin et nous avons marché l'un derrière l'autre sur le trottoir enneigé. Je sentais ses yeux fixés sur moi : mes mollets, mes hanches, et je voulais être belle. J'aurais aimé être nue... Maintenant nous sommes au repos, allongés l'un près de l'autre, alanguis, mesurant le chemin que nous avons parcouru l'un vers l'autre, de l'intérieur de l'un à l'intérieur de l'autre... Je sais que je l'aime, ou du moins que je vais l'aimer... Surtout ne pas l'effrayer ! Silence. Je me contente de me donner, puisqu'il sait si bien me prendre. J'accepte les conditions : il sera avec moi quand il le pourra. Le reste du temps, je le passerai en pensant à lui. Il y a des moments où j'ai l'impression qu'on peut être heureux simplement à regarder un brin d'herbe. Alors comment ne pas être heureux quand on a le cœur plein, débordant, pour un être humain ?

— Il faut que je parte...

Le bruit de l'eau qui gargouille dans l'évier me fait mal, malgré moi. J'attends qu'il sorte de la salle de bains en me distrayant avec les nouvelles du journal : le procès de Paul Rose, accusé de l'enlèvement et du meurtre de Laporte, vient de commencer. Atmosphère dramatique. L'accusé se défend seul, on échange des mots qui sont de véritables coups de poing et on expulse le coupable de la cour.

— As-tu vu ça ?

Je montre la manchette à Jacques qui enfile son pantalon d'un geste précis, rapide, sec.

— Oui... Mais toutes ces histoires-là me laissent plutôt froid, tu sais.

— La politique t'intéresse pas ?

— J'suis d'abord un homme d'affaires... La politique

m'intéresse en fonction de ça, avant tout... Pour le reste, ces gars-là vont être condamnés, c'est certain, mais qu'est-ce que tu veux que ça me fasse ? Tant pis pour eux... On peut pas reprocher à la justice de faire son devoir...

— Non, mais c'est terrible de voir que la vie de ces jeunes garçons va être gâchée, finie pour toujours...

— Des vies comme ça, ma p'tite fille, on n'en avait pas tellement besoin.

— Au contraire, moi je trouve que c'est nécessaire !

Il se met à rire, se penche pour m'embrasser en disant :

— Allons, allons... On croit qu'il faut être un peu révolutionnaire pour être à la page, très bien... Est-ce qu'on se voit sur la montagne, la semaine prochaine, dans le maquis ?

— Idiot !

Je frappe son épaule à deux poings en riant, mais c'est dur comme du fer et tout à coup je me sens prisonnière entre ses bras. Il me presse contre lui en me disant que je suis généreuse, que c'est beau, qu'il est content de moi. « Au revoir, je te téléphone demain, à bientôt, porte-toi bien. » Sourires, petits signes du dernier instant et la porte se referme.

Me serais-je trompée sur son compte ? Il y a une contradiction flagrante entre ce qu'il « est » avec moi dans nos rapports humains, et ce qu'il pense ou semble penser en politique. Ce doit être son milieu, les affaires, qui l'obligent à se comporter de la sorte. Il est évident que les grosses compagnies marchent main dans la main avec le pouvoir, dans notre démocratie, alors...

— Veux-tu que je pèle les patates ? demande Nicole.

— Si tu veux.

Et puis finalement pourquoi m'en faire ? S'il est capable d'être humain avec moi, que cela me suffise. Et qu'est-ce qu'il y a de plus important que les pommes de terre en ce moment même ? Hein ? Absolument rien. Gloire à ces tubercules qui ont assuré la survie de nos ancêtres !

Visite chez le médecin. Tout va bien. Je n'ai pas trop engraissé, je ne suis pas encore trop grosse.

Je n'arrive pas à m'habituer à ces touchers cliniques, à ces regards cliniques, à tous ces gestes cliniques de l'homme qui est responsable de la vie que je porte en moi. Je me déshabille en face de lui et je ne suis pas une femme, mais une espèce de baril qui contient une chose qui s'y trouve coincée. Il y a tout un processus à suivre : on laisse mûrir pendant un certain temps, comme du raisin qui fermente, puis vient le moment où ça sort tout naturellement. « Je vais vous aider, ne vous inquiétez pas, ça va tout seul. Vous êtes une fille solide, j'ai confiance en vous. Surtout n'ayez pas peur... » Je sais bien que la peur est le plus grand de tous les maux dont l'humanité est affligée. Sans la peur, il n'y aurait pas de guerres... « Non, docteur, je n'ai pas peur mais regardez-moi : est-ce que je suis encore une femme ? Est-ce que l'enfant mutile sa mère ? Parce que la mère, n'est-ce pas, c'est celle qui doit se sacrifier ?... »

— Parfait. Vous pouvez vous rhabiller... Marchez tant que vous pourrez. Vous êtes en pleine forme.

— Je suis heureuse, c'est tout !

— C'est capital !

A la suivante.

Je sors du cabinet, encore étonnée de ce que j'ai dit : « Je suis heureuse. » J'ai dit ça au médecin, cet homme qui ne me connaît pas, que je ne connais pas, et qui me regarde comme une armoire, qui touche le ventre de vingt-cinq femelles par jour et qui, en conséquence, ne voit plus les femmes de la même façon. Oui, je lui ai dit ça, comme pour l'inciter à être plus humain... A moins que ce ne soit pour me convaincre moi-même... Alors ce serait la catastrophe ! Mais c'est impossible ! Jamais je n'ai senti couler le sang dans mes veines avec autant de joie.

Mercredi, amour avec Jacques. Amour entre Nicole et son homme, comme d'habitude.

Vendredi, amour et tempête. Ça recommence. Vent, neige.

— Au revoir, à lundi.

— Bonne fin de semaine.

Seules toutes les deux, nous regardons l'hiver par la fenêtre. On n'a même pas eu le temps de déblayer la ville au complet, et le « ciel » nous remet ça. Seules... A la radio, Pauline Julien chante une chanson de Vigneault qui parle de la femme du bûcheron :

> *L'homme est parti, pour travailler,*
> *La femme est seule, seule, seule...*

Etrange. Ces paroles de chanson décrivent l'atmosphère d'une petite maison de bois que j'imagine sur la côte nord, au bout d'un petit village, balayée par le vent des tempêtes, par la grande poudrerie. Dans la maison, il y a une femme et deux ou trois enfants qui vont à la petite école, qui disent maman j'ai faim, qu'il faut nourrir, chauffer en mettant des bûches dans le poêle. Et le soir, quand ils dorment, la solitude tombe de tout son poids sur l'âme et le corps de la femme qui attend, attend, regarde l'heure, relit une lettre, pleure, embrasse le papier qu'elle vient de signer et se couche en rêvant d'un pays où les distances seraient moins grandes, où le travail de l'homme serait là, à côté de la maison. Tout cela est bien loin de nous deux, Nicole et moi ! Loin, loin, mais nous vivons la même solitude... Et à tout prendre, la femme qui attend son mari pour le printemps a un mari qui va venir, tandis que nous,

nous n'en aurons jamais. Pas question de pleurer là-dessus mais il faut quand même regarder les choses en face...

Nous allons faire le marché lentement, péniblement, parce que les autobus ont de la difficulté à circuler. La neige! La neige! «On n'a pas vu ça depuis des années!» On rit encore dans certains coins, mais beaucoup moins que la semaine dernière. Deux grandes fêtes de suite, c'est beaucoup! Enfin, nous voilà au Steinberg, Nicole poussant le panier métallique et moi jetant de la nourriture dedans : conserves, lait, beurre, céleri, tomates enveloppées dans le papier transparent, pas mangeables mais il en faut quand même, concombres, foie de veau, steak, bacon, œufs, on devrait s'acheter un gros gâteau, non pas ici on va aller à la pâtisserie française au coin de Queen Mary, d'accord, maintenant on passe à la caisse, cling cling, bang! Vingt dollars, maudit que la vie est chère, ça monte sans cesse, évidemment la moitié de ce qu'on achète est importé, maudit pays qu'est-ce qu'on fait ici? On marche pour se rendre au magasin de la Société des Alcools, dans la neige jusqu'aux genoux ; les voitures n'avancent pas, elles glissent, dérapent, les pneus sifflent en glissant sur la couche de glace qui est sous la neige. C'est la grande chanson de la vraie tempête. Un gin, un scotch, du vin. Merci. On paie et l'autobus ne passe plus. On va marcher jusqu'à la maison, dans le vent, le froid, le déchaînement de la nature, portant les paquets, une main sur la bouche de temps en temps pour ne pas étouffer, maudit pays, on ne peut plus parler tellement on a les muscles du visage engourdis. Il faut avancer à reculons pour avoir le vent dans le dos. Où sommes-nous? Voici la rue Ridgwood. On pleure de joie. Encore un effort. Nicole tombe, je pose les sacs dans la neige pour l'aider à se relever. Elle jure, je ris un peu, allons, t'en fais pas on arrive et tu vas prendre un verre, le vent hurle, nous reprend, nous bouscule. C'est lui le maître. Et tout à coup la chaleur ! Elle m'entre dans la peau comme cent mille aiguilles à la fois. Cent mille aiguilles que je reçois en mettant tous mes nerfs à leur disposition. J'ai le sang qui bout, qui frappe à la porte de tous mes vaisseaux capillaires, comme si j'allais éclater de jouissance emmêlée à la douleur.

Lessive, cuisine, vaisselle, lecture, sommeil. Le temps coule, imperceptiblement, à pas veloutés, à la manière de la neige qui s'amoncelle au-dehors. Nicole s'ennuie à mourir. « Si lundi peut venir au moins on va faire l'amour... » Elle téléphone à des copines. « Qu'est-ce que tu fais ?... Nous autres on a failli mourir dans la tempête en allant faire le marché. Tout est bloqué, a fallu revenir à pied ma p'tite fille... Là j'prends un gin pour me réchauffer... » Nicole parle au téléphone pendant des heures, pour tuer le temps, parce qu'elle est seule, parce qu'elle est prisonnière de l'hiver, de l'appartement et de l'aventure qu'elle a en ce moment.

— Qu'est-ce que j'ferais ben ?

— T'as pas envie de lire ?

— Non, pis j'ai pas envie de regarder la télévision non plus parce que c'est toujours la même chose. Tu passes pas une heure sans entendre parler des assassins de Laporte ou de n'importe quel autre massacre qu'y a eu dans le monde. Ça va mal partout, c'est trop déprimant... On n'est pas sur la terre pour endurer la misère des autres. On a assez de la nôtre.

— On peut très bien connaître les malheurs des autres sans qu'ils nous fassent souffrir... Moi ça me fait du bien de savoir que ça va mal ailleurs, ça prouve qu'on n'est pas les seules à avoir des problèmes.

— Ecoute, moi c'est plus simple que ça : j'veux même pas savoir qu'on a des problèmes. J'veux vivre !

Cri du cœur.

— Mais c'est justement ça, vivre, c'est avoir des problèmes et les résoudre...

— Oui, pis pendant ce temps-là on vieillit, on s'enlaidit, et la première chose qu'on sait y est trop tard !

— Trop tard pour quoi ?

— Trop tard, tout simplement...

Nicole reste dans le vague, les yeux perdus au milieu de sa chevelure blonde, les lèvres entrouvertes, le buste penché en avant, comme si elle attendait un secours quelconque, une espèce de miracle, l'apparition soudaine de cette chose qu'elle ne trouve pas et qui donnerait un sens à sa vie. Un sens au fait de se lever tôt, d'aller au bureau en autobus, à la chaleur au froid ou sous la pluie, de taper à la machine des mots qui n'ont pas de sens pour elle, puis de s'enfermer dans un appartement où elle attend un homme qui vient la faire jouir trois fois par semaine. Et pour embellir la situation elle est obligée de croire qu'elle aime cet homme, qu'il l'aime, et que cela va durer toujours.

Le vide. Nicole ne sait toujours pas comment combler ce vide qui est en elle, et je crois qu'il m'est à peu près impossible de l'aider vraiment : je ne peux pas lui dire tout ce que je me dis à moi-même sans passer pour ridicule, me semble-t-il. Alors, combler sa vie serait un plaisir solitaire ?

Rendons hommage au climat, qui a les ressources nécessaires pour s'adonner à tous les excès. En trois semaines, trois grosses tempêtes. Nous sommes maintenant près du record quant à la neige tombée sur la métropole. On ne rit plus du tout.

Au cours de la semaine, Nicole a trouvé un dérivatif. Dimanche matin elle s'est levée en chantant.

— Je t'avais dit que je finirais par m'amuser... Attends, tu vas voir... Lala la la la li la lam...

Elle se baigne longuement, fait le ménage de sa chambre, et au milieu de l'après-midi on sonne à la porte. Elle va ouvrir et un beau jeune homme entre. Un jeune homme pas marié qui est libre le dimanche.

— Je te présente Simon.

Sourires, paroles d'usage, et on prend la direction du lit. Il part au bout de deux heures. Après avoir fermé la porte, les cheveux adorablement en désordre, Nicole dit :

— Lui, y est con comme ses pieds mais le dimanche il est libre. Si tu le veux, tu pourras le prendre aussi...

— Non, merci. Ça va comme ça. Jacques me suffit.

Jacques qui est tendre, qui rit, qui est toujours pressé, qui fait des affaires, qui sera directeur de compagnie bientôt, qui a trouvé le travail pour remplir sa vie. Mais il y a toujours un trou quelque part et il me semble que je remplis ce trou. Jacques qui se réjouit de l'élection de Jean Cournoyer dans le comté de Chambly, en remplacement de Pierre Laporte dont l'un des présumés assassins est en train de subir son procès. Voilà qui a donné du piquant à cette élection partielle, alors que l'atmosphère politique était encore toute chaude des récents événements. Mais la vie continue son chemin, et je l'embrasse, et je l'étreins, et il est doux de se retrouver pour être entièrement l'un à l'autre pendant quelques instants, même si je sais que tout cela va finir un jour, même si je sais qu'il ne me dira jamais « je t'aime », même si je ne m'accorde pas le droit de le lui dire, par crainte de l'effrayer. Etant donné que je n'ai pas envie de faire l'amour avec d'autres, il se peut bien que je l'aime...

Voici la fin de février et je suis grosse à faire peur aux premières corneilles. Jamais on n'a vu autant de neige sur la ville, et il paraît que ce n'est pas encore fini. Je sens, moi aussi, la lourdeur du temps, la fatigue de l'hiver, l'énervement, l'angoisse : « Quand est-ce que ça va finir ? » Au bureau, on ne voit que des faces longues, pâles, des visages qui attendent la fin, comme si le printemps allait changer la vie « fondamentalement ». On finit par accorder une importance capitale à certaines contingences, comme la température, le climat ou les saisons. On ne parle plus que de la neige, on ne voit plus que les camions et les charrues qui travaillent à déblayer les rues.

Pendant ce temps, les pieds menus de mon enfant tambourinent sur mon ventre, et dans le journal j'apprends que René Lévesque a été réélu président du Parti québécois, malgré certains remous au sein du parti, consécutifs à la crise d'octobre. Très bien. Puis Jacques arrive, parce que c'est vendredi, et il me prend. Je suis heureuse, même si je sens qu'il commence à ne plus avoir le même appétit.

— J'ai hâte que ton enfant soit né... On va pouvoir mieux faire l'amour...

Il faut calmer mes craintes, garder confiance : oui, s'il me désire moins, ce n'est pas parce qu'il en a assez de moi, c'est seulement parce que je suis trop grosse. Je le crois ! Je le crois ! Je le crois !

— As-tu vu ? Lévesque a été réélu.

— Oui, tant mieux. Lui au moins, il est contre la violence.

— As-tu peur de la violence ?

— J'en ai pas peur personnellement, mais c'est mauvais pour les affaires.

— Tu crois qu'on va s'en sortir sans violence ?

— Se sortir de quoi ? Qui c'est qui est embourbé ?

— Toute la province...

— Allons ! Allons ! On vit quand même convenablement. Suffit de pas demander l'impossible, de pas rêver en couleurs...

— Justement, je regarde les choses en face, calmement, et je pense que ça va sauter un jour ou l'autre, parce que maintenant on existe, comme peuple.

— On a toujours existé !

— Peut-être, mais on le savait pas.

Nous discutons sur le ton léger qui convient à deux « amoureux », pendant qu'il se rhabille et que je reste sur le lit, couchée en chien de fusil pour faire disparaître mon ventre. Mais je voudrais bien aller plus loin avec lui. Jamais Jacques n'a voulu parler sérieusement de politique avec moi. On dirait qu'il a mis la politique et l'amour dans le même sac. Il se cache derrière le temps, le travail, la famille, son devoir. Comment puis-je être si sûre qu'il mérite d'être aimé, qu'il vaut plus que les autres ? (On veut toujours que l'homme mêlé à notre « intimité » soit meilleur que les autres, comme si chaque femme était convaincue que son « intimité » a plus de valeur que celle de toutes les autres... Pourquoi avons-nous besoin de cette illusion ?) Je répète :

— Peut-être qu'on existait, mais on ne le savait pas.

Jacques est assis sur le coin du lit, en train d'attacher ses souliers. Il se retourne vivement :

— Dis donc, jeune séparatiste, tu as tous les symptômes du Québécois qui vient de parvenir à l'adolescence politique...

Il rit et se lève après m'avoir appliqué une bonne claque sur le postérieur. Si les fesses me chauffent, le cœur me brûle.

— Pourquoi te moques-tu de moi ? C'est insultant ce que tu viens de me dire.

— Excuse-moi. Je ne veux pas t'insulter. Tout ce que je veux, c'est qu'on se prenne pas au sérieux.

— Bien sûr, mais y a une différence entre se prendre au sérieux et réfléchir. On vient de traverser la plus grave de nos crises, il me semble que ça vaut la peine qu'on s'y arrête !

— La crise est passée et tout est sous contrôle. Point. Au lieu de perdre son temps sur ce qui est arrivé, il faut aller de l'avant. C'est demain qui compte.

— Bonne fin de semaine ma cocotte. A lundi.

L'amoureux de Nicole est sur son départ, ferme joyeusement la porte sur son exercice sexuel.

— Le gouvernement a mis beaucoup de monde en prison et il est en train de juger certains coupables, d'accord. Les « méchants » vont être punis, soyons sans crainte, mais ça n'empêche pas les gens de penser.

La première étoile, qui se lèvera,
La première étoile...

Nicole chantonne en allant à la salle de bains.

— Ça nous empêche pas d'avoir des opinions, que je reprends en songeant à la voix nasillarde de Mireille Mathieu, qui a le don de me porter sur les nerfs et de faire salle comble quand elle chante.

— Bon. Alors pour exprimer vos opinions, vous tous qui en avez, vous voterez aux prochaines élections.

Il me prend dans ses bras, m'embrasse sur le front :

— Allons, révolutionnaire amateur, passe une bonne fin de semaine. Amuse-toi à réfléchir.

— Pas moyen de parler sérieusement avec toi !

Sans le vouloir, j'ai pris le ton boudeur qui pardonne, et il sort après un dernier baiser :

— A lundi...

Tempête encore une fois. Seule encore une fois. Voilà février 1971. Tout le monde est à bout de nerfs, à cause de cet hiver plus dur que jamais. Il y a de la maladie mentale dans l'air, de la dépression nerveuse qui flotte entre les murs des bureaux, mais moi je me reprends en main. Allons ma bonne Lucie, on ne craque pas pour si peu. Les climats, politiques et autres, ne peuvent venir à bout de ma force.

— Tu aimes les révolutionnaires ? m'a demandé Jack, mon patron immédiat.

— Il y a une chose que je n'aime pas, chez les révolutionnaires, c'est qu'ils veulent changer le système sans me consulter. Détail si l'on veut mais détail capital. Pour le reste, les coups d'Etat me plaisent assez : ils sont un signe de vie...

— Adorable crapule... Tiens, tu pourras prendre deux mois de congé pour ton accouchement.

Jack est un patron en or, la preuve vivante qu'on peut aimer tout le monde, même un Canadien anglais. Il est la preuve que la vie est possible au Québec, même avec la présence des « conquérants »... Je trouve étrange que depuis quelques années on pense si souvent à la bataille des Plaines d'Abraham. 1759... On avait oublié cette date, et maintenant elle remonte à la surface, comme par enchantement. Nous avions peut-être perdu la notion du temps, en tant que peuple, et nous venons de la retrouver. Je crois en nous, malgré tout ! Je crois ! Et j'aime !

D'abord je m'aime encore moi-même malgré mon ventre qui déborde. Je suis heureuse du mois de mars qui vient d'arriver et des jours qui sont maintenant beaucoup plus longs. On dirait que la lumière me nourrit. Et aujourd'hui, 4 mars, le Premier Ministre du Canada, monsieur Trudeau, épouse mademoiselle Margaret Sainclair, à Vancouver. Cérémonie très privée. Les fréquentations aussi ont été privées, puisque personne n'était au courant. Les amis de monsieur Trudeau sont contents, le peuple trouve que c'est un bel événement, les ennemis du Premier Ministre ricanent, bien sûr, et un bon nombre de gens sensés s'en foutent. Moi je trouve que la vie privée du chef de l'Etat ne me regarde pas. Le taux de chômage au Québec en février dernier était de 10,4 %. Voilà qui me semble plus important qu'un mariage, fût-il celui d'un prince. Qui va aider monsieur Bourrassa à remplir sa promesse de cent mille emplois ? On semble l'avoir abandonné à son sort. Mais il voyage. A New York il y a des financiers et il leur emprunte des millions. Nous vivons dans l'un des pays les plus riches du monde ! Qu'est-ce que ça doit être, dans les pays pauvres !

En entendant l'annonce du mariage Trudeau, Nicole dit :

— C'est toujours les mêmes qui ont tout ! Moi, je demandais même pas à être riche. Tout ce que je veux, c'est un mari...

— Pourquoi un mari ?

— Pour pas passer ma vie toute seule comme une dinde. Un mari, c'est responsable, ça prend en charge...

— Ça fout le camp aussi, et c'est souvent incapable de prendre ses responsabilités.

— Je te parle d'un vrai mari...

— Le jour du mariage, un mari est toujours un vrai mari...

Nous disons des évidences toutes les deux, parce qu'il n'y a pas de solution au problème. Je suis une fille ordinaire qui peut vivre heureuse sans se marier, et Nicole est une fille ordinaire qui ne peut pas être heureuse sans être prise en charge par un homme qui va l'installer dans un confort relatif, humain. D'ailleurs, je pense qu'elle est en train de « craquer ». Elle a maigri, ses yeux sont cernés et, signe qui me semble de première importance, elle a congédié « le jeune homme du dimanche » il y a deux semaines.

Notre dimanche après-midi était calme comme tous les dimanches après-midi, alors que d'une mer à l'autre ça sentait le repas en famille, la promenade des amoureux, la détente de ceux qui sont « ensemble ». Pour la fille seule, tout cela est synonyme d'ennui. Toujours est-il que Nicole était dans sa chambre avec le jeune homme du dimanche depuis une heure environ, quand tout à coup le bruit harmonieux de l'amour a fait place aux éclats de voix :

— Qu'est-ce que tu fais ici, dans ma chambre ?

— Voyons Nicole !

— Va-t'en, morveux. Tout ce qui t'intéresse c'est mes fesses !

— Qu'est-ce qui te prend ? Es-tu folle ?

Je ne sais pas comment ils en étaient venus là dans leur « conversation », mais elle l'a pourchassé jusqu'à la porte, elle à poil et lui ayant à peine le temps de monter la fermeture de sa braguette. Puis elle s'est mise à pleurer : « J'en ai plein le dos ! J'en ai plein le cul ! »

Le lendemain, son « amant » m'a téléphoné au bureau, parce que c'était lundi et que Nicole venait de lui dire, au téléphone, qu'elle ne pouvait pas le recevoir ce soir-là.

— Il me semble qu'elle est bizarre de ce temps-ci, tu trouves pas ? me dit-il.

— Oui, elle est fatiguée... A ce moment-ci de l'année, tu sais, on voudrait se voir ailleurs...

— Oui, mais pour Nicole, y a plus grave que ça... Elle passe son temps à me demander des preuves d'amour...

— Etant donné que tu l'aimes, ça doit pas être un problème. (!)

— Ben... elle veut que je dise à ma femme que je suis son amant. Une vraie idée fixe...

— Tu peux pas divorcer pour l'épouser ?

— Es-tu folle !

Tout me semble clair. Mais Nicole veut être aimée à tout prix. Je me souviens tout à coup de ce qu'elle m'a dit l'automne dernier, lors d'une promenade sur la montagne : « Le vide... Je sens le vide partout... » Cette fille, qui n'a pas ce qu'on appelle une « belle culture », a une sensibilité magnifique... et dangereuse... Elle ne saura jamais comment répondre à son besoin de richesse intérieure.

Le mercredi qui a suivi le lundi où son amant m'a téléphoné (j'oublie son nom. Je crois qu'il s'appelle Robert), il y a eu une scène extraordinaire dans sa chambre. Robert est venu, a voulu jouer le scénario habituel : bonjour, comment ça va ? Un verre, un baiser, une caresse et hop la culotte, mais ça n'a pas marché.

— M'aimes-tu ? On va faire l'amour si tu m'aimes...

— Bien sûr que je t'aime, mon trésor, voyons ma cocotte, si j'suis ici c'est parce que j't'aime...

— Alors donne-moi une preuve...

— On peut pas prouver ça, l'amour, mon trésor. Faut croire, c'est tout... Si t'as pas confiance en moi, qu'est-ce que tu veux que je fasse ?

— Divorce.

— Tu sais bien que c'est impossible ! Ma femme sait même pas que j'ai une maîtresse !

— Dis-le-lui.

— Jamais de la vie !

— T'es comme tous les autres. Tout ce que tu veux c'est baiser !

Finalement on a pleuré et on a mis le dénommé Robert à la porte sans l'avoir soulagé de son désir. Dans ses grandes lignes, cette histoire ressemble à des millions d'autres où la jeune fille change tout simplement d'amant, croyant prendre mieux, et faisant son beurre, en réalité, avec la même crème. Mais avec Nicole, on assiste à une variante qui est de taille : je l'aime beaucoup et tout cela me complique la vie. Aussitôt qu'elle a mis Robert à la porte elle le regrette et pleure dix fois plus fort, crie, voudrait le faire revenir, voudrait faire l'amour : « J'suis rien qu'une maudite folle ! J'vais le perdre et je l'aime... » Tragiques sanglots. Au bout de cinq minutes on retrouve l'usage de la parole, mais cette fois on a changé de refrain : « Y est comme tout le monde, y m'aime pas, j'en ai plein le dos ! J'veux un homme à moi toute seule ! » Finalement, elle trouve son numéro de téléphone à la maison et elle veut l'appeler. Il faut toute ma force de persuasion pour empêcher la catastrophe.

Toujours est-il que maintenant elle ne voit plus personne. Robert a cessé de lui téléphoner, effrayé à l'idée de voir entrer la discorde dans son foyer, et Nicole est seule avec moi. Elle pleure, maigrit, prend des allures de religieuse, se renferme dans sa chambre : « J'veux plus en voir un maudit ! » Mais tout à coup l'envie de faire l'amour la saisit au ventre, et il faut un dérivatif : elle boit jusqu'à rouler sous la table. Alors j'ai droit à tous les délires imaginables sur l'égoïsme de l'homme, la solitude de la femme, sa faiblesse de femelle et, dans un même souffle, les performances amoureuses extraordinaires qu'elle a accomplies. « Veux-tu que je te montre comment je baise ? Comment j'embrasse mon amant ? » Psychologiquement, je suis le mari qui doit la prendre en charge. Je me demande combien de temps elle va pouvoir tenir le coup. Il lui faudrait un psychiatre, mais impossible de l'amener à prendre cette décision.

De mon côté, la situation n'est pas plus mauvaise que d'habitude. J'attends avec impatience le jour de la délivrance, rêvant à ce que sera l'avenir de mon enfant. En moi, pas une once d'angoisse. Seulement de l'espoir. Tout est possible. Je vais donner la vie ! Je sais bien, il y a des bibliothèques pleines de clichés à ce propos, mais comment ne pas s'émerveiller à l'idée de ce qu'une naissance représente ? Comment ne pas avoir envie de dire ce que le mot « vie » veut dire ? Je me couche sur

le côté et je rêve ; je laisse le temps couler sur moi ;
je me laisse mûrir à la chaleur du temps, telle une cerise
au soleil. Oui, je mûris, dans tous les sens du mot. Ma
peau n'est plus la même : elle devient une vraie peau
de femme. Je mûris, enroulée autour du fœtus que je
porte, à l'écoute de sa germination, un œil sur le monde
qui m'entoure, l'autre sur mon nombril, songeant au
cordon ombilical qui me retient encore à lui, par lequel
je m'épanche en lui, par lequel je me donne si entièrement à lui qu'aucun acte d'amour ne peut égaler celui-
là. Et plus je me donne, plus je donne de l'amour avec
mon sang, plus je me sens pleine du verbe aimer.

Jacques vient me voir encore deux fois par semaine,
mais il ne fait plus l'amour avec moi. Il a peur. Alors
c'est moi qui le prends. Je le caresse longuement, savam-
ment, et c'est étrange comme je redécouvre son corps.
Il s'abandonne, tendre, avec l'indécence de l'enfant, et
je l'explore avec mes mains, avec ma bouche, heureuse
de ses réactions, heureuse de retrouver chaque fois
l'harmonie de son corps, heureuse de sa peau douce, de
ses muscles solides, de son ventre dur, de sa poitrine
qui reçoit ma tête, heureuse enfin de son gémissement
qui m'inonde comme une récompense, et je deviens tout
à coup une terre qui reçoit la pluie chaude de l'été,
après de longues journées de sécheresse. Je crois que
je l'aime. Oui, pourquoi faire tant de mystère ? Il me
semble que l'amour est la chose qui m'est la plus naturelle du monde. J'aime Jacques, tout simplement, sans
me soucier de ce qu'il éprouve, lui. Je suis heureuse de
l'aimer comme ça, sans m'occuper de demain... Je ne
veux pas me poser de questions trop difficiles sur
l'amour. Qu'est-ce que le vrai amour, par exemple ?
Y a-t-il une telle chose que « le vrai amour » ? Ridicule,
à mon avis. Ou bien on est capable d'aimer et alors
tout devient simple, ou bien on n'est pas capable et

alors on passe sa vie à tout embrouiller, à essayer de définir ce qu'on ressent, à établir des frontières qu'on ne veut pas franchir mais qu'on franchit quand même. J'aime Jacques, sans raisons particulières. Je n'en ai pas de preuves tangibles, mais je sais qu'il est riche de cœur malgré son attitude, malgré ses propros d'homme d'affaires qui ne veut pas avoir l'air d'un faible.

Avec le mois de mars, les fins de jour plus tendres sont arrivées. Pour se coucher, le soleil attend que nous soyons sortis des bureaux, et le bas du ciel, vers le nord, se teinte de couleurs turquoises qui me rappellent les beaux moments de mon enfance. Je ne sais d'ailleurs pas pourquoi. Une couleur de bonbon, peut-être... Toujours est-il que je ne peux pas voir ces couchers de soleil sans m'attendrir.

— Regarde le ciel... L'hiver est fini, dis-je à Nicole.

— L'hiver finira pas avant le mois de mai, comme d'habitude !

Elle est fermée, butée, terne, lourde. Je ne sais plus quoi faire avec elle. Je l'emmène au cinéma de temps en temps, mais il faut que je la traîne. « Toujours la même chose... Surtout les films québécois. Rien que des fesses... » Quand les amoureux s'embrassent, sur l'écran, elle est jalouse, et quand ils sont malheureux elle dit : « Tu vois, les hommes sont des écœurants. »

Et je suis en train de m'attendrir sur le printemps qui s'en vient avec le début de mars, après plusieurs tempêtes de neige, quand elle se remet à tomber, tomber, tomber, la neige, pendant que le vent s'amuse à fabriquer notre magnifique poudrerie nationale. Vingt pouces en vingt-quatre heures. On ne sort plus, on ne rigole plus, on pleure au téléphone.

— C'est pas possible ! On n'a jamais vu ça ! Le record du siècle ! Etc.

Nicole en profite pour pleurer sur son sort de femme

finie, et pour se soûler plus que d'habitude. « J'suis finie... Finie. A part de ça j'donne ma démission. Plus envie de travailler... »

— Qu'est-ce que tu racontes là !

— Explique-moi donc pourquoi j'irais me faire chier à taper des lettres au bureau, des lettres qui rapportent de l'argent à la compagnie et rien du tout à moi ?

— Tout simplement parce que tu dois gagner ta vie, comme tout le monde.

— Ma vie ! Quelle vie ? C'est pas une vie, que je mène ! J'suis une esclave !

Mes convictions sur la « dignité du travail » ne sont pas très solides. Si je travaille, moi, avec plaisir en général, c'est probablement parce que j'en ai la force... Non, j'ai décidé de vivre avec joie, quelle que soit ma situation, mais je ne suis pas convaincue du tout que pour être heureux on doive travailler quarante heures par semaine pour une compagnie ou pour le gouvernement (de plus en plus employeur donc de plus en plus exploiteur). Je serais très capable, étant donné ma façon de voir le monde, de ne pas être malheureuse dans la société des loisirs qu'on nous promet pour la fin du siècle.

— On n'est esclave que de soi-même, dis-je à Nicole en me servant un gin.

— Laisse-moi tranquille avec tes grands mots !

J'ai laissé échapper une phrase pompeuse, c'est vrai, mais je suis pourtant convaincue d'avoir dit une vérité... Le problème, c'est que les « grandes vérités » ne se promènent pas en troisième classe ni en vieux tacots. Il leur faut la limousine et le tapis rouge, les grandes circonstances avec applaudissements de foule à l'appui. De sorte que ces chères « vérités » passent dans leurs pompes et elles disparaissent, telles des étoiles filantes, sans atteindre quiconque. Et nous, les gens ordinaires, vivant dans des circonstances ordinaires, nous n'avons pas les moyens de monter sur leur char... On balbutie...

Il est dix heures du soir et je suis ivre. Nicole est soûle et agressive. Elle m'accuse, sans s'en rendre compte, d'être heureuse. Je sens la ville ensevelie sous la neige ; nous sommes enterrés, plus rien ne résonne. Tout est mat, silencieux, fermé comme un cercueil aux multiples épaisseurs de satin à petits bouillons, et dans cette noirceur étouffante Nicole crie :

— Tu m'emmerdes ! Tu m'espionnes ! Tu me guettes ! Tu voudrais que je fasse comme toi parce que tu te crois supérieure, parce que t'as un amant pis que j'en ai pas... Ben tu sauras ma p'tite fille que si j'ai pas d'homme c'est parce que j'en veux pas ! J'en veux plus ! Ça tu le sais aussi bien que moi ! C'est moi qui ai mis Robert à la porte ! C'est moi ! Moi !

— Je le sais ma chérie, voyons, crie pas comme ça !

Nous avons « une scène de ménage » pour la première fois. Que lui dire ? Heureusement, elle éclate en sanglots et elle se jette sur son lit. Ça va la calmer pendant que je réponds au téléphone :

— Allô ?

— Allô, Lucie ?

Je reconnais la voix tout de suite, fluette, timide, sans détermination : le mari de ma sœur !

— Qu'est-ce qui t'arrive ? Es-tu enterré sous la neige ?

— A peu près, oui. J'ai pas été capable de rentrer à la maison, évidemment, et je me suis trouvé une chambre à l'hôtel, comme ben du monde... Figure-toi qu'on se promène en moto-neige sur la rue Sainte-Catherine...

— Oui !

Il parle, parle, pour ne rien dire, ou plutôt en ne disant pas ce qui lui brûle la langue. Je ne l'ai pas vu depuis le soir de Noël, ce soir où je l'ai gratifié d'une caresse-surprise, comme ça, rien que pour le plaisir de lui montrer une partie de mes talents.

— As-tu amené ta maîtresse à l'hôtel ? C'est un soir tout désigné pour ça.

— Voyons, Lucie, tu sais bien que j'ai pas de maîtresse... Mais justement j'aimerais ça, te parler... J'ai des problèmes. Il me semble que j'aurais le droit d'en avoir une... Ma femme, excuse-moi c'est ta sœur, est pas toujours drôle, drôle...

Comment peut-il oser venir pleurer dans mon oreille ! Surtout en ce moment où j'ai Nicole sur les bras, avec son malheur qui pèse lourd... Et lui, tout simplement parce qu'il n'a pas de couilles... Pourtant je garde mon calme :

— Mon cher, tu trouves que ma sœur t'exploite ?

— Ah oui !

— Tu trouves qu'elle fait mal l'amour ?

— Ah oui !

— Tu trouves que ton mariage est raté, que c'est un véritable esclavage ?

— Ah oui !

— Alors c'est très bien comme ça ! Tu mérites pas plus ! Salut.

Je raccroche. J'ai parlé doucement, ironiquement, calmement, le sourire dans la voix. Je suis fière de moi parce que j'ai réussi à ne pas me choquer en le renvoyant à lui-même, à sa veulerie.

Nicole pleure encore et je décide qu'il vaut mieux la laisser seule. Entre mes draps, délicieusement alourdie par l'ébriété, je m'endors en songeant au mal. Le mal, qui semble nous coller à la peau depuis toujours. Vient-il d'une erreur que l'humanité a commise il y a des millions d'années, et que nous passons notre vie à expier dans la culpabilité, dans la peur ? Ou bien est-il inhérent à notre nature ? Il me semble que le simple fait de se coucher pour dormir, de se couvrir pour se protéger (contre quoi au juste ?) sont signe qu'on est fondamentalement condamné à chercher le chemin du retour, vers le centre de la terre, ou vers le cœur de quelque autre lieu où le mal n'existerait pas. Est-il possible que l'apparition de l'homme sur la terre soit une erreur de la nature ?

Mais une telle idée me répugne et je m'endors en essayant de sourire, puis je rêve. Je glisse, je coule, plus exactement, dans un long couloir en pente douce, un couloir qui devient une rivière d'eau chaude dans laquelle je baigne délicieusement, comme libérée de la loi de la pesanteur. Finalement, j'arrive dans un endroit lumineux, clair, sans frontières. Il n'y a plus de limites à l'espace dans lequel les humains se reposent, se promènent, mangent, dorment et s'aiment, nus... Puis je rêve que j'ai rêvé un beau rêve classique, et voilà que des hommes me prennent de force, avec une telle violence que j'ai peur pour la vie de mon enfant, et Julien est celui qui dirige les opérations. Je l'aime toujours. Je me traîne à ses pieds, il me fouette, les autres rient. Jacques est avec eux et il rit lui aussi, puis tout à coup leur semence monte gracieusement dans les airs, comme les multiples jets d'une fontaine lumineuse. Sans transition, me voilà dans un grand hôpital où tout ce que l'on dit se répercute en écho, indéfiniment. J'ai des douleurs atroces au ventre. On me couche violemment sur une longue table, des hommes m'entourent, vêtus de blanc, le visage couvert de cagoules noires, munis de longs couteaux. L'un d'eux rit à gorge déployée, lève son couteau qui devient une hache énorme et mon ventre s'ouvre, béant. Mon enfant sort en riant. Il est beau ! C'est un grand garçon qui dit :

— Maman tu es la plus belle du monde, et il mange mes seins pendant que les médecins font seulement semblant de me recoudre l'abdomen. Je vais mourir dans une dizaine de minutes. Tant mieux ! Toute cette comédie a duré assez longtemps. Il faut que je rentre chez moi...

Quand je me réveille, Nicole s'encadre dans la porte de ma chambre, les cheveux en broussaille, et c'est le matin.

— T'as crié.

— Excuse-moi.

— Pas de quoi, j'étais réveillée depuis longtemps parce que j'ai la gueule de bois.

La ville a de la peine à se remettre en branle, sclérosée par la neige. Toujours la neige ! Loin, très loin au cœur de la ville, il y a les bureaux et c'est là qu'il faut aller. On y pense en s'emmitouflant dans sa robe de chambre laineuse, l'œil embrouillé ; mais avec l'odeur du café et des toasts la lumière se fait lentement. Magie du jour qui commence et qui vous emporte dans son mouvement, comme une valse éternelle. Il suffit de dire « oui », intérieurement, et tout devient facile. Oui, j'accepte de marcher dans la neige jusqu'aux genoux, oui, jusqu'en bas de la rue Ridgwood ; oui, j'accepte d'attendre l'autobus qui retarde parce que la circulation est dans un état de congestion inimaginable ; oui, je vais me tenir debout dans l'autobus, coincée entre des inconnus dont les odeurs et les manières me gênent ; oui, j'accepte de passer la journée au bureau à faire un travail qui ne m'enchante pas toujours, simplement pour avoir de quoi manger... (Allons, j'exagère un peu. En réalité, j'aime bien mon travail, grâce auquel je suis sans cesse en relations avec des inconnus.)

Mais, ce matin, Nicole dételle. Ruade dans les brancards, suite à notre conversation d'hier et à ses excès d'alcool. D'abord, la réconciliation :

117

— J'suis vraiment désolée pour hier... Si ma mémoire est bonne, on s'est engueulé...

— Pas grave, oublie ça, voyons...

Je verse du café dans deux tasses.

— Viens boire un bon café, ça va te remettre sur le piton.

— Pas capable... Si j'prends une gorgée j'vas vomir pendant deux jours.

Puis la voilà secouée par une respiration qui se dérègle ; un sanglot se forme au loin, tel une vague qui vient du cœur de l'océan et qui monte sans que rien au monde puisse l'arrêter. Elle se jette dans mes bras :

— Ah ! Lucie ! T'es tellement bonne pour moi, pis moi j'suis bête ! Bête ! J'sais pas quoi faire pour me faire pardonner.

Elle est chaude, frémissante, et j'ai envie de pleurer moi aussi en songeant à la jeunesse de son corps que je presse contre le mien. Soudain, j'ai la certitude qu'un malheur la guette. Je le sens à travers sa peau. Elle est jeune, belle, les seins palpitants, les flancs rentrés comme ceux d'une génisse encore intacte, les hanches parfaites, les cuisses fermes ; elle est certainement une partenaire amoureuse de premier ordre et elle ne demande qu'à s'occuper d'un homme jusqu'à la fin de ses jours. Or tout cela n'aura pas lieu. Le mal est en elle, planté dans son âme par le doigt capricieux du destin, sous forme de faiblesse : une épine dans le nerf qui dispense la force. Oui, j'ai envie de pleurer parce que tout à coup je sens le poids de la tragédie dont elle est l'héroïne impuissante, la victime innocente. Qui nous force à « jouer » cela avec de vrais mots et du vrai sang ? J'ai honte, maintenant, d'avoir pleuré au théâtre en voyant des princes mourir et venir saluer ensuite le public en délire.

Le plus terrible, c'est que je reste court. Où trouver

les mots qui vont la libérer de cette culpabilité, le plus acharné et le plus vieux de nos complexes ?

— T'inquiète pas pour moi... Y a rien de changé entre nous... Puis cesse de t'imaginer que t'es pas gentille.

Dans les grandes circonstances on dit presque toujours des bêtises. (Voir les discours des hommes politiques aux heures de crise.)

— J't'ai fait de la peine, je le sais... Pis tout ça, c'est de ma faute... Si j'avais pas été bête, j'serais pas toute seule dans la vie comme une dinde...

— Ecoute, cesse de te tourmenter, habille-toi puis va travailler. Ça va te changer les idées.

— Pas capable... Pas envie de travailler...

Elle se remet au lit, je la borde, la cajole, lui donne des aspirines en lui affirmant que demain tout ira mieux, et je parviens à lui faire ce sourire mensonger de l'infirmière qui dit à son patient qu'il prend des forces, que tout va bien, pendant que la famille se prépare à acheter le cercueil.

Je sors de l'appartement comme on sort d'un hôpital, le dimanche après-midi, après une visite à un mourant. « Il en a encore pour combien de temps ? — Ah, une semaine ou deux... » Il fait sombre, dans ces circonstances-là, et des adolescents jouent au hockey sur la patinoire d'un collège, au coin d'une rue à peu près déserte. Je me vois tout à coup comme sur une carte postale : la carte postale du visiteur qui sort de l'hôpital où un être cher est en train de mourir, le dimanche après-midi.

Bon. Je rêve éveillée tout en m'enfonçant dans la neige jusqu'au ventre. Mon ventre lourd qui m'entraîne en avant, vers le centre de la terre. « Il faudrait que Nicole... On devrait... » Quand on ne trouve pas de réponses aux problèmes posés par les événements, on dit : « Il faudrait... On devrait... », pendant que le temps passe. Il est étrange que je me sois endormie hier soir en pensant au mal, et que ce matin je l'aie senti dans le corps si jeune de Nicole. Il y a aussi ce rêve idiot que j'ai fait... Non, les rêves ne sont pas idiots. Ils ont un sens mais je n'arrive pas à déchiffrer ceux que je fais... Je suis allée au cœur de la terre, en rêve, comme dans le sein de ma mère, où j'étais bien... Et l'amour est retombé sur moi en pluie de sperme... Puis j'ai dû avoir une contraction quelconque, et j'ai rêvé mon accouchement... Un enfant qui me dévorait... Au fait, tout cela est très clair : j'ai peur, moi aussi, du sort qui m'attend, mon sort de femme, être essentiellement sacrifiée pour que la vie puisse continuer... C'est de la vieille mythologie...

— Avancez, en arrière ! Encore... Avancez, en arrière...

On se tasse dans les manteaux enneigés et l'odeur des bottes mouillées... J'admire la force du monde en marche. Même ce matin il y a des rires ; autant de rires que de propos attristés sur le sort que nous font les tempêtes depuis deux mois.

Il me semble que le mal ne peut pas avoir de prise sur moi. Je m'accroche à cette idée. Ce n'est peut-être qu'une illusion, mais jusqu'à maintenant je n'ai jamais été atteinte. Il me frappe, je souris et il ricoche sur ma peau...

— J'pensais jamais que tu viendrais travailler aujourd'hui, dit Jack.

— Pourquoi ? Faut pas se laisser aller...

— La moitié du personnel a téléphoné pour dire que c'était impossible de sortir.

— On travaillera plus fort.

— Pas la peine, tu sais. Tout est au ralenti aujourd'hui. Mauvais pour les affaires...

Puis la neige se met à fondre. Avril est arrivé, le soleil se montre de temps en temps, on rit, mon ventre ne

120

peut plus grossir, et j'attends avec impatience le jour de la délivrance. Jacques me téléphone régulièrement, mais en vitesse : « Ça va bien ? — Oui, très bien. Et toi ? » Il est pressé. « Il faut que... Il faut que... » Ces trois mots commencent la plupart de ses phrases. Jacques est en train de construire sa vie de futur grand homme d'affaires. Il vient encore à la maison, assez régulièrement aussi, pour se faire soulager. Je le fais avec amour, sans me soucier de ce qu'il éprouve réellement à mon égard. Je ferme la porte au doute, parce que, en amour, la position de l'autruche est idéale : la tête cachée et le derrière en l'air... Je suis heureuse de donner sans poser de questions, sans regarder en arrière. Le plaisir que je procure m'excite, m'énerve, me trouble, me rend toute palpitante comme cela se produit quand on découvre, jeune encore, un artifice nouveau pour agrémenter les jeux de l'amour. Le corps humain m'émerveille, et comment ne pas éprouver une joie divine à l'appréhender jusque dans les moindres détails, épiant ses réactions, ce langage mystérieux de la peau qui frémit, se contracte, se détend, et cela pour indiquer le chemin à vos mains avides ? Entre mes doigts, le corps de Jacques se met à chanter, à danser, puis il fleurit, puis il éclate en milliers de pétales humides et lumineux lancés au firmament de mon amour. Je suis l'artiste qui s'enivre de la musique qu'il fait jaillir du bout de ses ongles, du rêve coloré qu'il organise sur la toile blanche...

Un épi de blé pourrait remplir ma vie...

— Au revoir, à lundi...

— Bonne fin de semaine...

Ainsi, nous découpons le temps en tranches heureuses de semaines, de moments accordés à la musique de l'amour.

Et nous arrivons à ce magnifique mois de mai, le mois

des bourgeons qui éclatent, des feuilles qui sortent, des oiseaux qui, par millions de bruissements d'ailes, donnent une forme de matrice à des brins d'herbe rouillés. Chaque matin, grâce au soleil, on dirait que Dieu sort de la terre en milliards de germinations parfumées. Quant à moi, j'ai acheté la bassinette, les layettes, les biberons, tout l'attirail.

Et j'attends les contractions pendant que le Premier Ministre est parti pour l'Union soviétique, en voyage d'affaires. En politique étrangère, les chefs d'Etat font presque toujours des choses prestigieuses : ententes diplomatiques plus ou moins occultes, accords commerciaux, jeux d'influences en général bénéfiques pour un groupe donné de peuples, etc. On dirait que par ce moyen ils tentent de se faire pardonner les coups de griffes qu'ils se croient obligés de donner à leurs « sujets », en politique intérieure. A moins qu'ils ne soient que des marionnettes entre les mains du destin...

Nicole ne voit pas le printemps. Elle n'a pas travaillé plus de six ou sept jours depuis la grosse tempête du mois de mars. Ce mal que j'avais senti en elle, à cette occasion, s'est bel et bien manifesté chaque jour davantage : faiblesse, pleurs, crises de rage...

— J'en peux plus de vivre comme ça... C'est pas une vie !

— Habille-toi, va travailler, secoue-toi...

Elle se lève, boit deux gorgées de café, regarde par la fenêtre, voit de la pluie qui tombe, et son instant de courage s'est évanoui.

— Travailler ! Pourquoi travailler ? Pour qui ? Pour les murs de c'maudit appartement qui me pue au nez !

Elle retombe sur son lit défait, et malgré toute ma force de persuasion je n'arrive pas à la faire lever. Le résultat de ce comportement, en ce qui concerne le bureau, est finalement là devant nous : on l'a congédiée pour raison de santé.

— Tant mieux ! Ça va me faire une chose de moins dans le crâne.

Mais cette première réaction fait vite place à une autre en sens inverse, beaucoup plus marquée : « J'suis finie ! Même plus capable de travailler ! Tout le monde me laisse tomber... Lucie, vas-tu me laisser tomber toi aussi ? Qu'est-ce que j'ai fait au bon Dieu pour que... ? » Sans s'en rendre compte, elle prononce cette phrase passe-partout : « Qu'est-ce que j'ai fait ? » Et une fois de plus je suis frappée de la force de ce mythe que l'humanité entière traîne avec soi : la culpabilité. Heureuse, je n'y avais pas pensé jusqu'à ces derniers temps. Nicole pleure la moitié de ses journée au lieu de les vivre, parce qu'elle cherche à savoir ce qu'elle a fait de mal pour être seule dans la vie, abandonnée par un homme, les hommes et finalement par toute la société. Mais elle ne trouve pas de réponse. Son seul tort, c'est de s'être donnée corps et âme à des hommes qui ne l'aimaient pas. La banalité de son cas me coupe le souffle. Jusqu'ici, il m'avait toujours semblé qu'on ne pouvait tomber malade que pour des raisons très graves : catastrophes familiales, provinciales, nationales, mondiales. Non, tout est au cœur de l'individu, et plus c'est simple, moins on semble y comprendre quelque chose. J'ai d'abord pensé que grâce à moi Nicole se remettrait vite, parce que je saurais bien lui expliquer la situation : « Tout est possible, il suffit de vouloir, de s'accepter, d'aimer... » Alors moi, est-ce que je suis heureuse par naïveté ? Ou alors je suis une imbécile !

— T'inquiète pas, Nicole ma chérie. Tu vas te reposer quelques semaines puis tu vas trouver un autre emploi...

— Un emploi ! La moitié de la province est en chômage ! A part de ça j'en veux plus, d'emplois... Secrétaire ! Et pis on est toujours secrétaire d'un cave qui se prend pour un génie. Ça me donne les bleus...

On tourne en rond. Je n'arrive pas à la convaincre qu'il y a des psychiatres, que c'est pas compliqué, qu'elle peut se faire suivre par un bon spécialiste...

— J'suis pas folle !

Moi non plus. Il faut que je m'occupe de moi-même. Ce matin, les premières contractions au moment de prendre mon café. A la radio, au même instant, on annonce une nouvelle fort importante : le Premier Ministre Robert Bourrassa a confirmé que son gouvernement a décidé de mettre en œuvre le projet d'aménagement hydro-électrique de la baie James. Grandiose ! Poitrines gouvernementales gonflées d'espoir. On va harnacher des rivières qui charrient des masses d'eau colossales, pour faire de l'électricité qu'on va vendre aux Américains, il va falloir investir quelque six milliards de dollars, et de tout cela naîtront cent vingt-cinq mille emplois...

Etait-ce vraiment une contraction ? Ça n'a pas duré très longtemps, mais sur le coup la douleur a été terrible. Malgré moi, j'ai peur. Pas beaucoup mais quand même... Je vais aller au bureau... Non ! Au moment de partir, une autre douleur. Cette fois, pas de doute. Me voilà à quatre pattes dans ma chambre, cherchant non pas une épingle mais une position. Il n'y en a pas une qui soit confortable. Sueurs froides. Nicole me regarde, tremblante, affolée :

— Tu vas mourir !

— Es-tu folle ! On meurt pas d'un accouchement...

Au fait, qu'est-ce que j'en sais ? On meurt encore, et je pourrais très bien être l'exception, le cas sur quelques milliers qui crève, sans qu'on sache trop pourquoi.

« Depuis au moins sept ans, dit le speaker, l'Hydro-

124

Québec effectuait des travaux de recherches dans la région afin de savoir quelles étaient les possibilités de produire de l'énergie à partir des rivières Rupert, Broadback et Nottaway. Plus récemment on a songé à aménager également les rivières Eastmain et la Grande, beaucoup plus au nord. C'est probablement par cette dernière que l'on commencera... » J'écoute le bulletin de nouvelles avec une attention particulière, afin de me bien situer dans le temps de mon pays, en cette fin de siècle tourmentée. Harnachement des rivières ? Bon. Qui faut-il croire ? Celui qui déclare que nous sommes foutus, ou celui qui déclare que l'avenir, pour le peuple québécois, sera grandiose ? Moi, fille mère dans quelques heures, je fais partie de cette foule canadienne-française, sauvage... Si on met ensemble tous les commentaires qu'on fait sur notre province, nous avons tous les défauts et toutes les qualités du monde en même temps. Alors je n'écoute plus et je cherche la joie, au fond de moi. Je préfère être optimiste. Si le sens de l'histoire dit qu'il faut harnacher des rivières dans le grand nord, au risque de nuire aux Indiens qui sont là, comme en villégiature sur un terrain outrageusement immense, il faut harnacher des rivières. Puisqu'il faut harnacher, harnachons ! Je vote pour l'espoir, même si tous ces milliards que l'on fait miroiter à nos yeux ne sont que les éléments luxueux d'un décor planté par un metteur en scène politique. La pièce qu'on joue n'est peut-être qu'une tragi-comédie mais elle m'amuse. S'il faut pleurer au tomber du rideau, nous pleurerons.

Je téléphone à Jack :

— Ecoute, ça y est. Je suis une femme en douleurs, comme on disait autrefois.

— Bonne chance darling. J'espère que tu auras un beau garçon.

— Oui, moi aussi j'espère avoir un garçon.

— Surtout, pense pas au bureau. Je verrai à te remplacer plus ou moins bien pour que tout le monde soit content de ton retour.

— T'es un ange ! Aïe ! Ça me reprend. Salut.

Une autre contraction. Voilà à peine trente minutes que j'ai eu la dernière. Il faut téléphoner et fermer la radio qui parle encore de la baie James. Je m'en fous, de la baie James ! J'ai mal ! Je laisse tomber le monde en marche ! Il n'y a plus que moi sur terre. Il n'y a plus que mon ventre qui se révulse. Allez, femelle, machine productrice, désarticule-toi pour que la tige nouvelle arrive à la lumière ! Le monde en marche a besoin de ce sang auquel tu as donné forme... Taxi... Non, valise d'abord.

Nicole me suit, impuissante, gémissante comme un chien qui sent l'orage venir et qui ne sait pas où se cacher. Elle gueule contre la destinée de la gent féminine :

— C'est pas juste ! Les hommes, eux autres, y ont pas de problèmes. Y ont jamais de problèmes avec leurs histoires de cul !

— Dis donc pas de conneries, ma chérie, les hommes ont pas la force d'avoir les problèmes qu'on a. C'est pas de leur faute, c'est dans la nature des choses... Donne-moi donc ma p'tite robe jaune, la mini... Pour sortir de l'hôpital ça va être parfait.

— Oui. Je t'accompagne.

— Non, j'aime mieux pas. Reste tranquille, repose-toi. T'en as besoin.

— Mais Lucie, j'peux pas te laisser toute seule comme ça.

— Je t'assure.

La discussion dure au moins dix minutes. Je veux être seule jusqu'au bout. Discrètement, habilement, je prouve à Nicole qu'elle n'est pas dans un état satisfaisant pour aller dans un hôpital, que ça pourrait la déprimer davantage, etc. Mais dès que je suis dans le taxi qui m'emmène, je me rends compte que j'ai eu tort. Il aurait peut-être été préférable qu'elle soit avec moi, qu'elle voie tout, qu'elle se rende compte que la vie est simple et qu'un accouchement est une chose normale. Il me semble maintenant que cela aurait pu l'aider à se reprendre en main... Mais non, mon orgueil n'a pas voulu : Julien m'a abandonnée, Jacques me laisse seule par la force des choses, donc je veux être absolument seule jusqu'à la fin. Cet enfant est devenu ma chose à moi. A moi ! « C'est du ressentiment... Aujourd'hui, peut-être à cause des circonstances, tu éprouves du ressentiment », me dit une petite voix intérieure. Je réponds : « Ferme ta gueule ! » et j'ouvre la porte de l'hôpital.

Infirmières, médecins, infirmiers, lavage, couloirs, chaises roulantes, civières grinçantes, voix qui demande le docteur Untel dans un haut-parleur parce qu'un mourant demande à être sauvé : « Faites un effort, docteur, mon cœur flanche, une oreillette, deux oreillettes, mon foie, mes reins, mon cancer, j'étouffe... » Amen. L'usine à lutter contre la maladie ronronne merveilleusement.

— Là... Etendez-vous... Vos contractions sont encore aux trente minutes ?

— Non, aux dix minutes à peu près...

— Tant mieux, ça s'achève...

Entre les « douleurs » je souris. A moi-même d'abord, au reste du monde ensuite. Je souris au personnel curateur, pour qui un accouchement n'est pas une maladie mais un bel événement. Ma délivrance arrive, je touche au but, la vie va sortir de moi. De toutes mes forces je lutte contre la peur qui est là, qui me guette. Elle est de toutes les cérémonies... Souriant, le médecin dit que tout va très bien, que tout est normal. Mais lui il a le ventre mince et il n'a jamais vécu l'accouchement que comme témoin. « Normal ! » Toute cette douleur qui me déchire est normale ! Bon, j'accepte sans crier, les dents serrées.

— On va crever vos eaux.

— Avec plaisir.

Ça coule abondamment, puis le vrai travail commence.

— Poussez.

Je pousse de toutes mes forces, comme si le mal était en moi, comme si c'était du mal lui-même que je devais me débarrasser. On m'endort et je me réveille aussitôt, comme s'il y avait eu une coupure dans le temps. J'ouvre les yeux, le mal a disparu.

— C'est une fille.

— Une fille ?

— Oui.

J'étais sûre d'avoir un garçon. Je voulais un garçon, un homme que j'aurais bichonné pendant quelques années puis que j'aurais lancé à la conquête du monde. Inconsciemment, j'étais imprégnée du vieux mythe qui veut que l'homme soit fort, et pourtant j'ai toujours vu le contraire. On m'apporte donc ma fille que je prends dans mes bras maladroits. Je suis seule dans la chambre avec l'infirmière et ce petit paquet blanc dans lequel il y a deux yeux fermés, deux petits poings et des lèvres minuscules qui cherchent à téter. Ça ressemble à rien et c'est laid, mais je suis heureuse ; si heureuse que je me mets à pleurer doucement, lentement, longuement. L'infirmière sort de la chambre.

Je tiens ma fille dans mes bras et je pleure de joie, tout en me replaçant dans le temps et l'espace. Dix fois de suite, je pars en gros plan de la tête de l'enfant et je recule, *zoom out*, pour découvrir l'hôpital, la ville de Montréal, puis la province, puis le pays, puis les Etats-Unis, l'Amérique du Nord, les océans, le monde... Ensuite je fais le mouvement contraire, *zoom in*, lentement, en prenant bien soin de corriger la mise au point à mesure que je resserre le champ de vision, jusqu'à la petite tête que je tiens sur mon sein. Voilà donc où j'en suis en mai 1971 : j'ai eu un enfant qui n'aura probablement pas de père, mais je veillerai sur lui. J'ai eu un enfant pendant que le Premier Ministre du Canada est en Russie pour s'occuper de grandes choses, pendant que le Premier Ministre du Québec veut se lancer à coups de milliards dans le développement de la baie James, pendant qu'il y a encore du monde en prison à cause des événements d'octobre, pendant que l'économie est stagnante, que le chômage sévit, etc. Mais, en réalité, tout va bien. La vie est toujours gagnante.

Ma mère vient me voir :

— Pauv' p'tite fille...

— Elle pleurniche sur mon état de fille mère, puis elle demande, la voix cassée :

— Qu'est-ce que je peux faire pour toi ?

— Rien. Tout va bien ; j'ai besoin de rien.

Elle m'embrasse et s'en va, vieille. Je ne peux m'empêcher de me voir dans trente ans. Choc plus violent que d'habitude parce que maintenant je suis mère moi aussi. Mais je chasse l'image rapidement. Chacun des instants que j'ai à vivre doit être vécu en son temps. Je prends une gorgée d'eau fraîche et je la laisse glisser sur ma langue, je l'étends à la grandeur de ma bouche pour la goûter à fond. Voilà. Tout le reste ne me dit rien qui vaille.

Ma sœur vient me voir, accompagnée de son mari. Visite douloureuse et drôle à la fois. Douloureuse parce que ma sœur, plus près de moi que mes parents si on considère nos âges respectifs, est en fait aussi éloignée de moi que ma mère, du point de vue mentalité. Le visage de l'enfant la touche un peu, évidemment, puisqu'elle n'est pas tout à fait un monstre. (L'enfant est une valeur sûre si vous voulez provoquer l'émotion : c'est petit, c'est impuissant, et ça n'a pas encore fait de bêtises. Quand un adulte regarde un enfant, il se dit inconsciemment : « Voilà comme je suis, en mon âme et conscience. Je n'ai pas changé d'un poil, au fond. ») Ma sœur n'échappe pas à la règle : en s'émerveillant sur le bébé, elle s'émerveille sur elle-même. Mais dès que le rejeton est emporté à la pouponnière, elle retrouve son visage en peau de citron : astringent et amer.

— Te v'là ben amanchée, pa t'tite fille... Au moins, penses-tu pouvoir te marier bientôt, pour pas te faire mourir avec les obligations que ça suppose ?

— J'ai plutôt envie de jamais me marier, tu sais... Les obligations me font pas peur puisque je me suis toujours arrangée toute seule... D'ailleurs si je me mariais, ça serait pas pour me décharger de mes obligations mais pour aimer un homme...

— C'est un point de vue, hein, fais ce que tu voudras...

Sur ce sujet nous avons à peu près la même conversation depuis une dizaine d'années. Nous changeons quelques mots aux répliques, selon l'inspiration du moment, mais sur le fond nous disons toujours la même chose.

Ce radotage met le mari de ma sœur au supplice, lui qui est justement victime de son propre mariage. Il me regarde à la dérobée, cherchant le fond de mes yeux pour y trouver le réconfort d'un souvenir agréable. C'est la première fois que je le vois depuis Noël... Mais non, mes yeux ne lui diront pas que j'ai de la sympathie pour lui, que je me souviens, que je le plains d'être marié comme il l'est. Il me cherche vainement du regard, puis s'impatiente, souffre de la chaleur, soupire et finalement demande à sa femme s'ils ne peuvent pas partir.

— Au revoir... Bonne chance. Prends bien soin de toi. Et téléphone-moi si t'as besoin de quelque chose...

Chaque fois que je vois ma sœur elle prend soin de me dire : « Téléphone-moi si t'as besoin de quelque chose... » Ça dégage sa conscience, fait fuir le remords tout en n'engageant à rien, car elle sait fort bien que je ne l'appellerai jamais pour lui demander un service, si petit soit-il.

On m'apporte le poupon pour que je lui donne le biberon. J'ai appris à le tenir au creux de mon bras, et je le regarde téter en pensant à la famille qu'il n'aura pas. Cela vaut peut-être mieux qu'une famille comme celle que j'ai eue... Les yeux de ma fille se révulsent, elle s'endort, alourdie par le lait chaud, et je la tiens tendrement en essayant de ne pas succomber au débordement d'amour qui m'envahit. Dès que j'ai été capable de penser j'ai cessé d'aimer mes parents... Et maintenant je suis mère. Fille. Rien de plus facile que d'aimer ce petit paquet de chair imbécile et plein d'espoir que je tiens sur mon sein. Il faudra repenser à tout cela, organiser l'adolescence de ma fille, ce moment terrible où elle se détachera de moi, par la force des choses...

Nicole vient me voir, les yeux cernés plus que jamais, tendue, nerveuse, l'haleine charriant toutes les vapeurs d'alcool de la Pologne.

— Ça été dur ?

— Pas tellement. Douloureux mais pas trop long. Quatre à cinq heures.

— J'pense que j'pourrais jamais endurer ça...

— Voyons donc ! Toutes les femmes du monde sont capables.

— J'suis pas faite pour être mère... J'étais faite pour

l'amour. De toute façon, comme je me marierai jamais...
Je veux lui mettre l'enfant dans les bras mais elle ne
veut pas. Elle se rebiffe, crie comme si le poupon était
une bombe qui va exploser. Nicole est encore plus
malade que je le croyais, et j'ai hâte d'arriver à la
maison pour l'aider à traverser cette période difficile.
Il faudra que je trouve les mots...

— J'ai fait le ménage. Ta chambre est propre. Tout
est prêt pour que tu reviennes avec ton bébé...

Elle me dit ça d'une voix blanche, les lèvres tremblantes, puis elle m'embrasse fébrilement, secouée par
une longue chaîne de sanglots qui l'étouffent. Elle
pleure sans raison apparente, déchirée par une douleur
qu'elle semble incapable d'identifier elle-même.

— Dans deux jours je serai avec toi. T'inquiète pas,
tout va finir par s'arranger...

— Salut... T'as toujours été tellement bonne pour
moi... Salut. Porte-toi bien.

Elle part après m'avoir caressé les mains une dernière fois, tamponnant ses yeux rouges, me laissant plus
inquiète que jamais. Elle se détruit elle-même, malgré
sa volonté, sans trop s'en rendre compte. Comment lui
faire retrouver la force ? Elle se vide de sa propre substance, comme une outre percée... Qui est responsable de
ce délabrement ? Personne, bien sûr. La roue tourne...

La roue tourne et Jacques me rend visite, enfin ! Il
arrive avec une fleur, une belle rose à longue tige que
je sens à plein nez, que j'embrasse. Il me regarde en
souriant.

— J'ai été attiré par toi parce que tes trous de nez
sont grands... C'est un signe de générosité, d'ouverture
d'esprit.

Il m'a dit ça il y a quelques mois et j'ai ri. Maintenant
il me regarde avec tendresse, mais je le sens un peu en
dehors de mon aventure. Cette fille n'est pas la sienne,

et malgré le regard bienveillant qu'il pose sur elle, je vois bien qu'elle lui est tout à fait étrangère. Il est ici pour moi seulement, pour ce que j'ai été à ses yeux... Un jour, après l'amour, la tête renversée sur ses genoux, encore amortie par les langueurs qui suivent l'explosion de la jouissance, je lui ai dit :

— Tu es un merveilleux amant.

Doucement, lentement, il a répondu :

— Je ne suis pas un amant. Tu es peut-être satisfaite de la façon dont je fais l'amour, mais je ne suis pas un amant...

Il s'est arrêté là. Il m'était assez facile de conclure, en me reportant aux premières conversations que nous avions eues.

Nous ne parlons donc jamais d'amour, comme des enfants sages qui ne veulent pas désobéir à leurs parents et qui ne parlent jamais de sexe parce que ce n'est pas de leur âge. L'amour, c'est pour les autres, les jeunes, ceux qui n'ont pas d'expérience... Toutes les modes sont plus ou moins ridicules et celle-là plus que les autres, mais j'accepte de vivre dans ce genre de mensonge puisque Jacques en a besoin pour être tranquille. Maintenant il est assis sur le pied de mon lit ; il me caresse les genoux à travers la mince couverture et je suis désolée qu'il ne soit pas le père de ma fille. Plus je le connais, plus je découvre qu'il est d'une nature riche tout en se cachant derrière un mur d'obligations : famille, travail, carrière, etc., toutes ces futilités dont les hommes ont besoin pour se donner l'illusion d'être de vrais mâles...

Nous ne parlons pas d'amour mais je crois que nous nous aimons. Je me contente de la moitié d'homme que j'ai, en me disant que, de toute façon, on ne possède jamais réellement un être humain.

Jacques s'en va, pressé une fois de plus, et je m'accroche à ces instants qu'il a passés près de moi, regardant la rose qu'il m'a apportée. Maintenant tout est calme dans l'hôpital. Autour de moi, on a endormi la douleur, on a dorloté les patients qui ont plus besoin d'attention que de médicaments, et la nuit, en tombant, me fait redescendre en moi-même. Je deviens une église déserte, à la campagne, au cours de l'après-midi. Vous entrez là-dedans, c'est frais, ça sent les restes d'encens et le cierge qui brûle. Quelque part, il y a une grosse horloge qui fait tic-tac comme une vieille menace de l'enfer, et de temps en temps vous entendez, venant de très loin, des voix d'enfants qui jouent près du cimetière, innocemment. Vous avez l'impression que plus rien au monde n'existe en dehors de ce lieu où s'étale le recueillement. Oui, j'entre en moi comme dans une petite église. Je m'assieds et j'écoute mon cœur battre au ralenti, parce que je lui ai dit de se calmer, de se taire un peu, de ne plus marquer le temps avec cette force qui m'écorche les oreilles. Je veux rester longtemps assise sur ce banc en arrière, sans bouger, comme si le soleil s'était noyé en plongeant dans l'océan, derrière les montagnes. La ville elle-même a cessé de gronder, et quelque part un vieux paysan allume une dernière pipe, pendant qu'à l'étable les vaches ruminent d'une mâchoire automatique, et que près du poêle le chien allonge son museau sur ses pattes velues pour passer la nuit.

Repos.

Paix. Oui, la paix est en moi, allongée près de l'espoir, et tous les deux ont le visage serein de ceux qui sont certains d'avoir raison. Je m'endors en coulant mes membres dans la béatitude.

Il faut que je téléphone à Nicole. Je sors aujourd'hui et elle pourrait peut-être venir m'aider à transporter le bébé ainsi que mes affaires. C'est pas énorme mais c'est plus drôle quand on est deux. A dix heures du matin, elle ne répond toujours pas. Je téléphone au bureau en me disant qu'elle est peut-être allée travailler.

— Nicole ne travaille plus ici.

— Excusez-moi.

Mais oui, c'est bête, j'avais oublié qu'on l'a congédiée depuis longtemps. Alors ? Alors l'inquiétude me saisit à la gorge et c'est en tremblant que je téléphone au concierge de notre maison de rapport.

— Avez-vous vu Nicole ? Allez donc voir à l'appartement...

J'attends, anxieuse, pendant qu'on s'affaire autour de moi.

— On vous donne votre congé aujourd'hui... Vous êtes contente ?

— Oui, très contente...

Et je pense à cette vieille phrase qu'on entendait autrefois : « Ma femme a eu une belle maladie... »

Oui j'ai eu une belle maladie, mais...

— Allô ?

— Mademoiselle Lucie, dit la voix du concierge, j'sais pas ce qui arrive, on dirait que mademoiselle Nicole est... est morte...

— Appelez une ambulance, un médecin, vite ! On sait jamais si c'est vraiment fini.

— Si vous voulez...

Notre concierge n'est pas plus brillant que la moyenne des concierges mais il est gentil, dévoué. Je raccroche. On m'apporte un papier :

— C'est votre congé, signé par le docteur.

— Merci.

— Attendez, j'vais aller chercher le bébé.

Je sors de l'hôpital au bout d'une heure environ, après avoir habillé l'enfant, enveloppé la fleur de Jacques (le seul cadeau que j'ai eu), salué tout le monde, dit merci vingt-cinq fois, fait le tour des recommandations : le lait dans le biberon, la poudre mélangée au lait, les gouttes dans le lait, la visite chez le pédiatre, etc.

— J'suis pas inquiète, vous allez être une bonne mère...

L'une des infirmières me parlait beaucoup parce qu'elle s'était prise d'une certaine amitié pour moi. Au moment du départ elle me donne des tonnes de conseils :

— Pensez à vous plus qu'à l'enfant... Vous allez voir, c'est extraordinaire, au fond, comme le bébé est fort, capable de vivre : il n'a que ça à faire, se développer, tandis que la mère, si elle va au-delà de ses forces, ne peut que se détruire.

— Mais c'est très laid ce que vous dites là ! Est-ce que le rôle de la mère, justement, ce n'est pas de se détruire pour que l'enfant vive ?

— Ça c'est une vieille idée, un vieux mythe... La vie est aussi importante dans un corps de trente-cinq ans que dans un corps de dix mois...

Je souris béatement, comme si elle venait de m'apprendre une grande vérité, et je la remercie encore une fois, convaincue d'une seule chose : je suis capable d'être heureuse sans courir après le bonheur, qui est une illusion, une étoile qui se déplace sans cesse. Le prophète dit : « Si tu veux être heureux, apprends à descendre en toi-même, où se trouve le trésor que tu cherches... » Le prophète a une voix de vieux clocher : il dit toujours la même chose, sur le même ton convaincu. C'est agaçant et on ne sonne plus les cloches...

— 6080 Ridgwood.

— Oui, madame... Pis, un garçon ou une fille ?... Une fille ! Y en faut, c'est correct, ça, y en faut pour faire des enfants... Paraît que la natalité baisse dans la province de Québec, que les Anglais sont en train de prendre le dessus sur nous autres... Comment vous l'avez appelée, vot'fille ?

— Nathalie.

— Un beau nom... Si a' ressemble à sa mère, ça va faire une sacrée belle fille...

Le chauffeur de taxi me reluque par le rétroviseur et il rit, plein de force, plein de joie, comme si jamais le moindre petit problème ne l'avait effleuré. Il a des mains larges, des doigts boudinés qui glissent sur le volant comme sur un objet qu'on aime, qu'on connaît par cœur et qu'on dirige en toute quiétude. Entre ses mains, la voiture semble glisser dans la rue, sans heurts, docile, telle une bête domptée. Je regarde ses oreilles dodues, pleines de poils, sa bouche qui rit, grasse, débordante de chair rose... Cet homme ne mourra jamais ! Il me semble que s'il était le père de ma fille, ce serait une chose merveilleuse.

A la porte, le concierge m'attend, le visage long. Il prend ma valise sans dire un mot et nous montons à mon appartement.

— Y sont venus la chercher en ambulance mais... Pas d'espoir.

Dérangée par le changement de milieu ambiant, Nathalie se met à pleurer dès que nous sommes à la maison.

— J'peux-t-y faire queuq'chose pour vous aider, mademoiselle Lucie ?

— Merci beaucoup, non, ça va, j'ai tout ce qu'il me faut.

Mais je n'ai rien et dix minutes plus tard il faut que je lui demande d'aller faire mon marché, « rien que pour aujourd'hui, parce que je suis dérangée, vous comprenez... »

— Ben sûr, ben sûr, avec plaisir...

Avec Nathalie dans les bras, je fais le tour des pièces,

accompagnée du souvenir de Nicole et de ces pleurs qui me semblent intolérables parce que sans raison apparente. Intolérables parce que sans effet sur quoi que ce soit, excepté sur mon attention de mère. Allons, où est le fluide qui passe de la maman au bébé ? Je regarde Nathalie pleurer de cette petite voix informe, cette voix qui est plutôt un râle. Impuissance. Elle ouvre la bouche, se contracte en tendant les jambes, et un bêlement râpeux sort de son gosier. Impuissance. Elle va se taire seulement quand la tétine du biberon entrera dans sa bouche. Ce qui me renverse, c'est l'énergie du bébé. Si je pleurais de toutes mes forces comme elle le fait pendant plus de quinze minutes, je tomberais d'épuisement. Elle avait bien raison, l'infirmière ; c'est fort, un bébé !

Dans la salle de bains, je trouve enfin quelque chose : une lettre de Nicole. Après avoir enfermé Nathalie dans ma chambre, couchée dans sa bassinette, je me jette sur ce reste d'un être que j'aimais.

Chère Lucie,

Si tu savais comme je suis bien, maintenant que c'est décidé... La mort me fait encore peur mais je suis résolue à y faire face, tandis qu'avant j'étais incapable de vivre, de faire face à la vie, tu comprends ? Il est bien possible que je fasse de la peine à certaines personnes, dont toi, en me suicidant, et je t'en demande pardon. Mais je ne peux pas faire autrement. Ne me demande pas d'explications, je t'en prie. Je ne le sais pas exactement moi-même. Je sais seulement, au fond de moi-même, que c'est la seule solution. J'ai acquis la certitude que j'étais destinée à vivre seule, et cela je ne peux pas le supporter... Je veux dire sans l'amour d'un homme... Et puis c'est seulement une partie du problème... J'ai l'impression d'avoir été marquée au fer rouge par la culpabilité. Je t'ai déjà parlé du vide que je ressentais, tu te souviens ? Je me sens coupable de ce vide... Et puis non, tout ce que je dis ne tient pas tellement debout.

Adieu. Je t'embrasse dans l'éternité, après avoir brûlé de t'embrasser sur la terre.

Ta grande amie,   NICOLE.

L'autopsie révèle qu'elle a avalé une quantité formidable de barbiturique.

Je n'irai pas à l'enterrement, ni au salon funéraire. Je ne veux pas pleurer non plus. Il faut que je parvienne à mettre un point final à cette partie de ma vie, autrement je suis perdue moi aussi. Je voudrais même ne plus penser à ce qu'elle dit dans sa lettre, quand elle essaie d'expliquer les raisons de son geste. Elle n'y parvient pas, évidemment, et cela me fait croire qu'elle aurait pu être épargnée, qu'elle n'a pas eu raison de se supprimer. Autrement dit, son suicide ne me paraît pas raisonnable. Il ressemble à des milliers d'autres, commis par des gens qui perdent bêtement les pédales pour des raisons plus ou moins importantes, ou parfois sans raisons précises, et qui ne trouvent plus de goût à la vie... Si je me suicidais, il me semble que ce serait pour des raisons... profondes...

La lassitude m'assaille. Le biberon enfin planté dans la gueule du poupon, je m'étends sur mon lit, soudainement frappée par la bêtise de tout ce qui m'a passé par la tête quelques instants plus tôt. Nathalie ne pleure plus. Silence complet dans l'appartement, mis à part le bruit régulier de sa tétée gourmande. Et ce silence me remet en place. On ne se suicide pas « raisonnablement », surtout quand on est des gens ordinaires comme Nicole et moi... Un philosophe, oui, peut-être...

Le temps coule sur moi, s'étale comme une rivière au

milieu d'une longue plaine. Le temps endort ma lassitude, l'engourdit, la passe au laminoir, et mes membres
se repaissent d'un repos qu'ils vont chercher loin, loin,
au centre de mon épine dorsale.

Sans transition, me semble-t-il, je passe de la veille
au sommeil et je rêve. Nicole porte des lunettes et elle
n'est pas secrétaire mais professeur de philosophie.
Elle est mariée à un homme très important dans le
monde de la politique et elle consent à me rendre visite
de temps en temps, eu égard aux années que nous avons
passées ensemble. Elle commence par boire de l'eau
minérale pour faire bonne impression, mais quand son
mari a enfilé trois ou quatre scotch elle me demande
un gin, « comme dans le bon vieux temps... ». Je lui
parle alors de la thèse que je suis en train d'écrire, sur
le sens du mot « rivière ».

— Eh oui, je me suis mise à écrire ma thèse, même
si je ne suis pas de cours à l'université. De plus en plus,
les autodidactes sont prisés par la jeunesse. J'ai un
éditeur qui attend mon œuvre...

Nicole rit à gorge déployée, roule par terre littéralement, ivre d'hilarité autant que d'alcool. Les genoux en
l'air, elle finit par dire :

— Ma pauv'tite fille ! On publie n'importe quoi
aujourd'hui ! Lucie philosophe ! Ça c'est la meilleure !
Ah ah ah ah aha ahahaa ! On aura tout vu ! Sais-tu au
moins pour quelles raisons tu vis ? As-tu des raisons de
vivre ? Une bonne raison ?

Je feins d'ignorer qu'elle me blesse par ses propos,
et je remplis son verre qu'elle a renversé sur le plancher
du salon, où je n'ai pas encore les moyens de mettre
une moquette.

— Ma chérie, dit le mari de Nicole, j'adore te voir
dans cet état. Tu ressembles à un soir de carnaval.

Mais Nicole ne l'écoute pas. Elle me prend par la

taille, soulève ma jupe, me caresse les fesses en disant :

— Ah, chère Lucie, ça ne fait rien. T'es conne mais ça ne fait rien, tes fesses sont adorables. Viens que je t'embrasse, coquine.

Elle attire ma tête près de la sienne. Sa bouche est si grande qu'elle devient un puits. Je me sens tellement inférieure à elle que je me laisse faire, les genoux en flanelle, et elle me caresse sous les yeux de son mari.

— Tais-toi, ma chérie. Ne parle plus de rivière et surtout n'écris pas, dit-elle après un long baiser.

Je m'éveille en sursaut parce que Nathalie a perdu son biberon et elle crie. Quel rêve idiot ! Je peux bien décider que Nicole est sortie de ma vie pour toujours, mais cet acte de volonté ne peut pas commander à mon subconscient. Nicole me poursuit...

Puis c'est la visite de la mère, qui vient chercher les affaires de sa fille. Femme sans âge, c'est-à-dire entre la cinquantaine et la vieillesse. Elle est encore belle mais elle pleure et ses yeux sont défaits, brisés. Pourtant, elle fait des efforts pour se bien tenir, sans doute parce que la mort vous donne toujours un certain sens de la dignité. Après avoir fait le tour de l'appartement pour ramasser les robes de Nicole, elle veut faire le tour de sa conscience :

— Il me semble que j'ai tout fait pour elle, quand elle était avec nous, mais elle est partie quand même...

— Elle avait le droit de vivre sa vie.

— Oui ! Quelle vie ? Qu'est-ce que ça lui a donné, hein ? Si c'est ça que ça vous donne, la liberté, c'est pas drôle.

— La liberté n'a jamais remplacé le goût de vivre... Faut pas vous en faire. Vous êtes pas coupable. Vous êtes pas responsable.

— On dit ça, mais je suis quand même sa mère ! Qu'est-ce que j'aurais pu faire pour qu'elle soit heureuse ? Qu'est-ce que j'aurais bien pu faire, mon Dieu ?

— Rien.

— Alors c'est pas la peine de mettre des enfants au monde, au beau milieu d'un siècle qui se prétend plus avancé que les autres.

— Justement ! On met pas des enfants au monde pour que ça serve à quelque chose ! On met des enfants au monde parce que c'est dans l'ordre naturel des choses, puis parce que c'est beau. Un pont, ça sert. Mais un être humain, ça vit avant tout. C'est ça qui est capital !

Devant ce pauvre monde démuni, je ne peux pas m'empêcher de pontifier. Maintenant j'en ai honte et je voudrais qu'elle parte, mais elle s'attarde, désireuse de pleurer encore sur elle-même. Je n'ai pas réussi à endormir sa culpabilité mais finalement je m'en fous. J'ai assez de problèmes avec moi-même ! Qu'elle pleure sur le « siècle », sur « la révolte des jeunes » et sur ce « fameux fossé qui sépare les générations », tous ces clichés ne m'intéressent pas. D'ailleurs, cette grande découverte, le *generation gap*, m'a bien l'air d'être une invention de sociologue qui se perd dans « la structure » de ses travaux. Il y a toujours eu une différence entre les parents et les enfants, mais, avant, les enfants ne s'en plaignaient pas. Aujourd'hui ils parlent. C'est merveilleux. On n'a qu'à leur demander de s'exprimer clairement, à les écouter et à dire oui ou non. Et puis merde !

Le plus important, pour moi, c'est de changer la couche de Nathalie.

— Regardez ma fille... Elle commence déjà à prendre forme !

— J'espère qu'elle vous rendra heureuse, dit la mère de Nicole qui a encore les larmes aux yeux.

Je ne réponds pas, répugnant à dire des évidences à cette pauvre femme dépassée par les événements.

Essuyons les fesses rouges, mettons de la poudre et attachons la couche sans piquer la peau tendre de bébé. Voilà où se loge la grandeur de la nature humaine...

— Au revoir madame, bon courage.

— Au revoir mademoiselle... J'espère que vous aurez plus de bonheur avec votre fille que j'en ai eu avec la mienne.

— Merci, au revoir... Au revoir.

Je la pousse dehors, incapable de supporter plus longtemps cette détresse qu'elle voudrait installer en permanence sur mes épaules. J'ai besoin de toutes mes forces pour me réinstaller dans ma réalité à moi : Mai 71, Montréal, province de Québec, Canada.

Donc Nicole est morte... Elle était défectueuse... Tout à coup la machine s'est mise à faire des ratés... Par un besoin tout naturel de me comparer à celle qui a flanché, je me tâte le système nerveux. Equilibre ? Ça va. Courage ? Ça va. Détermination ? Ça va. Désir de vivre ? Ça va. Résultat, je m'allonge sur mon lit et je savoure, dans chaque cellule de mon corps, le plaisir de la détente. Il y a une espèce de sourire sur mes lèvres, destiné à tout le monde que j'aime, à ma fille qui ne voit pas encore et aux anges s'il y en a.

Biberon.

Nuit.

Couches.

Lait.

Sommeil.

Biberon.

Réveil.

La roue tourne et Jacques vient me voir de temps en temps, de plus en plus pressé. Il m'embrasse, nous tombons sur le lit, je le caresse, il me dit que j'ai des mains divines, une bouche infernale et il rit. Pendant quelques minutes il est entièrement selon ce que je le fais. Il est

à moi, perdu, incapable de penser au plaisir que je lui
donne. Alors il devient tendre. Il me tient dans ses bras,
doucement, et je sens bien qu'il m'aime. Mais à la
vérité, ce n'est pas tout à fait de cette façon que la chose
se formule dans son esprit, où il n'est pas question
d'amour mais de joie inaltérable... Comme si rien ne
pouvait détruire le fil ténu de notre appartenance réci-
proque. Je pense à ces êtres exceptionnels qui se voient
très rarement mais qui, lorsqu'ils se rencontrent, se
jettent dans les bras l'un de l'autre et là, instantanément, se comprennent en profondeur comme s'ils ne
s'étaient jamais quittés. C'est ce genre de lien qui nous
attache tous les deux, Jacques et moi. Et justement
parce que l'amour-passion ne semble plus possible à
deux êtres qui ont un peu vécu, il me semble que notre
union est durable. En réalité, je vis comme si jamais
nous n'allions nous séparer ; comme si c'était impossible.

— Au revoir. A lundi.

J'entre ainsi dans le vide solennel du week-end. Bassinette, steak, couches, layette, petits draps, petites couvertures, pousse-pousse, gin, pommes de terre, radio,
télévision, journal, café, sommeil, fatigue et grand soleil
de printemps. Je promène Nathalie dans la rue, lentement, heureuse de mon œuvre. Mais je suis encore
faible et au bout de dix minutes je dois remonter à
l'appartement. Je m'installe sur mon balcon, en arrière,
et je m'assieds au soleil, aussi dévêtue que possible.
Dans une attitude hiératique, je me donne au roi de
notre galaxie. « Je t'appartiens, ô soleil... Pénètre-moi... »
C'est une prière païenne qui sort de mon corps, malgré
moi, comme si j'étais tout naturellement apte à cette
copulation astrale. Les oiseaux sont là, affairés, pépil-
lant de joie, et il y a tout le reste : les odeurs, les bruits
de la rue, les jeux des écureuils et ceux des enfants qui

crient. J'appartiens à cet instant de paix et je ne veux rien d'autre.

Le mois de juin m'a soulevée comme une énorme vague de fond. Rue Dorchester, je marche vers mon bureau pour la première fois depuis mon accouchement, éblouie par le soleil, emportée par le mouvement de la ville qui, à huit heures trente du matin, sonne comme un carillon de plusieurs milliers de cloches. Une fois de plus je suis envahie par le sentiment de mon appartenance à ce monde en marche. Nous allons tous travailler ! Feu rouge, feu vert. On démarre dans un déploiement d'énergie formidable. Nous allons construire ! Des buildings, des compagnies, des routes, des compagnies de crédit, des caisses populaires, des hôtels, des trottoirs. J'appartiens à ce ciment que je foule de mes pieds, entre la rue Peel et la rue Université. J'appartiens au vieil hôtel Windsor, à l'hôtel Reine-Elisabeth, aux grands buildings modernes comme celui de la Banque impériale de Commerce. J'appartiens à tout cela. Mon sang est là-dedans... Et même cette affreuse cathédrale Reine-Marie-des-Anges, devant laquelle je passe, je suis heureuse de la regarder parce qu'elle fait partie de mon monde. Les milliers de fenêtres de la place Ville-Marie renvoient le soleil vers le ciel, et tout éclate de lumière. La vie de la ville est un torrent d'une force inouïe qui s'élance contre la matière et la met en mouvement, malgré toutes les lois de l'inertie. Pour en arriver à cela il a fallu des siècles de travaux, de réflexion, de sueurs, de crises... Et j'appartiens à cette lignée. Je suis dans ce courant, en cette fin de siècle. Je m'en vais travailler pour moi, pour ma fille, pour le monde. Ce que je fais a un sens... Jamais je ne l'ai senti comme aujourd'hui !

— Ah Lucie ! Lucie ! Comment vas-tu ?

Jack m'embrasse sur les deux joues, puis oubliant sa

réserve de patron anglo-saxon, il me serre dans ses bras après avoir jeté un coup d'œil vers mon ventre, comme pour s'assurer qu'il est bien redevenu normal.

— Viens t'asseoir. Viens prendre un café avec moi.

Jack a la sollicitude d'un grand frère. Il me regarde longuement, un peu incrédule :

— Tu es sûre que tout va bien ?

— Je suis en pleine forme.

— Pour garder ton enfant, tu as trouvé ?

— Oui... C'est ce qui a été le plus difficile, mais j'ai trouvé une vieille femme qui vient chez moi tous les jours. Il y en avait d'autres mais elles demandaient beaucoup trop cher... J'ai des problèmes de budget, à cause de Nicole...

Je lui raconte le suicide de ma défunte compagne, pendant qu'il me regarde avec ses petits yeux d'homme d'affaires habitué à deviner les idées cachées de l'adversaire ou de l'associé.

— Mais c'est épouvantable ! C'est une atmosphère malsaine !

— Qu'est-ce que tu veux que je fasse ? Et puis l'atmosphère, c'est moi qui la fais...

— As-tu essayé de trouver quelqu'un d'autre pour partager les frais de l'appartement ?

— Je cherche... Il faut que je trouve, sinon mes finances...

— Le mariage ! Maintenant que l'enfant est fait, il faut te marier...

Nous en venons à badiner sur le sujet, sans doute parce qu'il n'y a rien d'autre à faire, puis je me mets au travail.

— Allô ?

— Bonjour Lucie ! Comment ça été ?... Une fille !

On m'entoure, on me fête... Je suis un être humain qui a quand même une certaine valeur... Je n'ai pas à faire sans cesse des efforts pour me « valoriser », comme le dirait une travailleuse sociale... J'organise une assemblée, puis un visionnement de film publicitaire ; on me reconnaît au téléphone ; tout roule à merveille.

Le soir, en sortant de mon grand building, rue Université, je m'arrête pendant quelques minutes au coin de Dorchester pour rêver à ce jour froid de décembre où j'ai vu Jacques pour la première fois, alors que nous regardions passer le cortège des felquistes en route pour Cuba. Mais aujourd'hui, le soleil de cinq heures est encore haut, et le mois de juin éclate de chaleur.

Le plus beau mois de l'année fourmille d'événements politiques. Du 14 au 16, on tient une énorme conférence constitutionnelle à Victoria. Les dix premiers ministres provinciaux sont là, de même que le Premier Ministre du pays. On a préparé cette conférence pendant trois ans, et c'est « sérieux ». On discute sur un mécanisme qui permettrait le rapatriement de l'Acte de l'Amérique du Nord britannique, sur certains éléments de la future constitution canadienne, qu'il est toujours question de changer mais qui est toujours la même, c'est-à-dire de plus en plus boiteuse. Suspense à la télévision, à la radio, dans les journaux. Est-ce que ça va donner quelque chose ? On va-t-y l'avoir ? Est-ce que enfin les Canadiens français vont être contents et laisser le reste du pays tranquille ? Depuis des années, c'est la plus belle chance qui soit offerte aux dix provinces de se retrouver dans une belle unité. Toujours est-il que monsieur Trudeau lit un texte qu'on appelle « la charte de Victoria », dans lequel il reprend les points acceptés par les différentes provinces, dont les chefs s'étaient réunis en février dernier, et dans lequel il ajoute quelques clauses sur les droits linguistiques (le français et l'anglais étant langues officielles sur un pied d'égalité, y compris au Québec), les dispositions régissant les Parlements et la

Cour suprême, et finalement délimitant la juridiction dans le domaine de la Sécurité sociale...

Tout cela est très compliqué pour moi, et même si je lis attentivement *Le Devoir* après avoir donné le biberon à Nathalie, je ne comprends pas tout à fait bien. Jacques dit :

— Si la conférence de Victoria réussit, le Parti québécois va perdre de l'importance...

Et il rit, parce qu'il n'aime pas beaucoup les séparatistes. « Pour les affaires, c'est mauvais », répète-t-il sans cesse ; surtout après avoir fait l'amour, au moment où il ne se sent plus obligé de faire semblant de me faire la cour. Je laisse passer... Pourquoi nous quereller sur un sujet de la sorte ? Il me paraît impossible qu'il pense autrement, à cause de sa carrière.

Entre-temps, à Montréal, on apprend une bonne nouvelle en rapport avec les événements d'octobre dernier. « Après six semaines d'audiences, dit le speaker, Charles Gagnon et Jacques Larue-Langlois sont déclarés non coupables et acquittés. » Ils étaient accusés de conspiration séditieuse. Cette expression, « conspiration séditieuse », me fait frissonner. Elle me fait penser à quelque chose qui me semble d'une laideur incroyable. Aucun Québécois ne peut se rendre coupable d'une mauvaise action pareille ! Ce n'est pas dans nos mœurs... (La force des mythes !)

Nathalie pleure, mouille sa couche, et ma chambre sent le bébé : une odeur de lait qui surit dans la chaleur, le tout se mêlant aux traînées odoriférantes laissées par le pipi et le caca. Parfait. Il y a longtemps que je me suis habituée à voir le grotesque côtoyer la grandeur. Je mets du désodorisant pour que Jacques n'ait pas de répugnance à venir dans mon lit, où nous avons recommencé nos exercices amoureux à heures fixes. La vie a repris son cours normal, pendant que les spécialistes et les journalistes étudient « la charte de Victoria » à la loupe. Monsieur Bourrassa doit donner sa réponse : oui ou non. Or depuis quelques jours on lui lance des avertissements de tous côtés. « Il faut dire non ! N'allez pas dire oui, c'est une trahison ! Vous allez vous faire passer un Québec... » Le suspense vient du fait qu'on a tous l'impression que le Premier Ministre du Québec aurait l'intention de dire oui. Il a parlé des bienfaits de cette conférence en termes enthousiastes, alors... Il aimerait tellement que le « oui » soit la fin de tous ces tiraillements, que tout soit fini enfin ! Mais non. Le peuple est capricieux ; il rechigne comme un enfant gâté. Il crie à son papa de ne pas aller se jeter dans la gueule du gros méchant loup. Comment va se terminer ce charmant conte de fées ?

Voici donc le vingt-quatre juin, fête nationale des Canadiens français, et je me lève sans trop chercher au fond de moi les raisons que j'ai d'être fière... Il paraît qu'on doit être fier d'être né Québécois... J'ai beau me tâter, je ne trouve rien qui me rende plus fière d'être Québécoise que Française ou Allemande, à six heures et demie du matin. Je n'ai pas envie de chanter la grandeur de ma nation. Nathalie pleure et j'ai sommeil. J'ai sommeil, j'ai sommeil... Biberon dans l'eau chaude... Il fait beau... Mais je suis fatiguée... Je veux, je veux, je veux... Mais il y a cette lourdeur dans mes membres. La couche dans le sac de plastique emprisonnant les odeurs... Essuyons les fesses rouges de bébé, brûlées par le pipi. Voilà. Et prends ta tétine. Je tombe sur mon lit pour une autre heure.

Quand je me réveille, la radio m'apprend que monsieur Bourrassa a dit « non » à la charte de Victoria. Les louanges montent vers le chef de l'Etat québécois comme une marée d'automne. Enfin, le Québec se tient debout ! Si notre Premier Ministre mérite des félicitations, ne chipotons pas là-dessus, pour une fois que tout le Québec est d'accord. Bravo ! Peut-être qu'avec ces petits détails on finira par donner une forme au rêve qui nous habite. Et prenons l'autobus au coin de Ridgwood et Côte-des-Neiges une fois de plus, par ce beau jour d'été. Autobus-bureau, autobus-bébé.

Comme je suis fatiguée et que mon besoin d'être heureuse malgré tout n'a rien de mystérieux (il est surtout volontaire), je décide de sortir ce soir, en ce jour de fête. Une gardienne très dispendieuse vient s'asseoir près de Nathalie, et me voilà dans les rues pour la première fois après souper, depuis la naissance de mon enfant.

J'avais oublié la ville habillée de ses lumières. J'avais oublié aussi comment on se sent quand on « sort »... Je ferme la porte sur le placard de mes obligations, et sans trop m'en rendre compte je me retrouve au *Garde-Fou*. Georges me presse de questions tout en remplissant ses verres l'un à la suite de l'autre, joyeusement, répétant le nom du drink demandé : « Un scotch-soda oui monsieur... et un gin-tonique pour madame avec plaisir, un dry martini pour la jeune fille », etc.

— Et alors, cet accouchement ?

Je parle de l'accouchement, de l'enfant, et je dois raconter la mort de Nicole. Georges ne comprend pas :

— C'est idiot ! Une jeune fille comme elle, belle et tout et tout...

J'avais complètement oublié Nicole et voilà que Georges me la remet en tête. En causant avec lui, je m'aperçois que jusqu'à maintenant je m'étais efforcée de ne plus jamais penser à mon amie. Je l'avais rayée de ma mémoire sans me donner la peine de comprendre réellement son geste.

— Tu comprends ça, toi, qu'on puisse se suicider ?

— Mon vieux, on se suicide parce que...

Je me préparais à prononcer l'une de ces phrases qu'on a toujours entendues ailleurs et qu'on lance sur un ton pontifiant dans les grandes circonstances, mais je me suis arrêtée. Tout à coup, j'ai éprouvé un étrange besoin de respecter le suicide de Nicole en n'en parlant pas avec d'autres. J'y penserai quand je serai seule, plus tard, quand j'en aurai la force. Il me semble que Nicole dort, dans la pièce à côté, et il ne faut pas la réveiller. Elle va dormir comme ça éternellement, et tant que je ne dormirai pas moi-même, il faut que je me taise pour ne pas la déranger...

Puis je perds soudain la sensation de liberté que j'éprouvais en sortant de chez moi : est-ce que Nathalie est bien ? Jamais je ne me pose la question quand je vais travailler, mais ce soir, parce que je suis dehors pour m'amuser, c'est différent. Celui qui a inventé le sentiment de culpabilité sera passé par les armes !

Un autre verre pour enterrer mes préoccupations, de même que ma solitude. Le bar est plein mais je suis seule. Comment se fait-il que la seule personne à qui je puisse parler, dans cette boîte, soit le barman ? J'ai dû organiser ma vie comme une cloche... Et ce soir, le vingt-quatre juin 1971, il n'y a pas de défilé de la Saint-Jean-Baptiste, parce que les manifestations sont défendues à Montréal, ville libre, métropole de l'un des pays les plus libres du monde ! Je n'aime pas les manifestations en général et encore moins les défilés de la Saint-Jean-Baptiste, mais pour le principe je gueule. Intérieurement... J'aurais pu, au moins, m'installer au coin d'une rue et regarder passer l'image des Canadiens français... Mais non, je suis seule au-dessus de mon verre. Il faut que je rentre... Je devrais rentrer... Non, je reste dehors... Il faut que je parle à mon voisin, même si je le trouve peu attirant... Simplement pour parler... Non, je n'ai pas tellement envie de parler à mon voisin... Il faudrait que je sois avec Jacques... Un autre verre. Je tourne autour de moi-même, l'œil inquisiteur. Je me donne de grands coups de marteau dans la carcasse pour me sonder. Ça tient bon ! Pas de lézardes, oh non ! Pas de lézardes ! Allons, ma vieille Lucie, sortons d'ici.

— Au revoir Georges.

— Salut mon p'tit, et pour madame sera ?

Je monte dans un taxi sans me demander si j'en ai les moyens, et au lieu de donner mon adresse au chauffeur, je me fais déposer dans le vieux Montréal où, paraît-il, l'atmosphère est formidable. Je descends de voiture aux coins de Saint-Laurent et Notre-Dame. Lumières ! Les trottoirs sont bondés. On marche, on parle joyeusement, on s'interpelle sans se connaître. Amitié nationale ! (Donc ça existe ?) Je passe devant le noir palais de justice que le gouvernement achève de construire et je marche vers l'hôtel de ville où la lumière fait briller les vieilles pierres, où la musique remplit la nuit. Sur la place, on chante, on danse. Tout est franc, purifié. On a oublié octobre 70 et on se sent tous liés parce que demain nous appartient. Demain appartient aux peuples jeunes !

Un homme s'approche de moi, me prend par la main et je danse avec lui, sans même lui demander son nom. Je bois encore un verre, la nuit est belle et j'ai oublié Nathalie. J'ai oublié aussi que je suis seule. Tout va bien. Je goûte la saveur de la nuit tiède, cette nuit qui est la dernière des nuits courtes de l'année, puisque demain le soleil va se lever un peu plus tard qu'hier. Beaucoup plus que la Saint-Jean, je célèbre la fête du jour le plus long de l'année, du plus haut soleil dans le ciel. J'essaie d'imaginer la célébration païenne, dans l'antiquité : un grand feu, une danse sacrée, une prière aux esprits, ou au soleil, tout simplement, pour lui demander de bien faire mûrir le grain. Il est minuit et je suis en train de me demander si le monde serait plus heureux en croyant seulement à la divinité du soleil, puisque nous dépendons tellement de lui, quand tout à coup, boum ! Un bruit énorme. Le temps de se demander ce qui se passe, car on ne voit pas de débris, pas de feu, et la police arrive. Confusion, courses, matraques, chutes, coups de poing, cris... Il faut fuir. Je cours, on me barre les jambes sans que je puisse savoir si on l'a fait exprès ou non, je tombe en m'écorchant les mains et les genoux. Je crie. Comment sortir de cet enfer ? Dans le brouhaha je me trouve près d'une table où un homme est encore assis, paisiblement, buvant une bière. Un agent de police arrive, nous regarde tous les deux, et comme il y a un air de défi dans le regard de l'homme, c'est lui qu'il choisit. J'assiste au spectacle gratuitement. Sans raison apparente, le policier le frappe, le jette par terre, lui donne des coups de pied dans les côtes. Avant qu'il ait fini son travail j'ai le temps de fuir par une petite rue. Bonne nuit. Je dois la vie à cet homme que le policier a choisi.

Nathalie dort à poings fermés, et sa respiration est calme, son haleine fraîche. Nathalie est pure... Soudain, je déteste cette pureté qui est la sienne, dont elle n'est pas responsable, et je souhaite qu'elle ait mon âge le plus tôt possible, comme si j'éprouvais le besoin de lui faire partager avec moi la saleté que le temps nous colle à la peau. Je la réveille brusquement, elle se met à pleurer et je la soulève à bout de bras en lui criant :

— Grandis ! Grandis au plus vite !

— Bou, bou, bou bouananaaaaaannaaahahaha.

Dialogue insupportable et impossible. Biberon pour la faire taire, et après avoir nettoyé mes écorchures je me couche, fatiguée comme jamais je ne l'ai été de ma vie. Ce doit être parce que j'ai eu peur tout à l'heure.

Mais je ne peux pas m'endormir tout de suite, malgré ma grande lassitude. J'ai le cœur qui bat très fort et dans ma tête il y a des centaines d'images, de sensations, de désirs et de haines qui se bousculent. Le repos m'est impossible. Il faut que je mette de l'ordre là-dedans, que je reprenne le contrôle de moi-même... Première remarque : je n'ai pas éprouvé une saine sensation de liberté en sortant de la maison ce soir, où je suis prisonnière depuis plus d'un mois avec Nathalie. Avant d'être mère, quand je sortais, j'en éprouvais une sensation extrêmement bienfaisante, reposante. Ce soir, j'ai d'abord été préoccupée par Nathalie, puis quand je l'ai oubliée grâce à l'alcool, je n'ai pas été vraiment libérée non plus. Le plus bête c'est que je n'arrive pas à savoir exactement pourquoi. Je suis certaine que Nathalie n'est pas seule en cause. Est-ce que je serais subitement devenue vieille ?

Ou serait-ce à cause de Nicole, qui m'est revenue à la mémoire de façon particulière quand j'ai dû parler d'elle avec Georges ? Il se pourrait bien que je doive reprendre toute l'histoire de Nicole depuis le début, pour arriver à comprendre... Comme si je ne pouvais parvenir à me « posséder » moi-même si je ne comprends pas les raisons qui expliquent certains grands gestes. (Le suicide est la plus grande des négations.)

Et puis il y a le petit mouton de la Saint-Jean-Baptiste, symbole de notre race... Notre pacifisme a le regard de la résignation. Pendant ce temps nous vivons sur un volcan...

J'ai mal à la tête. J'allume pour aller prendre deux aspirines, et l'appartement me paraît d'une grandeur exagérée. Le plancher craque. (Image d'Epinal.) Nicole n'est plus là et personne ne veut venir prendre sa place. Chaque fois que je trouve une intéressée, elle refuse quand je lui dis qu'il y a un enfant avec moi. Alors je ne sais comment je vais pouvoir payer mon loyer. Attendons...

La nuit est maintenant calme et tiède. A la fenêtre, je respire l'air parfumé qui vient de la montagne. On dirait que l'harmonie la plus parfaite règne sur la ville, la province, le pays. La nuit enveloppe tout dans son giron, comme une mère qui berce l'enfant agité... Le monde entier a besoin de ce mensonge tissé par les bras, le ventre et la chaleur de la mère, parce que le mal existe. Le mal existe et on passe sa vie à jouer à cache-cache avec lui. Comment lui échapper ?

Après avoir tâté mon ventre brûlant, qui a repris sa forme normale et qui palpite, ferme, attendant la caresse avec une patience qui me bouleverse, je m'endors enfin, écrasée par des tonnes de fatigue. Le rêve que je fais me ramène à mon enfance la plus lointaine.

Je suis en visite chez mon grand-père paternel qui est cultivateur et qui aime les chevaux. Mon père est là, avec lui, parce qu'il a hérité de la terre. La réalité et le rêve s'entrecroisent, s'emmêlent, se détruisent. Donc mon père est cultivateur et il aime un poulain. Tous les autres membres de la famille trouvent que ce poulain ne vaut rien. D'ailleurs on vient de lui faire subir une épreuve et il a prouvé qu'il était médiocre. Alors on se rend compte que mon père est médiocre lui aussi. J'en éprouve un sentiment de gêne extraordinaire pendant qu'on dételle les chevaux. Je suis une toute petite fille et j'entre dans l'écurie où il y a une dizaine de chevaux. Dans l'étable à côté, il y a une vingtaine de vaches. Mais on s'aperçoit que les animaux sont étourdis. Il fait lourd, les animaux sont malades. Je vois une toute petite bête, semblable à un rat gris, accrochée à une poutre près du plafond. Elle a l'air de tourner sur elle-même. Tous les animaux sont étourdis. Alors je trouve la raison de leur malaise :

— Les animaux sont malades parce qu'ils ont tous le même « beat », dis-je. En l'occurrence, le « beat » est le rythme cardiaque. Les cœurs de tous les animaux battent au même rythme que j'entends très fort : bo-boum, bo-boum... Et cette concordance de phase les indispose... Sentiment de lourdeur extraordinaire. On ne sait pas comment les guérir et le feu se met à lécher les murs de l'écurie. Alors les enfants se mettent à pleurer à la vue des flammes.

Je me réveille péniblement. Nathalie a besoin de son maudit biberon à six heures du matin, et elle le demande d'une manière que je trouve insupportable. Combien de temps encore aurai-je la force de supporter cela ?

A la radio, j'apprends que tout le monde proteste contre les agissements de la police de Montréal, à l'occasion de la Saint-Jean-Baptiste. On parle de brutalité policière, d'assaut, etc., et on demande une enquête. On a la maladie des enquêtes. La police rétorque qu'elle n'a fait que son devoir, que la paix publique était menacée parce qu'il y a eu une explosion. On ne sait toujours pas où ni comment. Le mensonge fait son petit bonhomme de chemin dans l'esprit des faibles qui ont besoin de se sentir protégé par l'Etat tout-puissant. L'Etat paternel ! Le mythe du père !

La pluie tombe dans la chaleur molle de juillet.

— Au revoir, à lundi, vient de me dire Jacques encore une fois.

Il m'a prise avec violence et pendant quelques minutes j'ai tout oublié, puis il est reparti comme d'habitude, l'esprit ailleurs avant même d'avoir quitté mon appartement.

— Il faut que je parte, ma femme est malade.
— Il faut que je parte, j'ai un meeting.
— Il faut que je parte, j'ai un rendez-vous d'affaires.

— Il faut que je parte, je meurs de faim.

— Viens, je vais te faire un bon petit souper.

— Non merci, je dois manger à la maison.

Sous-entendu : « ma femme m'attend »... Bon. J'ai dit oui à tout cela depuis longtemps mais je me suis menti à moi-même. La pluie tombe, efface les traces laissées par les jeux d'enfants sur les trottoirs, et le temps gomme tous les événements, qu'ils soient individuels ou politiques. Je ne vois plus Jacques de la même manière et j'ai oublié, ou presque, les événements du vingt-quatre juin, maintenant que mes mains et mes genoux sont guéris. J'ai presque oublié, comme tant d'autres, les jours d'octobre, alors que la majorité des intelligences québécoises croyait que nous entrions dans la grande noirceur. Le temps gomme.

Le sens des choses s'estompent.

Les nuages n'ont jamais la même forme.

Impuissante, j'assiste à la désintégration d'un monde, comme à la destruction d'une maison par le feu. Mais je suis lucide. Oui, je vois tout, à l'intérieur comme à l'extérieur de moi-même.

Je vais avouer.

D'abord il y a cette lassitude physique qui ne m'a pas lâchée depuis que j'ai mis Nathalie au monde. Dès que je suis retournée au travail elle a augmenté son poids sur mes épaules. Elle me tire par le bout des membres vers mon lit, où je dois m'étendre dès que je rentre le soir, mais il faut prendre le bébé en main, le nourrir, le laver, le cajoler, lui donner ma chaleur de mère. Doublement, puisque le père n'est pas là. Inconsciemment, je cherche un père à ma fille. Je sens qu'un jour cela va me faire faire des bêtises.

Lassitude.

Lassitude accentuée par le sentiment d'un vide immense, créé par la séparation d'avec le fœtus, comme si j'avais été subitement vidée de ma propre substance. En sortant de mon ventre, l'enfant a emporté quelque chose avec lui. Mais je ne sais pas ce que c'est.

Je téléphone à Jacques :

— Viens donc à la maison ce soir, après le bureau.

— Ma chérie, j'y suis allé hier soir...

— Ça fait rien... Viens quand même...

— J'ai pas tellement le temps...

— Tu vas encore me dire que t'as un meeting à cinq heures et demie ?

Il hésite. Je le sens sur le point de mentir mais, comme il a hésité, il sait bien qu'il ne peut plus me leurrer.

— Heu... non, j'ai pas de meeting mais je suis fatigué... J'suis trop vieux pour sonner les cloches tous les soirs...

Il rit de sa petite plaisanterie, alors que je me révolte :

— J'veux pas faire l'amour !

J'ai crié, et je reste en suspens, entièrement tendue vers son oreille par le fil téléphonique, incapable de dire tout ce que je ressens, tout ce que je voudrais dire et qui reste pris dans ma gorge.

— Qu'est-ce qui t'arrive, mon trésor ? T'as pas l'air dans ton assiette...

Les hommes sont d'une perspicacité extraordinaire ! J'ai envie de raccrocher, me rendant compte tout à coup que je m'abaisse depuis dix minutes... Quémander une présence, une chaleur, la chaleur de celui que j'aime... Je ne l'ai jamais fait. J'ai toujours réglé mes affaires toute seule, alors on croit que je suis capable de tout endurer...

— Jacques, fais un effort... J't'ai jamais rien demandé.

— C'est vrai, tu m'as jamais rien demandé... Mais dis-moi, qu'est-ce que c'est, le problème ?

Comment se fait-il qu'il ne devine pas ? Il me semble que je suis transparente, qu'il pourrait voir tout ce que je ressens à l'œil nu !

— J'ai besoin que tu sois avec moi, un peu, c'est tout...

Silence à l'autre bout du fil. Jacques est désemparé, je le sens. Jusqu'à aujourd'hui, quand nous nous sommes parlé au téléphone, c'était toujours pour nous dire à peu près ouvertement que nous avions envie de faire l'amour. Comme le silence se prolonge, je dis :

— Bon ben excuse-moi de t'avoir dérangé.

— Mais non ! Mais non ! Attends, je passe te voir, à l'heure habituelle.

— Heure habituelle ! C'est pas la peine de me rappeler que tu viens me voir à heures fixes, comme on va au sauna !

— Chérie !

— Excuse-moi... J'suis bête...

Je raccroche et il faut que je coure à la salle de toilette, qui est dans le couloir fraîchement peint en vert. Je pleure dans l'odeur piquante de peinture et dans la moiteur de cette journée d'été qui a pourtant été créée pour notre bonheur à tous, nous les humains qui sommes sous le soleil à ce moment-ci de sa course. Je pleure maintenant dans l'odeur de désinfectant que l'on met dans les toilettes publiques, et je me trouve idiote de pleurer, mais je n'arrive pas à juguler ce mouvement spasmodique, à fermer le robinet des larmes. Et comme j'ai la prétention de vouloir toujours donner une « dimension » à ce que je ressens, je ne pleure pas seulement sur moi-même, mais aussi sur le monde entier, sur « la condition humaine »... Encore un peu et je téléphonerais à l'O.N.U. pour les saisir du problème !

Lucide ! Mais la force me fait défaut ; cette force que j'ai toujours cultivée avec tant de fierté. Quelle honte, que d'avoir ce chagrin qui me serre la gorge comme une longue gorgée de vinaigre !

Cinq heures sonnent enfin et me voilà dans la rue avec toutes les autres fourmis qui sortent des grands buildings à pleines portes. Nous courons vers l'autobus, le métro, le train, le parking. Pourquoi ? Parce que Nathalie m'attend... C'est banal. Tout le monde a une Nathalie qui l'attend quelque part... Le prophète me souffle à l'oreille : « Il faut être capable de découvrir la grandeur qui se cache dans les plus petites choses... » Mais je lui dis merde et je rentre chez moi sans empressement, accablée par la tournure des événements : je ne me tiens plus solidement en main !

Quand Jacques sonne à la porte je ne l'attends plus, en réalité, parce que je suis en train de changer la couche de Nathalie. Ma gardienne ne fait pas ce genre de nettoyage avant de partir, parce que ça suffit comme ça, et si je ne suis pas contente je n'ai qu'à trouver quelqu'un d'autre pour torcher mon rejeton. Ça pue et Nathalie pleure, bien sûr, comme si je la torturais. Mais il ne faut pas que je la brusque, sinon elle va sentir que... elle va s'imaginer que je ne l'aime pas et alors elle sera une enfant à problèmes... Qu'est-ce que la psychologie moderne nous a foutu dans la cervelle !

— Attends, j'arrive !

De la chambre, j'ai crié à pleins poumons. Effrayée, Nathalie redouble d'ardeur. Enervée, je me salis les mains. Christ ! Il faut me nettoyer à mon tour, ouvrir la porte et disparaître dans la salle de bains après avoir jeté un coup d'œil au sourire inquiet de Jacques.

Dans la glace, je vois le visage d'une femme que je ne connais pas, et la peur de ne pas être reconnue par Jacques me saisit : si je ne suis plus la même, il va s'en aller ! Il faut éponger mes yeux, tâter mes joues, sourire. Je souris, mais c'est un rictus.

Jacques s'est assis au bout du divan près de la fenêtre, là où il a l'habitude de commencer à me caresser
avant que nous passions dans la chambre pour aller
jusqu'à l'épuisement de notre désir mutuel. Il se lève
sans me quitter des yeux et m'enlace doucement.
— Qu'est-ce qui se passe ? Ça va pas ?
Incapable de répondre, je le serre de toutes mes forces. Alors il commence à me caresser, croyant probablement que je suis prise d'un incoercible besoin sexuel...
Mais je me détache de lui subitement. Après nous avoir
servi un verre à chacun, toujours sans parler, je m'assieds en face de lui. Pourquoi suis-je obligée d'expliquer ?
— As-tu des problèmes au bureau ?
— Non... Au bureau ça va très bien... Jack est vraiment un homme extraordinaire... Extraordinaire !
J'insiste pour le piquer un peu. D'ailleurs j'aimerais
beaucoup être la femme de Jack...
— Est-ce que le médecin a découvert que tu souffrais
d'une maladie grave ?
— Mais non, mais non !
Il me regarde sans comprendre, perplexe, le sourcil
en point d'interrogation. S'il ne peut pas deviner ce que
je ressens, à quoi bon ? Je regrette maintenant de l'avoir
appelé au secours. Allons ! Allons ! Il faut que je me
ressaisisse, que je fasse semblant que tout va bien. Il
faut que je joue à fond le rôle auquel il est habitué.
Alors les yeux fermés, je me lève pour aller vers lui,
chaude, frémissante, la cuisse fiévreuse, et il s'empare
de toute ma chair secouée de convulsions que je
contrôle. Evidemment, je n'arrive pas à atteindre le
plaisir. Je triche. Je joue, sans cesser de le regarder. Il
s'empiffre de jouissance, entièrement absorbé par son
travail, innocent comme l'enfant qui ne connaît rien
d'autre que la consommation.

Maintenant il s'apaise près de moi, et j'écoute le rythme de sa respiration qui diminue lentement. Voilà, c'est fini. La petite bête est morte. Il me baise au front et il va se lever pour... Non !

— Jacques...

— Oui mon trésor.

— Reste avec moi.

Il était sur le point de se lever pour aller à ses ablutions quand je l'ai arrêté dans son mouvement. Il est assis sur le pied du lit et il me regarde, éberlué, comme si je lui avais demandé de se jeter par la fenêtre.

— Mais... Lucie, d'habitude... Tu sais bien que j'peux pas rester ici indéfiniment !

— Reste avec moi.

Je sais bien que je suis en train de répéter la plus commune, la plus banale, la plus idiote des scènes vécues par les amants-à-problèmes, cette scène que je n'ai jamais voulu jouer, mais je n'en peux plus. Je ne peux plus m'en empêcher.

— Lucie, tu sais que je dois rentrer chez moi.

— Oui, mais j'ai besoin que tu sois avec moi... Tout ce que je voulais, ce soir, c'était que tu sois avec moi, près de moi. Tu comprends ?

Rien de plus facile à comprendre. Je parle le plus simplement du monde, il me semble, et en effet il comprend. Mais admettre, c'est autre chose.

— Lucie, qu'est-ce qui t'arrive ?

— Rien... J'ai besoin que tu sois avec moi. C'est normal, non ?

— J'suis avec toi toutes les fois que je le peux et aussi longtemps que je le peux, dans ma situation... Il me semble qu'on s'est toujours entendu là-dessus...

— Jacques, j't'ai jamais rien demandé... Ce soir, reste avec moi pour souper... J'vais préparer un bon p'tit repas...

Il a l'air d'un homme qu'on veut envoyer à la potence. Je m'en veux déjà de lui demander une chose pareille, mais je ne peux plus reculer. Plus exactement, je ne contrôle plus certaines de mes impulsions. Mon corps a décidé qu'il lui fallait de la chaleur humaine à tout prix. Je suis comme une droguée qui a besoin de son injection. De l'affection ! Il me faut de l'affection ! De la tendresse !

— Téléphone à ta femme et donne-lui une raison quelconque... C'est pas la première fois que tu vas lui mentir, non ?

Je le vois s'éloigner vers la salle de bains, maigre, le sexe pendant entre ses petites cuisses, le dos légèrement voûté. Il est écrasé par les circonstances. De toute évidence, la chose est mal engagée. Dès le départ, tout est raté. S'il accepte de rester encore deux heures avec moi, ce sera pénible pour nous deux. Comme j'ai été malhabile ! D'ailleurs, est-ce que je ne suis pas malhabile depuis toujours ?

Jacques téléphone à sa femme pendant que je prépare le souper. Ce n'est pas ce qu'il dit que j'écoute, mais le ton qu'il emprunte pour donner des raisons. Il joue très bien. Il fait cela par gentillesse pour moi ! Mais ça ne me fait plus rien. Je dirais même que ça me gêne, parce que j'ai été obligée de quêter cette petite heure supplémentaire. Quand il met le nez dans la porte de la cuisine :

— Alors c'est décidé ? Tu restes avec moi pour le souper ?

— Oui...

Il a répondu sans enthousiasme et maintenant il est mal à l'aise dans ma cuisine. Il couche avec moi, ici, depuis au moins six mois, et il est mal à son aise dans ma cuisine. Il se sent étranger. Je le vois bien à la façon dont il s'assied au bout de la petite table aux pattes chromées. Jacques est à son aise seulement quand il est en moi ! C'est dans la cuisine que vous verrez si les gens communiquent vraiment avec vous : en dehors du lit, c'est le seul endroit de la maison qui soit vraiment intime. On s'en rend compte à la façon dont un homme touche les chaises, ouvre la porte du frigo, prend un verre dans l'armoire.

Nous mangeons en échangeant des sourires, mais je vois bien que Jacques n'est plus avec moi. Il fait son devoir d'amant, comme il lui arrive sans doute de faire son devoir de mari.

— Tu regrettes d'être resté avec moi ?

— Non ! Ça me fait plaisir... J'ai pas l'habitude, c'est tout...

Sourire. Temps mort.

— As-tu vu ce que la C.S.N. est en train de faire ? Radicalisation, ma p'tite fille ! T'as vu la déclaration : profiter de toutes les circonstances permettant d'ériger une force critique cohérente et incessante contre le gouvernement fédéral ! Ces messieurs du syndicalisme se sentent victimes de discrimination. Ils trouvent que le gouvernement a une attitude passive dans le domaine économique... Tu vas voir si tout ce beau monde-là finit pas par prôner un système à peu près communiste...

— Ah oui...

J'ai dit ce « ah oui » sur le ton le plus intéressé possible, mais je m'en fous ! Je m'en fous de la C.S.N. et des syndicats du monde entier. En temps normal je discuterais, mais là je m'en moque. Je suis un individu, avant d'être un rouage de l'Etat ! Un rouage ne souffre pas, alors que moi je souffre, et le bruit de nos fourchettes me fait mal, parce qu'il ressemble comme deux gouttes d'eau à celui des ustensiles qui ponctuent les conversations oiseuses des couples brisés vivant sous le même toit. Il ne me reste plus qu'à l'attaquer de front. J'avais

164

la certitude qu'il m'aimait, même s'il était convenu entre nous qu'il ne serait jamais question d'amour, mais maintenant j'en doute. Non. J'ai la conviction qu'il ne m'aime pas, lui non plus. Il ressemble à Julien ! Il pourrait être le père de Nathalie et ne plus être avec moi, comme Julien !

— T'es un drôle d'amant...

— Pourquoi dis-tu ça ? D'abord je ne suis pas un amant...

— Quand même, toi et moi, nous agissons comme des amants, il me semble...

Jacques s'arrête de manger. Il baisse les yeux, semble se recueillir... Non. Il rassemble ses forces pour frapper, je le sens. Moi je croise les mains pour ne pas montrer que je tremble et j'attends, le cou sur le billot. Mais un long moment se passe et il recommence à manger. Il recule ? Non. Il en a marre. Voilà deux fois en quelques semaines que j'ai le mot « amant » dans la bouche ! C'est ridicule ! Alors, sans m'en rendre compte, je dis, comme toutes les femmes :

— Tu m'aimes pas ? (Ça m'a échappé. Trop tard !)

Lassitude dans ses yeux, sur son visage, comme si j'étais une épouse pas endurable.

— Lucie, je t'aime bien, mais...

A quoi bon continuer cette scène ? Tout ce que je veux maintenant c'est qu'il parte. Qu'il s'en aille et que je ne le voie plus ! Tout se passe avec une simplicité qui me sidère. Il n'y a pas de grands mots pour dire « je t'aime ». Il n'y en a pas non plus pour dire « je ne t'aime pas ». C'est la même musique jouée à la renverse. L'une vous remplit le cœur et les poumons, l'autre fait le vide instantanément. Une vraie merveille !

Au revoir, à bientôt...

Il m'a enlacée parce que je pleurais ; il m'a serrée fort dans ses bras parce que je tremblais. Il a dit des choses gentilles, comme par exemple que je suis une fille extraordinaire, qu'il n'a jamais eu autant de plaisir qu'avec moi, ni de joie, etc. Il a même avoué que depuis le début de notre aventure il n'est jamais allé avec une autre femme.

— Moi non plus, tu le sais bien, j'suis jamais allée avec un autre homme !

Mais il avait l'air de dire que j'aurais dû le faire, que c'eût peut-être été préférable... Préférable pour qui ? Pour lui, bien sûr ! Pour préserver sa belle liberté...

Maintenant je suis étendue sur mon lit et j'écoute la nuit tiède qui me pénètre, en même temps que l'humiliation. J'étais tellement certaine d'être supérieure aux autres, d'être blindée contre les blessures... Eh bien non ! Je souffre moi aussi, parce que j'ai été abandonnée ! Doublement abandonnée, en un sens, parce que je n'ai jamais appartenu à cet homme. Je me suis inventé un amour parce que ça faisait mon affaire. Rien de mieux pour satisfaire son orgueil qu'un amour tout chaud, cueilli au cœur de notre siècle qui dit avoir tout détruit de ces vieilleries...

Ce qui me transperce, soudainement, c'est la certitude qu'il n'y a rien de vrai dans tout ce qui m'entoure.

Qu'est-ce que j'ai donc fait, depuis deux ans, trois ans, cinq ans ? Que me reste-t-il de toutes ces journées alignées les unes à la suite des autres. Est-ce que je me suis inventé un bonheur, comme je me suis inventé un amour ?

Voilà que je doute même du plaisir que j'ai pris à vivre ! Donc je suis en train de me perdre, de me désagréger... Et fatalement je pense à Nicole, qui a disparu parce qu'elle était incapable de se contrôler, de se tenir en main... Et tout à coup, je pense à une phrase merveilleuse de Vigneault :

Pendant que des chevaux, aux cavaliers perdus,
Traversent des montagnes...

Peut-être que Vigneault a voulu dire que les cavaliers étaient égarés, mais moi j'ai toujours imaginé que ces chevaux avaient perdu leurs cavaliers et qu'ils s'en allaient seuls, sans guides, montant, descendant, traversant des cols effrayants, sans savoir où aller exactement... Cela me fait penser aussi au cortège funèbre du président Kennedy, que j'ai vu à la télévision. Il y avait un cheval sellé qui suivait le corbillard, symbolisant le pays sans chef... Dans ces moments historiques, on dirait que même la terre a une âme et qu'elle est émue.

Si j'arrive à comprendre le suicide de Nicole, je parviendrai probablement à redonner un sens à ma vie... Allons, toujours les grands mots ! « Redonner un sens à ma vie ! » Je suis ridicule. Est-ce qu'une petite vie comme la mienne peut compter, dans l'ensemble, dans le grand tout ? Voilà, je dégringole toujours... Si au moins je pouvais dormir... Si je dors bien, demain je me lèverai peut-être aussi importante qu'un chef d'État, aussi importante qu'un président, un homme trop important qu'il faut assassiner...

Le mal, est-ce que c'est la destruction, ou bien est-ce le fait de ne pas reconnaître que la destruction est un phénomène qui semble bien être naturel ?

Si au moins j'éprouvais le même plaisir qu'autrefois au contact de mes draps, je dormirais déjà. Mais non, il fait chaud, toute la ville de Montréal est lourde d'humidité et elle se traîne comme une chienne qui attend l'orage. Le temps est replié sur lui-même mais il va finir par bondir, tel un fauve qui se décide subitement à se jeter sur le cerf affolé... Destruction... Je transpire, j'ai mal aux muscles des fesses... Nicole avait des fesses merveilleuses... Nicole m'aimait-elle vraiment ? La dernière phrase de la lettre qu'elle m'a écrite avant de mourir le laisse entendre. Je suis peut-être responsable de son suicide ? Parfois, je la serrais dans mes bras avec force, simplement par affection, par effusion ; parce que je débordais d'amour à l'état pur... Elle était lesbienne et ne voulait pas se l'avouer ! C'est peut-être pour ça qu'elle avait tellement besoin d'un homme ? C'était une lutte contre elle-même ? ? ? Et quand je l'embrassais, en toute innocence, elle jouissait et souffrait à la fois. Alors elle a décidé d'en finir ? Je suis responsable de la mort de Nicole !

Destruction...

J'entends les marteaux-piqueurs qui me mitraillent le crâne et le cœur. Or c'est moi-même qui ai mis la machine en marche !

Julien m'a quittée parce que j'étais enceinte... Ça veut dire que je suis aussi moche que toutes les filles banales du monde qui se font faire la même chose. Comment se fait-il que je me sois toujours sentie si supérieure ? Peut-être que j'ai — j'avais — des aptitudes extraordinaires pour le bonheur ? Toujours est-il que Julien m'a quittée comme on laisse tomber une vieille chaussette, et ma fille n'a pas de père. C'est ma faute !

En moi aussi il y a le mal.

J'aurais peut-être dû accepter le mariage qu'on m'a proposé quand j'avais vingt-cinq ans. Mais j'ai été superbe. Superbe ! Et le jeune homme est reparti, la tête basse. Je revois la scène... Comment se fait-il qu'elle me revienne à la mémoire maintenant, cette nuit ? Il me semble que j'étais jeune. Ça fait plus de cinq ans... En tout cas, c'est l'année où Jean Lesage a perdu ses élections. Daniel Johnson venait d'arriver au pouvoir, et tous les artisans de la fameuse révolution tranquille croyaient que le retour de l'Union nationale allait nous faire plonger de nouveau dans la grande noirceur. Moi aussi, comme tout le monde, je croyais que seulement du bon pouvait sortir du grand réveil apporté par le début des années soixante. Montréal, embrasée par son maire, travaillait fébrilement à la préparation de la grande séance que devait être Expo 67. Temps de fièvre. A dix mille à la ronde, on entendait tinter les pièces de monnaie tombant sur le béton armé et les poutres d'acier. On se préparait fébrilement à jouer une autre de ces tragi-comédies comme seuls peuvent en concocter les hommes politiques qui nous dirigent en se donnant des airs de papas olympiens. La grandeur a des charmes irrésistibles, comme les vieilles vedettes de cinéma. Exactement comme elles : enlevez le maquillage...

Bref, un jeune ingénieur qui travaillait justement à la construction d'un pavillon pour l'Expo s'était épris de moi. Entre deux courses sur les chantiers, il venait chez moi le soir et nous nous prenions d'assaut tous les deux. C'était magnifique parce qu'il était naïf et qu'il avait la force propre à son âge. Il m'a fallu seulement quelques séances pour parfaire son éducation sexuelle et il m'a transportée dans les plus hautes sphères du plaisir. Mais il avait la naïveté de son âge et du jeune-monsieur-qui-se-cherche-une-bonne-femme-pour-ses-enfants-pour-faire-comme-tout-le-monde-qui-veut-faire-une-bonne-vie-ennuyeuse.

Un jour, après s'être rhabillé, il m'a embrassée avec tendresse puis il est allé jusqu'à la porte. Là, il a hésité puis il est revenu près de moi. Je savais ce qu'il allait me dire :

— Lucie, quand mon travail à l'Expo va être terminé, j'vais avoir assez d'argent... C'est mon premier contrat mais pas le dernier... On pourrait se marier...

Il souriait, sûr de lui-même, fonctionnel comme un bloc de ciment coulé avec précision pour être placé à

tel endroit et non pas ailleurs. Je souriais moi aussi,
mais je ne répondais pas.

— D'accord ?

— Non.

Tout en disant non, je continuais de sourire, superbe.
Alors il est resté bouche bée, incapable de comprendre.

— Mais Lucie, on s'aime tous les deux, et j'ai une
très bonne situation...

— J'suis trop jeune pour être l'épouse d'une bonne
situation. J'ai envie d'être moi-même d'abord...

J'avais lu un livre de Simone de Beauvoir et j'en étais
encore toute pleine. Il fallait se méfier de l' « aliéna-
tion » comme de la peste. Mais à part cet endoctrine-
ment littéraire, je n'avais aucune inclination naturelle
pour le mariage.

— Lucie, tu m'aimes pas ?

— Mais oui je t'aime mais... (là j'ai hésité parce que
je ne voulais pas trop le blesser), je t'aime mais si on
se marie, avant dix ans je serai devenue plus ou moins
ce qu'on appelle ton poteau de vieillesse... Tu comprends ?

— Non.

— Alors c'est pas la peine, tu comprendras jamais.

Il est parti et j'ai regretté seulement les magnifiques
séances amoureuses que j'avais jouées avec lui. Mais
aujourd'hui, cette nuit, je me demande si... Mais non...
Quand même, j'aurais un père pour mon ou mes
enfants... Oui, un père qui n'en serait peut-être pas un,
semblable à tous ceux que j'ai connus depuis que je fais
l'amour : ils sont tous venus vers moi comme vers leur
mère !

Tout à coup, le vent soulève le rideau qui pend à ma
fenêtre. Ça y est, la fraîcheur s'en vient, la masse d'air
chaud va rencontrer une masse d'air froid et le choc va
se produire. Un éclair brise la noirceur, subitement, et

je sursaute. Le coup de tonnerre frappe à deux pas de moi, là, sur la montagne. Fracas. La guerre ! Pour la première fois de ma vie j'ai peur de l'orage. Oui, peur. C'est insensé ! Je me lève parce que la pluie se met à tomber en trombes et elle gicle par les fenêtres ouvertes. Après les avoir fermées, je prends Nathalie dans mes bras pour me promener dans l'appartement désert. Sinistre. Je tremble et Nathalie pleure. Tout en sachant bien que je suis ridicule, je continue à avoir peur, comme si quelqu'un était caché. Où ? Je ne sais pas, mais il y a quelqu'un, quelque part, qui me veut du mal. On me veut du mal ! Je ne goûte même pas l'odeur nouvelle, fraîche, que la pluie m'apporte. Les éclairs se succèdent, tranchent dans le noir comme d'immenses lames brisées, et on dirait qu'elles me déchirent la peau... Fatalement, ma peur se communique à Nathalie, de sorte qu'elle pleure de plus en plus. Il faut que je tienne bon ! A ma place, une autre fille téléphonerait à une amie ou à sa sœur, mais moi je ne veux pas. Non ! Seule ! Il faut que je sois seule jusqu'au bout ! Comme si je savourais chacun de ces instants qui me terrifient...

— Au revoir, à lundi...
— Au revoir, à lundi...
— Au revoir, à lundi...

Jacques est vêtu de blanc, un blanc immaculé, et il sort de chez moi plusieurs fois, répétant toujours la même chose :

— Au revoir, à lundi.

Il est léger, angélique, si bien qu'il touche à peine le plancher. Je le regarde s'éloigner dans le long couloir, et il me semble qu'il vole. Jacques est un homme très important. Quand il vient chez moi, c'est une grande faveur qu'il me fait. Dès qu'il est dans mon appartement je me jette à ses genoux, je rampe, je le sers comme une esclave. Je lui demande même de me battre un peu. Mais Jacques est bon, magnanime ; il sourit et ne veut pas me frapper. Il me parle doucement, me relève, me déshabille lentement, me serre dans ses bras et il me parle. Il me parle longuement, disant des choses qui me font du bien : « Je suis ton père... Tu es ma fille blanche, ma fille riche de beauté et de bonté. Je puise en toi la force de conquérir le monde... Femme féconde, je suis ton père et tu es le cheval qui m'emporte ; et même si je suis ton père je te prends, comme un amant, afin de posséder la vérité... Car la vérité existe quelque part et il faut la trouver, même si elle a plusieurs visages... Montre-moi ta fille, Nathalie, qui est belle et que je dois aimer comme si j'étais son père... » Nous allons tous les deux dans la chambre de Nathalie, nous nous penchons sur le berceau de ma fille mais c'est Nicole qui est là et qui nous sourit, âgée de seize ans, pure. Elle me dit : « Maman je suis amoureuse de toi... » Elle se lève pour me tendre les bras mais Jacques lui baise la main et lui fait l'amour, là, sous mes yeux, dans le berceau de Nathalie... Avant de partir, il lui dit à elle aussi : « Au revoir, à lundi. »

Alors Nicole se tourne vers moi en pleurant pour dire : « Il faut inventer une semaine qui n'aura pas de week-end... »

Moi je réponds : « Il faut monter sur un cheval blanc et aller vite chercher la force de supporter la solitude... Ou plutôt non, va chercher la solitude et garde-la avec toi. Apprivoise-la ; fais-en ta sœur...

Nicole s'en va dans le long couloir, péniblement, et je reste à la porte, me voyant comme les femmes-à-la-fenêtre des temps anciens. Je me prends dans mes bras puis je coule au fond de mon lit devenu puits.

En me réveillant en sursaut, je me souviens que je n'ai pas pu faire le chèque de mon loyer, la semaine dernière, parce que je n'ai pas assez d'argent en banque.

Le concierge a téléphoné, surpris, et je lui ai dit de faire patienter le propriétaire. Demain... Demain c'est la paie... La rue ! On va finir par me mettre à la porte. Il fait soleil. Oui, le soleil est étrangement haut... Catastrophe ! Le réveille-matin marque neuf heures. J'ai dormi longtemps, j'ai rêvé comme une folle, et maintenant j'entends faiblement Nathalie. Comment se fait-il qu'elle ne pleure pas plus fort ?

J'arrive dans sa chambre et je la vois gigoter, hurler, mais à peine si je l'entends. Je suis sourde ! Je suis sourde ! On sonne faiblement à la porte, c'est la gardienne qui arrive.

— Excusez-moi j'suis en retard...

Il faut que je la fasse répéter. C'est l'un de ces matins où rien ne marche, excepté le soleil qui, lui, s'en va royalement vers le zénith.

— J'vous entends mal... Ça va mal... Ça va mal... J'suis fatiguée, en retard...

— Oui ça va mal, j'ai été malade en fin de semaine...

— Pardon ? Pouvez-vous prendre soin de la petite, faire sa toilette ?

— Oui, si vous êtes en retard de même... Ah la pauvre enfant... Allons, allons, viens voir mémée... Faut pas pleurer comme ça...

Assise sur le bout du lit, je pleure. Pour la deuxième fois en quelques semaines je pleure, parce que ma force s'en est allée. Qu'est-ce qui arrive à mes oreilles ? Je bouche la droite et je n'entends rien. Je bouche la gauche et j'entends faiblement. Trouver un médecin, aller au bureau, payer le loyer, prendre l'autobus, me laver, marcher, sourire, ne pas trop manger le midi parce qu'il faut économiser. Je vais m'apporter un sandwich au bureau.

— Jack, il m'arrive quelque chose d'extraordinaire !

Jack m'écoute attentivement, de sorte que je me sens

173

déjà un peu mieux. Il me trouve un spécialiste et me voilà dans le cabinet du médecin. Examen fastidieux.

— Alors docteur, qu'est-ce que c'est ?

— Rien...

— Comment ça, rien ? J'entends très mal, assez souvent...

— Peut-être, mais vos oreilles sont parfaites... Vous avez des problèmes, peut-être ?

Le médecin a une trentaine d'années. Il est gentil, efficace, sain, pressé, solide, tandis que moi je me sens faible, laide, vieillie avant l'heure, seule. Lui, il me parle avec la tranquillité de celui qui s'est levé doucement à sept heures trente, qui s'est rasé dans une belle salle de bains pendant que son épouse a préparé le café. A huit heures et demie, après avoir bu son jus d'orange, mangé les toasts, les œufs, bu le café, il a embrassé sa femme puis il est monté dans une belle grosse voiture avec son fils de huit ans qu'il a déposé à l'école en passant. Ce soir, il va rentrer chez lui pour retrouver cette chaleur-là, après avoir soigné des malades... Soigner des malades, ça vous donne bonne conscience et c'est payant en plus !

Je m'effondre, là devant lui. Je pleure, je pleure, je pleure.

— Allons, allons, calmez-vous...

Je le déteste ! Plus il est gentil, plus je le déteste. Il pue la santé dans le bien-être ! Mais il me laisse pleurer.

— Attendez-moi ici, je reviens.

Il sort de son bureau, ferme la porte pour me laisser seule avec ma crise de larmes. Il faut que je me vide, que j'aille jusqu'au bout pour me calmer les nerfs. Cinq minutes... Dix minutes...

— Revenez demain...

— Mais vous dites que j'ai rien aux oreilles !

— Revenez quand même... Il y a un autre test que j'aimerais vous faire passer.

Je retourne au bureau en vitesse, effrayée par l'idée que si je suis trop longtemps absente, on peut m'enlever quelques dollars de mon salaire. Mais Jack me rassure :

— T'inquiète pas... Il faut que tu te remettes, c'est tout...

Il a l'air si bon, si humain, que je lui saute au cou, là dans son bureau, et je l'embrasse fébrilement. Il reste raide mais il rougit, embarrassé. Il se dégage maladroitement, va s'asseoir et je sors du bureau en vitesse, prise de remords. « Il va croire que je lui cours après, que je veux coucher avec lui pour le remercier... »

Mais le temps presse : une campagne de publicité à organiser pour l'automne, une réunion pour demain avec le représentant de Toronto, un groupe de visiteurs qui nous arrivent de France à recevoir... Cinq heures. Je meurs de fatigue et Jacques ne m'a pas téléphoné depuis plus d'une semaine. Il faudrait que je lui parle. Ce soir, j'entends un peu mieux.

Nuit d'insomnie et de cauchemars. Cette fois, c'est Julien qui dit :

— Au revoir, à lundi.

Je claque la porte derrière son dos. Elle s'ouvre aussitôt et c'est Jacques qui apparaît :

— Au revoir, à lundi.

Il s'en va sans même être venu faire l'amour avec moi. Il est seulement venu me dire : « Au revoir, à lundi. » Le salaud ! Nicole est maintenant debout près de moi, à la porte de l'appartement. Nous faisons le guet. Elle va s'ouvrir, c'est certain, parce que nous sentons la présence d'un homme, derrière. En effet elle s'ouvre. Robert entre, nu et rapidement, en accéléré, il nous bouscule toutes les deux, nous possède chacune à notre tour puis il va à la porte et dit plusieurs fois :

— Au revoir, à lundi », ouvrant et fermant la porte à chaque fois.

Je vais me coucher avec Nicole, dans son lit, et je la tiens enlacée pendant qu'elle me répète sans cesse : « Je serai avec toi pour toujours. Je ne te quitterai jamais parce que je suis la seule à t'aimer vraiment... Les hommes ne t'aiment pas... » Au pied du lit, Julien et Jacques me sucent les orteils, devenus mamelons. Nicole veut me caresser mais je me révolte, je la bouscule et je tombe au bas du lit.

Ces rêves me gênent et me fatiguent. Comment en comprendre le sens exact ? Ce qui m'agace le plus, c'est Nicole, qui revient souvent dans mes rêves, avec son amour pour moi... (Amour auquel je ne crois pas vraiment, à moins qu'on puisse vivre pendant des années sans savoir exactement ce que l'on est, sexuellement...)

Il fait une chaleur humide insupportable, une de ces chaleurs comme Montréal est seule capable d'en produire. Me voici de nouveau chez le spécialiste des oreilles. Une fois de plus il plonge dans mes conduits auditifs. C'est long et j'éprouve une grande lassitude, mais il est calme, doux, impassible. Il m'avait annoncé un autre test mais il a fait exactement la même chose qu'hier. A la fin, après une hésitation :

— Alors, vous avez des problèmes ?

Je me sens un peu mieux qu'hier, donc je peux répondre :

— Pas spécialement, non... Je me suis toujours bien débrouillée.

— Quand on est obligé de se débrouiller, justement, ça veut dire qu'il y a des choses compliquées...

Je le regarde droit dans les yeux. Deux beaux yeux bleus qui me fixent, doucement, avec un sourire. Cet homme est un heureux maillon de la grande toile constituée par notre pays. Il a été tissé par le temps, les hommes, le hasard... Pourquoi est-il là, devant moi, assis confortablement derrière un bureau, fort à cause de sa profession, de sa santé, de ses gras honoraires, tandis que moi je suis de ce côté-ci, faible tout à coup ? A la vérité je suis faible depuis plusieurs semaines, mais c'est comme si je m'en rendais compte seulement à la minute même.

Je le regarde longuement, longuement, incapable de me décider : est-ce que j'accepte son aide ou si je me renferme ? Cet homme ferait un bon père pour ma fille. Je ne l'aimerais peut-être pas, mais il viendrait à la maison tous les soirs, je ferais un bon dîner, nous mangerions ensemble... Je lui dirais qu'il peut avoir des maîtresses s'il le veut, mais je ferais quand même l'amour avec lui quand nous en aurions envie tous les deux. Tout est si simple quand on a un homme à soi... Je reviens une fois de plus à l'idée de toile, de décor. Mon médecin est planté dans le décor : bureau rue Sherbrooke, dans une espèce de conglomérat qui comprend une dizaine de spécialistes oto-rhino-laryngo, etc. Montréal, Québec... Evolution de la société... 1867, vie rurale, fédéralisme, Duplessis, vie rurale, Jean Lesage, vie urbaine, dénatalité, séparatisme, socialisme... Qui suis-je ? Je le regarde et c'est comme si je faisais le tour du pays avec un télescope, cherchant à déterminer le matériau dont il est fait. Mais quand je le regarde si intensément, c'est moi-même que je regarde, en réalité.

— Etes-vous marié ?

Il sursaute. Cette question ne fait pas partie du jeu qu'on joue normalement entre patient et médecin. Elle l'agace, le fait papilloter des yeux. Je ne suis plus le scénario !

— Ecoutez, si vous voulez bien, on va laisser ma vie privée tranquille... C'est de vous qu'il s'agit...

— Justement, je cherche un père pour ma fille...

Il reste bouche bée pendant quelques secondes. « Cette fille est détraquée... » Voilà ce que je peux lire entre ses paupières à demi fermées.

— Donc vous avez un enfant mais vous n'êtes pas mariée ? C'est ça votre problème ?

— Non, pas exactement... C'est plutôt que les hommes sont toujours pressés de rentrer chez eux ou d'aller ailleurs...

Il rit jaune et je comprends qu'il fait la même chose avec une ou plusieurs filles. Mon cas est tellement commun, banal, qu'on le considère comme régulier. Petit à petit, en boitillant parce que je fais des réponses saugrenues, nous faisons le tour de mon petit jardin.

— Si vous voulez recouvrer l'usage normal de vos oreilles, il faut que vous viviez heureuse, c'est tout. Y a pas d'autre remède.

— Je ne savais pas que le malheur pouvait nous faire perdre l'ouïe !

— L'ouïe, la vue ou n'importe quel autre sens qui a, sans que vous le sachiez peut-être, un rapport direct avec vos souffrances morales.

Tout est simple ! Et en me retrouvant dans la rue, je me dis : « Voilà pourquoi votre fille est muette... »

Donc il faut que je me fabrique un bonheur, moi qui ai toujours su être heureuse ! Je respirais et c'était du bonheur qui entrait dans mes poumons... Comment ai-je pu descendre aussi bas ? Je marche lentement, rue Sherbrooke, entre ces vieilles maisons à trois ou quatre étages qu'on est en train de démolir, et je me sens d'une lucidité merveilleuse. Autour de moi, il y a des voitures, des piétons inconnus, des arbres, du béton, de l'acier en mouvement. Cela gronde, roule, s'écrase, monte dans le ciel en pétales grisâtres.

Appartenance...

J'appartiens à des millions de tonnes de béton et

d'acier en mouvement. Mais l'appartenance est à sens unique : ces millions de tonnes de bois, d'acier et de béton ne m'appartiennent pas. Elles n'appartiennent à personne. Je suis au cœur d'un pays qui ne se possède pas. Anonyme, inconnue, sujet britannique sur le continent américain, incapable de me sentir un attachement quelconque pour la reine d'Angleterre, je prends l'autobus au coin de la rue Papineau, direction ouest, en quête du bonheur.

Grotesque ! Je me rends compte tout à coup que ce que je cherche, depuis des semaines, c'est un mari ! Il faut se ressaisir !

Jacques me téléphone :

— Comment vas-tu ?

— Très bien, très bien... Il fait chaud mais au moins on a l'air climatisé au bureau...

Je parle sur le ton le plus enjoué du monde.

— Moi ça va... Toujours la même chose... J'aimerais bien te voir.

Il voudrait me voir ! C'est sans doute pour faire l'amour, uniquement pour cela, mais je n'arrive pas à lui en vouloir. Pour lui, j'ai gardé une tendresse à laquelle je succombe dès qu'il me parle ou me touche. Et puis, pourquoi ne pas en profiter ? Prenons au moins ce qu'il peut me donner. Alors je lui dis de venir ; il vient et c'est un peu gauche parce que nous ne savons plus comment aller l'un vers l'autre, à cause de la brisure qu'il y a eue. Je prends le plaisir quand même, à plein ventre, à pleines mains. Je le déguste, le savoure, le triture, le poursuis jusqu'au cœur de sa moelle épinière, pendant que dans l'autre chambre Nathalie pleure, abandonnée.

Les jours passent pendant que je scrute le ciel à la loupe : où est le bonheur ? « Mon » bonheur ? J'ai emprunté de l'argent à la banque pour payer des dettes, de sorte que je respire un peu, appuyée sur cette illusion. Demain ? Demain on verra. Mes oreilles entendent assez bien maintenant, mais il se peut que la maladie revienne... Il se pourrait bien que je devienne sourde pour le reste de mes jours, sans raisons physiques. Le médecin l'a dit.

Et voici le 13 août 1971. Le ministère de la Justice de la province de Québec se lance à corps perdu dans la générosité : il suspend « les poursuites contre les trente-deux dernières personnes qui faisaient encore face à des accusations diverses, principalement d'appartenance au Front de Libération du Québec », dit le speaker à la radio. Suite à la loi des mesures de guerre, on a arrêté près de cinq cents personnes durant la crise d'octobre. Mais on en a jugé et condamné seulement une quinzaine...

J'avale mon café lentement, avec Nathalie au creux de mon bras. Brouillard... Pilules pour me donner des forces, pilules pour me calmer les nerfs. J'absorbe tout cela en songeant à cette série de plaisanteries : les enlèvements d'octobre, le ministre tué, la loi des mesures de guerre, perquisitions, procès, emprisonnements, gouvernement parallèle et pour finir, comme si on avait honte de s'être comporté comme un père bourru mais au cœur généreux, on laisse tomber en ayant l'air de dire : « Excuse-moi mon vieux, je t'ai fait mal mais j'ai pas fait exprès. La main m'a glissé... » Est-ce que je fais partie de cet monde-là ? Eh oui ! Je n'y peux rien mais je suis là, au cœur même de cet univers qui patauge dans le ridicule, innocemment, tel un enfant qui s'amuse dans ses excréments.

Puis soudainement je me revois au commencement de toute l'aventure, en octobre : je suis couchée, Julien se rhabille et avant qu'il parte je lui dis : « Je suis enceinte. » Sur mon visage il y a un sourire figé, et sur mon ventre il y a la main tranquille de Julien. Il me regarde sans dire un mot. Il ne reviendra plus, je le sens, mais je souris quand même, parce que je suis forte. Laporte vient d'être enlevé et je viens de tomber dans le monde banal des filles abandonnées avec un fœtus dans le ventre. Puis il y a le grand vide, les journées creuses, les dimanches longs, et Nicole qui perd son amant parce qu'ils font l'amour au moment de la perquisition. Comment oublier cette soirée délirante où je suis allé chercher un homme au *Garde-Fou*, uniquement pour baiser ? Puis le jour béni où on a libéré James Cross, Jacques m'a parlé pour la première fois, rue Dorchester, et je me suis mise à le désirer... Ce désir m'a fait croire qu'il ne pouvait faire autrement que m'aimer... Alors ce fut le long hiver, les tempêtes, mais l'amour à heures fixes :

— Au revoir à lundi...

Mon oreille se bouche !

Mon ventre grossit et Nicole se suicide.

Le suicide de Nicole entre en moi comme une lame infiniment mince, si longue qu'elle n'en finit pas de pénétrer entre mes côtes. D'abord, la douleur est presque imperceptible, le mal est sans importance, mais il est toujours là, s'enroulant autour de mon estomac qui se contracte : Nicole m'attire vers elle, dans sa chute...

Attraction qui m'enlève graduellement ma force. J'ai toujours été capable d'être heureuse sans courir après le bonheur, mais maintenant je cours derrière ma force qui s'en va... Lucide ! Je suis lucide ! Je sens que je suis en train de me chercher une idée fixe, un tremplin pour la névrose. Je m'ausculte, je me tâte, pour voir s'il n'y aurait pas une porte de sortie vers la maladie... Quelle douceur de s'abandonner au délire !

La faiblesse s'en vient,
Le remords s'en va...

Voilà qui est grave, qui me fait trébucher. Quand je serai malade, je ne sentirai plus la culpabilité. Je m'étendrai sur l'inconscience comme sur un immense matelas moelleux, et je me laisserai dériver jusqu'à l'autre bout de l'océan.

Il ne faut plus que je lise les journaux, ni que j'écoute les informations à la radio ou à la télévision. Je ne veux plus avoir affaire à ce monde qui pue le moribond. Les princes qui nous gouvernent sont des enfants assis sur des trônes de papier. La terre sur laquelle ils règnent ne leur appartient pas. Je ne suis ni française, ni canadienne, et quand je dis que je suis québécoise, je n'arrive pas à savoir ce que cela veut dire exactement... Comme si la France avait fait quelque chose de fondamentalement faux, quand elle a fondé cette colonie... Mais je divague, bien sûr, et en réalité tout cela n'a pas plus d'importance qu'un petit cumulus s'évaporant au soleil.

Bref, je ne veux plus penser à autre chose qu'à moi-même, parce que c'est en moi que se cache l'idée, la source, le commencement de... non, je ne veux pas dire de ma guérison, parce que je ne peux admettre une maladie... Je dirai donc le commencement de ma regénérescence.

Les jours passent, lents, creux, longs, lourds... Je ne cherche plus de compagne pour partager l'appartement avec moi. Je vais me débrouiller seule. Seule ! Comme toujours. Je ne cherche plus d'homme non plus ! Je ne téléphone plus à Jacques qui, lui, me téléphone environ tous les quinze jours :

— Comment ça va ?
— Très bien ! Et toi ?

— Ça va, comme d'habitude... Tu sais ce que c'est, les affaires. J'ai le temps de rien faire... J'aimerais bien te voir mais...

— Je comprends, je comprends... Vas-y, fonce ! Tu vas devenir un grand homme...

Je le flatte, je ris, il dit que je suis gentille, il raccroche, et moi, à l'autre bout du fil, je sens qu'il m'a téléphoné pour que je lui dise que tout va bien, afin qu'il ait la conscience tranquille. S'il savait que je suis malheureuse, il se sentirait coupable... Alors je le rassure. Il a le cœur si sensible ! Ne faisons pas souffrir nos hommes, autrement nous ficherons leurs carrières en l'air ! Et alors, qui fera avancer le monde ? Après avoir donné le biberon au mâle, il faut le mettre au lit, le border, caresser son ventre plein, le baiser au front et lui souhaiter de beaux rêves. Sinon il fait des cauchemars, se réveille en sursaut, pleure, et le lendemain il est improductif. Alors le monde ne tourne pas rond. Voilà pourquoi la maternité émeut tellement les hommes, tandis que pour les femmes elle n'est qu'un devoir tout à fait naturel. La mère est le but de l'éternel retour, le port vers lequel naviguent tous les hommes... Faites disparaître la mère de la carte des océans, et la boussole du mâle s'embrouille. Il se met à bêler, petit mouton perdu... L'homme orgueilleux trouve dans ce fait une raison de plus pour être misogyne : rien de plus accablant que cette faiblesse congénitale... (dixit la femelle que je suis).

Je crois donc que je suis lucide. Alors il faut que je m'accroche à une idée pour ne pas sombrer. Cette idée pourrait bien être : je suis heureuse... Oui, il faut que je me le répète sans cesse : je suis heureuse, malgré tout.

Malgré le marché dégueulasse que je viens de faire : un paquet de saucisses à hot-dog, du pain, du lait, du café, une livre de bœuf haché, six boîtes de soupe Campbell. Ainsi, je peux acheter toutes les boîtes de nourriture pour bébé dont Nathalie a besoin. Si je veux payer mon loyer, il faut que je coupe sur le budget de la nourriture. Pour compenser je prends des médicaments qui me donnent des forces. Grâce à la Croix Bleue, je débourse seulement cinquante cents pour chacune de mes ordonnances...

Le plus agaçant, depuis quelque temps, ce sont les rêves. Ils me remettent sans cesse en présence des principaux personnages qui ont marqué ma vie. Julien me provoque en duel. Nous nous battons, moi au pistolet, lui à l'épée, et quand il est sur le point de me transpercer, je deviens Nathalie... Alors il se met à rire et il dit : « Au revoir, à lundi... » Puis c'est au tour de Jacques : il m'invite à manger dans un grand restaurant, ce qu'il n'a jamais fait en réalité, et quand on nous a servis il m'ordonne de le regarder manger, d'abord. Ensuite on nous enlève les plats et j'ai le ventre creux, mais je suis contente quand même. Il vient à mon appartement mais c'est pour coucher avec Nicole. Je me joins à eux et Nicole m'embrasse tout en faisant l'amour avec lui... Nicole crie qu'elle m'aime mais Nathalie me défend de la voir. Nathalie pleure, seule dans un long couloir qui ressemble à la rue Dorchester. Une porte se ferme et j'entends :

— Au revoir, à lundi...

J'ai déménagé Nathalie dans ma chambre, effrayée à l'idée que... C'est ridicule mais je pense à l'esprit de Nicole qui est peut-être là et qui pourrait trouver mon enfant. Maintenant la chambre est toute nue, complètement vide, et le soir j'y passe quelques minutes avant de me coucher. Le plancher craque sous mes pas. C'est sinistre mais j'aime ce bruit-là. Nicole est là... Oui, elle doit être là. Je voudrais lui parler, lui dire que je suis heureuse et qu'elle me laisse tranquille. « Laisse-moi dormir en paix... Je t'aime... Je ne t'oublie pas... Tu aurais peut-être dû me proposer carrément ton amour... On ne sait jamais... »

Je reviens dans ma chambre, épuisée, en me disant que je perds la raison : jamais je n'ai eu la moindre tendance au lesbianisme ! Alors pourquoi me laisser aller à tenir de tels propos à Nicole, mentalement ? Je n'arrive pas à trouver le sens de sa lettre. J'imagine qu'au moment de se suicider on est complètement maboule, alors on dit n'importe quoi... C'est la seule façon d'expliquer son allusion à son amour pour moi... A moins qu'elle n'ait voulu me rendre coupable, m'associer à son geste en aiguillonnant mon sentiment de culpabilité... Une belle vacherie...

Chaque matin je dois faire un effort surhumain pour me lever. Souvent c'est catastrophique, parce qu'il y a des jours où mon ouïe est défectueuse. Alors je n'entends pas mon réveille-matin, pas plus que Nathalie qui pleure. C'est la gardienne qui me réveille à huit heures et demie, en arrivant. Je suis en retard et il faut courir. Mais je me répète sans cesse : « Je suis heureuse. » Je chante en moi-même :

> *Mon estomac se creuse,*
> *Oui, mais je suis heureuse...*

Il faut m'accrocher à cette idée. C'est ma planche de salut, je le sais bien. D'abord, pour travailler dans les relations publiques il faut être souriant, gai, amène. Je dois donc laisser mes problèmes à la porte du bureau. Mais comment laisser ma faiblesse et ma faim à la porte ? Devant moi passent des jeunes gens, des jeunes filles et des hommes d'affaires pleins de santé, éclatants de force. Je les regarde en tremblant de faiblesse.

185

— Pourquoi te maquilles-tu depuis quelque temps ? me demande Jack.

— Une idée, comme ça...

Autrefois je mettais seulement du rouge à lèvres mais maintenant il faut que je masque les cernes que j'ai sous les yeux, les rides, le flasque de ma peau. Je tombe ! Et Jack n'est plus le même. Il m'a posé cette question sur un ton plutôt froid, ayant l'air de dire que le maquillage ne m'allait pas du tout... Il a perdu la sollicitude qu'il avait autrefois. Probablement parce que je ne suis plus aussi efficace... Et il ne pourra pas me protéger indéfiniment parce qu'il n'est pas au sommet de la tour hiérarchique. Je fais des erreurs presque tous les jours, j'arrive souvent en retard, je ne peux plus aller à Toronto pour assister à certaines conférences, à cause de Nathalie. Jack va finir par me détester, si ce n'est déjà le cas...

Pour revenir à la maison, le soir, il faut que je prenne l'autobus, et aux heures de pointe, impossible d'avoir une place assise. Je tiens debout parce qu'on est entassé et qu'il n'y a pas d'espace pour tomber. Chaleur suffocante, odeurs de transpiration... Si pendant une seule minute je lâchais la gance à laquelle je m'accroche, je m'écraserais là et on me piétinerait. Ce serait fini. Comme ce serait doux de dételer...

Le pire, c'est le vendredi soir. Pendant cinq minutes, au moment de se quitter, les employés du bureau chantent tous le même refrain :

— Au revoir, à lundi.

— Au revoir, à lundi.

— Bonne fin de semaine. A lundi.

Ce soir, je n'ai pas pu m'empêcher de crier :

— Taisez-vous ! Vos gueules !

Je m'adressais aux deux filles qui travaillent près de moi chaque jour et qui ne savent rien de mon état, parce que jusqu'à maintenant je suis arrivée à me maîtriser. Elles sont restées interdites un moment, puis Jacqueline a dit :

— Mon Dieu qu'est-ce qui te prend ? Es-tu après virer folle ?

La phrase classique... Et moi, dès que mon cri de révolte a été lancé je me suis trouvée affreusement mal, assaillie par les deux flancs à la fois : me voilà mise à nu.

Et le plus terrible : j'ai la conviction que je suis en train de sombrer dans la névrose.

Je me sens devenir malade ! Je me vois comme dans un avion qui tout à coup se met à piquer du nez, prenant une allure vertigineuse. Dans quarante-cinq secondes, ce sera le crash ! Comment supporter ces derniers instants de vie, attaché à un siège ?

Heureusement, Jack n'était pas au bureau quand j'ai crié. Heureusement aussi, je me suis ressaisie, j'ai bredouillé des excuses, prétendant que j'avais entendu autre chose. Ça s'est arrangé jusqu'à un certain point : elles ont fait semblant de comprendre, de m'excuser, mais au fond elles sont très probablement convaincues que je suis « craquée »... D'ailleurs c'est la vérité, je « craque », comme un vieux bâtiment qui a touché un récif et qui se désarticule graduellement sous la secousse répétée des lames de fond.

Je passe le week-end enfermée. Il faut que je dorme, que je fasse deux tonnes de lessive, que je dorme, que je repasse, que je dorme encore, que je parle à Nathalie, que je la fasse taire quand elle pleure, que je la nourrisse, que je dorme... Mais comment dormir ? Au moment où je ferme les yeux, Nathalie se réveille et il lui faut des soins. J'ai mal aux jambes, aux reins, dans le dos, et au ventre. « Bonne fin de semaine ! »

Samedi matin je téléphone au programme des petites

annonces à C.K.A.C. pour mettre ma radio et ma télévision en vente. Puis j'attends. J'attends en faisant la lessive, en repassant, en somnolant. Si je peux toucher deux cents dollars, il va-t-y avoir une célébration ! Mais personne ne téléphone. Personne ne veut de ces appareils que je n'utilise plus. Il y a des semaines que je me suis retirée du « monde en marche », parce qu'il se dirige vers un but qui ne m'intéresse plus.

A qui lancer un S.O.S. ? Téléphoner à ma mère ? Elle va me dire : « Je te l'avais dit... Pauv'p'tite fille... » Elle va vouloir que je m'en aille chez elle. Jamais ! Téléphoner à ma sœur ? Ce serait pire encore. Elle me ferait sentir sa supériorité : « Tu vois, il faut vivre normalement, se marier, avoir un homme à son service, lui faire payer le plaisir qu'on lui donne... » (Quand on raisonne de la sorte, on ne donne pas de plaisir, justement !) Je n'arrive pas à croire que ce soit la seule façon, pour une femme, de vivre convenablement... D'ailleurs, si je demandais à ma sœur : « Es-tu heureuse ? », elle me répondrait : « Oui, évidemment », mais ce serait un gros mensonge. Alors ?

Alors je trouve que tout est faux. Je m'en rends compte à mon tour ! Nous nageons dans la richesse à tous les points de vue : culture, information, biens de consommation, transports, circulation, ponts, routes, buildings modernes, téléphone, etc. Et pourtant, la pauvreté est là au fond de soi-même. Je vis dans une ville où il y a des milliards de dollars en circulation, et je meurs de faim.

Notre richesse est fausse. Le bonheur dans lequel je nageais était faux lui aussi. Je me le suis inventé... C'est maintenant que je touche la réalité. Il a fallu que je devienne dingue pour voir clair ! Ce long week-end, je le passe seule et il est lourd, effrayant, insupportable parce que je tourne autour de moi-même, ouvrant des portes qui donnent toutes sur le vide. Moi qui savais si bien combler ce vide, autrefois ! Pour meubler le temps et ma tête, je laisse pleurer Nathalie de longues minutes ; pleurer et baigner dans ses excréments. Il faut qu'elle souffre pour que Julien soit atteint, à travers elle... La lâcheté de Julien. Comment atteindre la faiblesse de Jacques, qui est incapable de m'aimer parce qu'il manque de générosité ?

Je tourne en rond, les oreilles arrachées par les cris de Nathalie, puis je me jette sur elle, prête à la détester parce qu'elle est venue et que depuis je meurs. Mais je la prends dans mes bras et elle est belle, innocente, sans défense, fragile. Alors je me mets à pleurer en la serrant contre moi. Il faudrait que nous mourrions toutes les deux, instantanément.

Lundi matin, j'arrive au bureau en chantant :

> Mon estomac se creuse,
> Oui, mais je suis heureuse...

Je me suis trouvé un petit air joyeux et je chante tout en m'asseyant à mon pupitre. Jacqueline et Claudette sont là, bien sûr, puisque je suis en retard, et elles me regardent, les mains immobiles sur le clavier de leur machine à écrire, les yeux écarquillés. Puis elles pouffent de rire toutes les deux. Je reprends quand même mon petit refrain, têtue, accrochée à mon idée. Je n'ai qu'une façon de me sauver, c'est de m'ancrer à cette conviction que je suis heureuse, malgré tout !

— Dis donc Lucie, tu te prépares à entrer à l'Opéra du Québec ?

— Ou ben tu veux devenir chansonnier, comme Pauline Julien...

Elles se moquent de moi sans pitié... Que peut-on attendre de deux filles qui sont le produit authentique d'une société qui n'a plus d'âme, qui a la charpente et

le visage d'une usine ? La chaîne ! Numéro ! Maillon !
Je cherche un arbre, un brin d'herbe ou un mouton
blanc sur l'océan. Voilà ce que j'ai perdu. Et parce que
je le sais, parce que j'en suis consciente, je vais passer
pour folle !

Jack me fait venir à son bureau. Au premier coup
d'œil je vois qu'il n'est plus le même. Il n'est plus le
bon Jack qui me comprenait, tâchait de m'aider. Il a
l'air gêné, plein de componction. C'est moi qui le gêne.
Cette évidence me saute aux yeux tout à coup. Je suis
la chose qui ne cadre plus avec le reste, le rouage qui
grince.

— Comment ça va ma chère Lucie ? Comment va ta
fille ?

Il se jette sur Nathalie pour faire diversion.

— Nathalie va très bien... et moi aussi.

— Bravo, bravo, bravo... Veux-tu un café ?

L'éternel café ! Je l'accepte pour ne pas avoir à payer
ces quelques calories dont j'ai un besoin grandissant,
et nous voilà face à face. Jack tourne autour du pot. Il a
quelque chose de désagréable à me dire, je le sens bien.
Qu'est-ce que c'était, au juste, ce que j'appelais sa bonté,
autrefois ? Quand on est bon, on est bon partout et
toujours... Mais Jack-le-chef-de-bureau fait partie de la
machine. Il n'est plus un homme. Fatiguée de le voir
« hésiter » en parlant d'autres choses, de tout et de rien,
je lui demande à brûle-pourpoint :

— Tu veux me mettre à la porte ?

Il rougit, bégaie :

— Moi ! Mais non... Mais non ! Voyons ! Qu'est-ce que
tu penses ! Qu'est-ce que tu vas chercher là ? Non... J'ai
tout simplement un autre poste à t'offrir... Tu vois que
je suis loin de vouloir te congédier !

Le coup classique ! La tablette ! Impossible d'y échapper. Le plus étrange, c'est que les employeurs s'ima-

ginent que si on présente bien les choses au « numéro » en question, le numéro qui grince dans l'engrenage, celui-ci accepte le changement. Il « comprend »... « Il a compris et maintenant il fait très bien son petit travail », répètent les directeurs qui ont besoin de se donner bonne conscience.

— Jack...

Mais je m'arrête là, parce que l'humiliation m'a frappée en plein cœur, de sorte que je suis comme paralysée par la douleur. Je descends, je roule, je dégringole vers le fond du précipice, et le pire, c'est que je suis consciente, affreusement consciente de chaque parcelle d'espace parcouru... vers le bas ! A chaque instant cette descente vertigineuse frappe à mon cerveau, comme si j'étais empalée par la tête...

Voilà. Maintenant je classe des papiers, assise au fond de la grande pièce où se trouvent tous les pupitres des secrétaires. Le matin quand j'arrive, je vois une fille de vingt-cinq ans assise à ma place. Elle se regarde dans un petit miroir, vérifie sa coiffure, son rouge à lèvres, ses faux cils, ajuste une mèche de cheveux, fait le tour de ses ongles avec une petite lime d'émeri, et elle se met au travail. Elle est fraîche de peau, plutôt jeune, mais elle a l'air faux. Elle joue le rôle d'une arriviste qui vient d'avoir une promotion, qui se prépare à faire une belle carrière dans les relations publiques. (Ma carrière !) Quand elle vous regarde, elle a l'air de dire : « Ma chère, dans cinq ans si je veux, je peux être déléguée d'ambassade dans n'importe quel pays du monde... » Et cela veut dire : « Je te chie sur la tête, pauvre conne ! »

Comme tous ceux qui sont dans mon cas, assis sur la tablette, je « comprends ». C'est-à-dire que j'accepte parce que j'ai besoin d'un salaire. Mais j'ai seulement trente ans, au lieu de cinquante-cinq ou soixante. Alors il faut que je m'accroche de plus en plus à mon idée fixe : le bonheur à tout prix : je chante de plus en plus fort :

Mon estomac se creuse,
Oui, mais je suis heureuse...

Et le mois d'octobre est revenu, avec le souvenir des événements. Il paraît qu'on a peur d'une nouvelle flambée de violence, mais que cette fois on est prêt à toute éventualité. C'est en forgeant qu'on devient forgeron ! Grâce à l'explosion de l'automne dernier, la police est maintenant plus forte que jamais. Elle a atteint l'âge adulte... Vive le progrès !

J'ai rentré la chaise de jardin qui était sur mon balcon, on pose les doubles fenêtres parce que les feuilles se sont raidies sous les premières gelées, et les oiseaux s'en vont d'une aile pressée, pourchassés par le froid que le nord souffle vers nous.

Je n'existe plus. Le soir, j'entends la rue gronder, quand je rentre chez moi. C'est le symbole du monde qui avance. Un bruissement incessant qui signifie qu'on fabrique, qu'on mange, qu'on avance, qu'on construit, qu'on détruit... Mais je ne suis plus au cœur de ce mouvement.

Nécessité de faire une fois de plus le tour de moi-même. L'année dernière, à pareille date, je me promenais avec Nicole sur la montagne, enceinte de trois semaines environ, et je me souviens de lui avoir montré un écureuil en lui disant :

— Aime-le.

J'avais l'impression de lui dire une chose très importante. J'étais convaincue de lui révéler le seul moyen de remplir sa vie. Une belle vie... Puis elle m'a parlé du vide qu'elle sentait en elle, autour d'elle, partout. Face à ce vide, elle se sentait dépourvue. Je la plaignais parce que moi je remplissais ma vie de tout ce que je voyais, et en contre-courant, comme dans une mer profonde, la vie sortait de moi par tous les pores de ma peau.

Est-ce que je me mentais à moi-même ? Est-ce que toutes les jouissances dont j'étais capable étaient irréelles ? Tout ce que je voyais était faux, comme un décor de théâtre ! Et les rires que j'entends autour de moi sont des rires de comédiens ! Cette idée me donne les sueurs froides...

Pourtant, quand je faisais l'amour, mon plaisir était réel ! « Pas si sûr », réplique la voix de la détraquée qui est en moi. Nous avons tellement besoin du plaisir, à certains moments, que nous pouvons bien nous auto-suggestionner à son sujet... Depuis combien de temps ai-je fait l'amour ? Je ne sais plus. Je crois que la dernière fois, c'est quand j'ai obligé le pauvre Jacques à rester avec moi, le soir où j'ai appris qu'il ne m'aimait pas... Non, une fois encore par la suite. Il est venu seulement pour ça, je le savais, mais j'ai accepté quand même, assoiffée... Je suis folle ! Si je baisais, tout simplement, je me sentirais mieux. Mais on ne me fait plus la cour ! Je ne vois personne et je suis peut-être devenue laide ? Je cours à la salle de bains, à trois heures du matin. L'heure à laquelle, il y a un an, des tas de gens ne dormaient pas parce qu'il y avait la police, des hommes séquestrés, des prisonniers, des fouilles. Je mêle tout... Mais comment échapper à tous ceux qui sont à la barre du bateau sur lequel je suis embarquée ? Bon, je suis devant la glace, et qu'est-ce que je vois ? Une Lucie que je ne connais pas ! Des cheveux blancs qui pointent ! Ils se sont frayés un chemin à travers ma chevelure ébouriffée et ils ont l'air de rire, sarcastiques... Mes yeux ! Je ne peux plus compter les pattes d'oie qui s'entremêlent jusqu'à la croisée des paupières, tel un immense réseau ferroviaire qui dirige toutes ses lignes vers une seule gare. Et c'est à moi, ce cerne qui s'élargit, se gonfle, sous mon œil qui semble de plus en plus hypnotisé par une scène d'horreur. Incroyable ! Ma peau se flétrit à vue d'œil. J'enlève ma robe de nuit... Catastrophe ! J'étouffe un cri, puis je m'assieds sur le couvercle de la toilette pour pleurer. En quelques mois la fermeté de ma chair s'en est allée, cette chair dont j'étais si fière. Flasques, mes seins tombent, épuisés, vidés de leur substance, inutiles... Et mon ventre s'avachit, se laisse parcourir par tout un fourmillement de plis qui le ravinent. Mon ventre est une vieille pomme de terre qui a passé l'hiver sous la neige. Qui pourrait bien vouloir de ce corps, maintenant ?

Pendant toutes ces semaines je n'ai pas pensé à me regarder. Ou si je l'ai fait, c'était sans porter vraiment attention, aveuglée que j'étais par la certitude de ma jeunesse, de ma fraîcheur. Maintenant je vois... Je me vois vraiment, comme je vois peut-être vraiment ce qui m'entoure ?

Il faut que je sorte, que j'aille prendre l'air, n'importe quoi, mais je ne peux pas rester là une minute de plus. Par-dessus ma robe de nuit, j'enfile mon manteau et me voilà dans la rue, à trois heures du matin. La noirceur est trouée par les cônes lumineux des rares lampadaires, et quand je passe dans les zones d'ombre, il me semble que je frôle la vérité. C'est là, dans le noir, que se cache la vérité, et non pas dans la lumière, qui ment comme tout ce qui est officiel. Mais ce calme est sinistre et je frappe aussi fort que possible avec le talon de mes sandales sur le ciment du trottoir, pour réveiller la conscience des dormeurs. Non, pour avoir un compagnon... Le chant rythmé de mes pas est un compagnon fidèle... attaché à mes pieds ! La fraîcheur de la nuit me fait du bien. Ici, je sens mieux la présence des autres, de mes voisins qui dorment, se reposent, les vaches, alors que moi je me tue à faire le tour de moi-même !

Me voilà presque arrivée à la rue Côte-des-Neiges, où passe une voiture de temps en temps. Je vais tourner à droite, vers la montagne. Ici il fait plus clair. Une voiture passe rapidement, klaxonne, des voix me crient au passage mais je ne comprends pas ce qu'on me dit... Un peu plus loin, une autre voiture... Rien. Elle passe en me respectant. Des gens qui savent que j'ai besoin de prendre l'air... Même à cette heure-ci. Puis tout à coup je m'arrête. Nathalie ! J'ai laissé Nathalie à la maison, seule ! Alors je rebrousse chemin en courant. Les pans de mon manteau volent au vent, ma chemise de nuit s'entrouvre, le froid me fouette les cuisses mais je cours, affolée. Juste au moment où je vais m'engager dans la rue Ridgwood, une voiture de police me croise, s'arrête, un policier en sort et :

— Où est-ce que vous allez comme ça ?

Et un autre policier crie de la voiture :

— Qu'est-ce que vous faites dans le chemin amanchée de même ?

— J'm'en vais chez moi... J'suis en retard, c'est pour ça que j'cours...

— Embarquez donc, on va vous reconduire.

— Vous êtes bien gentils.

Celui qui n'est pas au volant s'assied à mes côtés, sur la banquette arrière et il m'examine, l'air déprimé. Il braque sa lanterne sur mes genoux, puis sur mes cuisses, parce que tout est visible. Je ne me soucie pas des pans de mon manteau qui tombent. Grâce à eux, je saurai peut-être si je suis encore belle.

— Est-ce que ça vous plaît ?

Le policier éteint sa lanterne et, pour toute réponse, dit au chauffeur :

— On devrait p'tète ben aller au poste...

— Ou ben à l'hôpital...

Je crie :

— Non ! J'suis pas malade ! J'suis pas malade ! J'avais besoin de prendre l'air, c'est tout ! Mais j'ai oublié mon enfant à l'appartement...

— Pis vous avez un enfant à'maison à part de ça ! Savez-vous que vous êtes dangereuse ?

Je me conduis comme une folle, donc j'ai l'air d'une folle... Mais je suis toujours lucide, plus lucide que jamais, et il faut supporter le jugement des autres, ce jugement que je vois dans leurs yeux... même les yeux de ces deux hommes qui ne sont pas des lumières.

— Savez-vous votre adresse, au moins ?

— Evidemment ! J'suis pas folle !

— On va aller voir ça...

La voiture démarre et monte la rue tranquille, lentement, solennellement, comme si j'étais un homme d'Etat en train de se pavaner au milieu de la foule. Je suis en limousine et le peuple me regarde passer, jaloux de mon succès. Les voitures officielles donnent immanquablement un ton pompeux à ceux qui les utilisent, si bien qu'un homme d'Etat prend toujours des airs de conquérant, sans trop s'en rendre compte.

— Si ça vous fait rien, j'vas aller avec vous...

— Pas la peine... Merci beaucoup pour le transport gratis.

— Pas de quoi pour le transport, mais j'vas quand même aller voir si vot'enfant est correct... Attends-moé deux minutes, Gustave.

Inutile de protester, je le comprends au ton qu'il emploie. D'ailleurs, il n'est pas armé seulement d'une grosse lanterne de poche. Il a aussi un revolver... Si je lui faisais du café ? Si je me déshabillais pour lui montrer ce que je suis devenue en quelques mois ? Ridicule... Miraculeusement, je n'ai pas oublié mes clés. Tout en ouvrant la porte, je me lance des imprécations, intérieurement. Je ne suis plus une mère convenable !

L'agent de police me suit jusque dans la chambre où Nathalie dort profondément. Il est en retrait, derrière mon dos, lourd de son costume et de ses bottes.

— C'est vot'bébé ?

— Oui... Elle est belle, hein ?

— Ouais...

Il retourne au salon, gauchement, mal à l'aise, pendant que je ferme la porte de la chambre. Assez curieusement, je n'ai pas hâte qu'il s'en aille, même si je n'ai jamais eu de sympathie pour la police. Quelle bêtise d'avoir besoin de quelqu'un à ce point ! Il se tourne vers moi et tout à coup je le reconnais ! C'est lui qui est venu perquisitionner ici l'hiver dernier !

— J'vous connais ! Vous êtes venu ici dans le temps des mesures de guerre.

Il commence par nier, évidemment, parce que les perquisitions, tout le monde voudrait bien qu'elles n'aient jamais eu lieu, même ceux qui les ont faites...

— Me souviens pas...

— Oui, oui, c'est vous ! Dans l'autre chambre, là, y avait un gars et une fille qui faisaient l'amour...

Il se met à rire ; je ris aussi.

— Oui, c'est ça... On est venu ici... 'est partie, vot' copine ?

— Oui... Elle s'est suicidée...

Il retrouve tout de suite son masque de fonctionnaire en devoir : impassible. Cela dure plusieurs secondes, peut-être une minute. Il est debout devant moi et il me regarde dans les yeux, l'œil froid, sans sourciller. Puis je sens chez lui un malaise. Il baisse les yeux, regarde mes jambes. Est-ce que je l'attire ? Enfin il marche jusqu'à la porte, hésite, se retourne et vient s'asseoir sans demander la permission, probablement parce qu'il n'en a pas l'habitude.

— Qu'est-ce que vous faisiez, dehors en pleine nuit, habillée comme ça ?

— Je vous l'ai dit, j'avais besoin de prendre l'air...

Evidemment, ma réponse ne le convainc que d'une chose : je suis malade. Il soupire, l'air affligé.

— C'est vot'médecin qui vous prescrit des promenades en pleine nuit, à moitié nue ?

Je ne réponds pas, tout simplement parce que sa bonté m'embête. Il se conduit comme un gentilhomme et ça me gêne. Un policier doit être brutal, autrement on ne sait pas comment se comporter avec lui. De toute évidence, il voudrait m'aider. Dans cinq minutes il va me proposer le psychiatre, comme tout le monde, mais qu'est-ce que je peux faire d'un psychiatre ?

— Ecoutez... J'aimerais vous aider...

— J'demande rien... J'ai du travail, un enfant, tout va bien...

— Vous avez p'tète du travail mais y a queuq'chose qui va pas, c'est çartain.

— Est-ce que j'ai le droit, oui ou non, de me promener sur le trottoir, à n'importe quelle heure du jour ou de la nuit ?

Ma question est si simple, si naturelle en pareilles circonstances, que le voilà décontenancé. Après une longue hésitation :

— Heu... Oui, ben sûr, vous avez le droit... C'est pas ça...

Il se gratte le crâne après avoir soulevé sa casquette, ayant l'air de penser : « Dommage que je sois pas plus intelligent, je saurais bien quoi lui répondre... » Puis il trouve une porte de sortie :

— A part de ça si vous prenez ça de même, là, sur le droit, c'est pas compliqué, j'peux ben vous arrêter pour indécence... Ecoutez, tout ce que je veux c'est vous aider, mais si vous voulez pas, arrangez-vous... La ville est pleine de craqués qui se promènent la nuit dans les rues, ça finit par vous faire lever le cœur... Moé c'est pas mon problème... La prochaine fois, on vous ramassera sur le trottoir à moitié gelée, ou ben soûle.

Dégoûté, il se lève et marche vers la porte d'un pas résolu. Voilà comment il fallait faire pour me plaire ! Il parle comme un policier a l'habitude de parler. Je le suis jusqu'à la porte et au moment où il va ouvrir, je pose une main sur son épaule. Une main chaude...

— Une minute... Merci beaucoup de m'avoir ramenée à la maison, c'était très gentil... Mais regardez-moi, dites-moi si je suis encore belle...

J'ouvre ma chemise de nuit et me voilà nue devant lui. Je le regarde d'abord avec un petit sourire, puis je deviens très sérieuse, anxieuse. S'il se détourne sans avoir envie de moi, je vais avoir envie de mourir. S'il me touche, s'il veut me prendre, je vais accepter avec plaisir. Large d'épaules, bête comme ses pieds, il est mâle dans toute sa splendeur de mâle. Qu'il me prenne donc ! C'est tout ce qu'il peut faire de moi !

Il commence par sursauter, grimacer, papilloter des yeux. « Une folle ! Encore une folle... » Voilà ce que je lis sur son front, dans ses yeux fixés sur mes seins, mon ventre, mes cuisses... Puis une lueur passe dans son regard : « J'pourrais me l'envoyer, la fourrer dret ben là... Un coup sec, ni vu ni connu salut bonjour... »

Sa main gauche est libre. Dans l'autre il tient la grosse lanterne qu'il a braquée sur mes cuisses tout à l'heure. Je prends sa main qui est chaude et la place sur mon ventre. Il se laisse faire. Je frémis, je souris, il hésite, retire sa main tout en poussant un énorme soupir qui sent l'embarras.

— J'peux pas laisser l'autre m'attendre trop longtemps à'porte.

— Vous me trouvez trop moche ?

— Ben non, c'est pas ça...

Au même instant me revient en mémoire que je suis en train de faire exactement ce que j'ai fait il y a quelques mois, alors que j'étais en pleine santé, entre le départ de Julien et l'arrivée de Jacques. J'ai « levé » un homme, nous avons fait l'amour et le lendemain je me sentais bien... Alors ce sera peut-être la même chose... Mais je suis là, offerte comme une imbécile, toute nue, et il me regarde sans oser, le pauvre con ! Cette situation devient insupportable, d'un grotesque intolérable...

— Dites donc, vous laissez toujours passer les occasions comme ça, dans votre métier ? Quand le bandit se rend, vous refusez de le prendre ?

Il grogne, finit par poser la lanterne, détache sa lourde ceinture qui tombe sur le plancher dur, et le revolver fait un bruit d'enfer en frappant le parquet. Son costume de policier est lourd, épais, sanglé. Il faut des heures pour le débarrasser de toute cette protection, mais il se dépêche et enfin le voilà nu, blanc de peau et velu. Il se jette sur moi. Je l'entraîne sur le divan où, avec toute la maladresse imaginable, il essaie de me prendre. Mais je suis desséchée par toutes ces semaines de chasteté, et je n'arrive pas à désirer cette masse de chair, cette montagne de muscles qui roule sur moi. Il faut que je le contrôle, le dirige, le retienne, le redresse. Il faut que j'appelle de toutes mes forces les réserves de liquide qui sont en moi, quelque part. Où est la mer ? Il me fait mal, je crie, il croit que c'est de plaisir, le voilà enragé et il gueule comme un Grec que je suis une putain, rien qu'une putain comme toutes les maudites femelles du monde. Enfin le voilà en moi et je le laisse aller, tout entière à étudier le geste que je suis en train de poser...

A quatre heures du matin, il attache sa ceinture de

cuir, symbole de sa puissance, j'esquisse un sourire pendant qu'il me fait un petit salut de la main.

— Salut... Si jamais t'as besoin de moé, gêne-toé pas.

— Merci.

— Donnant donnant, tu vois c'que j'veux dire...

— D'accord...

Il tire la porte derrière lui avec assurance, je ferme à clé puis je tombe dans mon lit, épuisée.

Au bureau, j'ai tout le temps qu'il faut pour penser à mes affaires, maintenant que j'ai eu ma « promotion »... Alors le remords me travaille. Cette nuit de « délire » ne me quitte plus. Je me suis conduite comme une imbécile. D'abord, les hommes sont convaincus que tout ce qu'une femme veut, c'est un coup de pénis de temps en temps. Le policier en était convaincu plus que tout autre mâle et j'ai agi comme si c'était absolument vrai ! En plus de me prendre pour une folle, il me considère maintenant comme une fille plus que « facile ». Il sait mon adresse, donc il peut revenir n'importe quand ! Jolie perspective...

Ensuite, tout ce que je lui demandais, c'était si j'étais encore belle. Je me souviens maintenant qu'il n'a pas répondu à cette question. Il a même hésité avant de me toucher... Il ne m'a pas touchée ! C'est moi qui ai pris sa main pour la poser sur mon ventre. Voilà où j'en suis : je n'ai plus d'amant, je n'ai pas fait l'amour depuis des mois, et pour le faire il faut que je séduise péniblement un policier qui m'a ramassée dans la rue, courant comme une aliénée... De mieux en mieux...

Enfin il y a plus troublant : Nicole ! Le policier m'a fait penser à Nicole, qui me revient dans la caboche une fois de plus. Nicole est morte par ma faute, parce qu'elle m'aimait. (Je ne doute plus de cela ! ?) Est-ce que je ne suis pas lesbienne moi aussi, sans le savoir ? Si j'ai voulu me faire prendre par cet homme sans intérêt, la nuit dernière, est-ce que ce n'est pas pour me prouver à moi-même que je suis normale, alors que je ne le suis pas ? Ce qui est étrange, c'est de constater que ces quelques onces de doute suffisent à enterrer les années de plaisir que j'ai goûtées à faire l'amour avec des hommes... A quoi sert donc ma lucidité ? Je reviens sans cesse à de petites scènes vécues avec Nicole. Est-ce que je ne la prenais pas souvent dans mes bras, un peu « chaudement » ? Parfois j'allais la border... Quand nous avions bu, nous nous embrassions longuement, sur les joues bien sûr, mais nous nous tenions enlacées... Alors ?

Alors je dérive de plus en plus. Je me vois descendant dans le vide, au ralenti, et chaque événement est un choc contre une paroi imaginaire qui me fait rebondir encore plus loin...

Plus loin dans le temps, plus bas dans l'espace psychologique, et je téléphone à C.K.A.C. une fois de plus pour offrir ma télévision. Le temps des fêtes est revenu ! Les cloches sonnent, la ville s'énerve, il faut faire des cadeaux, il faut se dépêcher. Il faut se dépêcher à dépenser. Abondance ! Nous roulons sur les biens de consommation et je maigris de plus en plus. La faim me tisonne l'estomac aussi fort que certaines obsessions m'aiguillonnent l'imagination, mais je dois manger plutôt mal... Si je déménageais ? Oui, j'y ai pensé, mais il faudrait que j'emprunte pour payer le transport, et j'ai déjà une dette à rembourser. Enfin le téléphone sonne et une bonne femme vient chercher ma télévision.

Me voilà tout à coup avec cent cinquante dollars en main. Qu'est-ce que je fais ? Est-ce que ce montant pourrait payer mon déménagement. Je téléphone à une compagnie de transport. On me rit au nez. D'ailleurs, je n'ai pas eu le temps de choisir un autre quartier, ni de trouver un autre appartement, moins cher. Et puis

je n'irai pas vivre dans un trou ! Qu'est-ce que je fais ?
Demain, c'est le vingt-quatre décembre et je suis invitée
chez mes parents, comme d'habitude. Je ne les ai pas
vus depuis la naissance de Nathalie. Il faudrait que
j'achète un cadeau à ma mère et à ma sœur. D'accord...

Il y a des mois que je n'ai pas pris une goutte d'alcool,
parce que je n'en ai pas les moyens. Commençons donc
par une belle grosse bouteille de gin. Je dis que je n'ai
pas bu, c'est un peu faux parce que hier il y a eu la party
du bureau. C'est là que j'ai absorbé le divin poison pour
la première fois depuis la naissance de Nathalie... Naturellement, je me suis soûlée en quelques minutes et j'ai
fait ce qu'il fallait faire : j'ai insulté tout le monde, y
compris Jack :

— Tu m'as couillonnée, comme n'importe quel chef
d'entreprise qui a pas de cœur, après m'avoir fait croire
pendant des années que tu étais de mon bord !

— Lucie, dis pas de bêtises... Viens dans mon
bureau...

Il m'a traînée dans son bureau en m'arrachant le
bras. Je crie :

— Tu couches avec la grande blondasse qui a pris ma
place, hein ! Avec moi, t'as jamais osé... T'aurais pu me
le demander, j'aurais accepté avec plaisir, même si t'es
rien qu'un Anglais...

— Lucie, tu dis des grossièretés pour rien. Tu devrais
rentrer chez toi...

— J'suis une employée de cette compagnie comme
tous les autres ici, j'ai le droit de rester tant que j'vou-
drai ! Essaie pas de me faire partir pour me jouer dans
le dos avec tes petites protégées... Tout ce que la compagnie nous donne dans l'année, c'est cette p'tite party-là,
je le prends !

— Lucie...

— Jack, tu m'aimes plus !

Je me suis mise à pleurer, à morver, à renifler, à me barbouiller le visage de mascarat.

— Lucie, pourquoi tu te fais pas soigner par un... par un psychiatre ?

— J'ai pas besoin d'un psychiatre ! J'ai besoin qu'on m'aime ! Ah c'est trop con ! Salut !

Je suis partie là-dessus, comme une reine de mélodrame, et en traversant la grande salle de conférence j'ai pu entendre les rires moqueurs de toutes les autres filles... Du moins, il m'a semblé que je les entendais rire de moi. Mais c'est peut-être une illusion. Quand on est névrosé, on s'imagine des tas de choses. Je regrette d'avoir parlé d'amour à Jack. Ce n'était pas du tout ce que je voulais dire. Tout ce que je désirais, c'est que la compagnie me dise, par sa bouche : « Nous avons besoin de vous. » Mais la compagnie n'a besoin de personne. La compagnie n'a besoin de personne. La compagnie a besoin de faire des profits, c'est tout, et pour ce faire, elle n'engage pas des êtres humains. Elle engage des compétences. C'est vieux comme le monde du travail !

Donc je suis sortie pour aller acheter les cadeaux de ma mère et de ma sœur, mais je suis d'abord passée par la Régie des Alcools. Dès que j'ai eu ma bouteille je suis rentrée. « Demain j'aurai toujours le temps... » Et puis j'avais laissé Nathalie chez le concierge, ce qui était une raison de plus pour revenir à la maison au plus tôt...

Maintenant je bois. C'est bon ! J'avais oublié que c'est bon à ce point ! Tout commence par une tendre brûlure à la langue, comme si l'âme de la bouteille voulait nous avertir qu'il y a danger. Mais à peine a-t-on le temps de réfléchir à la prudence que la chaleur descend dans l'estomac. Etrange, cette chaleur descend au lieu de monter ! Puis elle se répand, douce, lénifiante, endormante, et voici que la réalité perd de son poids... C'est là où j'en suis : mon sang se croit plus fort que la réalité tellement il est chaud, et il me gonfle les doigts, les orteils, les cuisses... Finalement il allume mon ventre, me réchauffe l'utérus, me brûle le clitoris. Je me touche, mais au lieu de calmer la douleur, je la fais augmenter. Cercle vicieux...

Nathalie pleure. Si je mettais du gin dans son lait ? Ça lui fermerait peut-être la gueule pour une journée ou deux... Ces pleurs d'enfant, même s'ils sont ceux du mien, me sont insupportables en temps ordinaire. Mais en ce moment je suis dans la phase euphorique de l'ébriété. Elle peut pleurer tant qu'elle voudra, cela ne m'empêchera pas de me reprendre en main, de m'agripper au fil grâce auquel je traverserai le dédale pour déboucher enfin sur le royaume où se cache le bonheur. Nathalie est au creux de mon bras, gentille et imbécile comme tous les enfants de son âge. Je la bourre de purée de légumes, de purée de pommes, puis je lui fais avaler son lait. Bonne nuit ma chérie. Soûle de nourriture, elle s'endort. Tant qu'elle n'aura pas l'âge de raison elle ne verra pas ma détresse. D'Ici là, tout peut arriver...

Détresse ? Quelle détresse ? Je suis heureuse ! J'ai toujours été heureuse ! Je le crie dans mon appartement, mais les quatre murs restent muets. Un autre verre. Le monde tourne, bien huilé. Un vrai ballet... Faisons le tour du propriétaire : je suis Lucie et je possède ce corps qui est le mien ; je possède cette âme... avec tous ses problèmes... Si au moins je pouvais trouver la faille, le petit détail qui m'a fait flancher... Est-ce le suicide de Nicole ? Est-ce la venue de Nathalie ? Est-ce la fatigue ? Est-ce tout simplement que je suis devenue lucide et que j'ai vu la fausseté de tout ce qui m'entoure ? Oui, c'est plutôt cela. Jacques m'a révélé, sans le savoir, que je vivais dans la fausseté. Me voilà condamnée à voir les choses telles qu'elles sont et à passer pour une aliénée...

Je bois, je bois, je bois. Puis le malaise vient. Il faut que je vomisse. Ensuite je tombe sur mon lit pour m'endormir aussitôt.

J'arrive chez mes parents avec Nathalie dans les bras et un affreux mal de tête. En ouvrant la porte, ma mère crie :

— Mon Dieu !

Elle reste là, les mains sur les joues, la bouche ouverte et les yeux pétrifiés par une scène d'horreur.

— Ben quoi ! J'vous fais peur ?

— Mais non, mais non... Entre...

Elle tend les bras pour prendre ma fille.

— Comment va la belle Nathalie ? Mon Dieu que ça change vite !

On s'embrasse :

— Pauv'p'tite fille... Es-tu sûre que tu vas bien ?

— Très bien.

— Mon Dieu que tu sens la boisson, Lucie ! Dis-moi pas que tu bois plus que de raison !

Mon père s'amène, enrubanné dans ses principes, mais quand il me voit son visage tombe :

— T'as maigri, ma fille...

Il m'embrasse, faussement chaleureux, puis il regarde Nathalie d'un œil inquiet.

— Elle est maigre elle aussi... As-tu vu le pédiatre ?

— J'ai pas tellement le temps de courir les hôpitaux, vous savez, et pour avoir un rendez-vous, c'est long... Elle tousse un peu mais c'est pas grave... Un enfant, ça tousse tout le temps...

Le mari de ma sœur arrive avec sa femme et leurs enfants. Pour le réveillon ils se sont composés la tête de circonstance, mais je sens bien que leur vie n'est

206

plus qu'une suite de grincements. Eux aussi, en me voyant, montrent de l'étonnement.

— Mais qu'est-ce que j'ai, voulez-vous bien me le dire ?

Moment de gêne. On commence par se détourner, mais on finit par me redire que j'ai beaucoup maigri, c'est tout. Je n'aurais jamais dû venir ici ! Ils vont me faire replonger dans la dépression... Quand je me suis levée ce matin, j'étais bien décidée à repartir du bon pied, même si j'avais mal à la tête. Hier j'ai bu et c'est une bêtise. J'ai bu parce que j'étais « malade »... Oui, il faut bien que je l'admette, j'étais en état de névrose. (A quel degré ? C'est ça qui est capital !) Maintenant je suis décidée à remonter la pente. Mais eux, avec leur façon de me regarder, avec leurs questions, avec leurs allusions, ils vont me faire repartir vers le bas...

— Est-ce qu'on peut t'offrir quelque chose ? Ça te remettrait peut-être en forme...

— Oui c'est ça, enchaîne ma mère, c'est ça qu'on trouve, on trouve que t'as l'air bien fatiguée, c'est tout... Pauv'tite fille, t'as changé, qu'est-ce que tu veux que j'te dise de plus ? Prends un bon gin ça va te faire du bien... Et puis c'est pas Noël tous les jours...

— As-tu commencé à travailler tout de suite après ton accouchement ou bien si t'as eu un mois de congé ?

— Avec du tonic, oui merci...

— Et puis, le père de Nathalie, toujours pas de nouvelles ?

— Et Nicole, ta copine, est-ce qu'elle est gentille pour Nathalie ? Ça doit être pratique pour toi quand même d'avoir une grande fille comme elle dans l'appartement...

— Y a-t-il un père à l'horizon ? Tu nous parles jamais de tes amoureux ?

— J'pense que j'devrais arroser ma dinde une dernière fois... Pour le réveillon, j'ai jamais pu m'imaginer qu'on pouvait manger autre chose que de la dinde.

— Ah c'est bon, un bon scotch en famille !

Le mari de ma sœur se donne des airs d'homme heureux. Il se cale dans un lourd fauteuil et allonge les jambes, tenant son verre sur son ventre, à deux mains. Mais il a un sourire de croque-mort. Hier, j'ai tellement bu que je n'ai pas encore fini d'éliminer l'alcool que j'ai dans le sang. Dès les premières gorgées avalées, je sens l'ébriété, la divine ébriété monter en moi, en même temps que la chaleur envahit mes entrailles. Nous sommes seulement cinq adultes et trois enfants, mais la conversation est décousue comme si nous étions une quinzaine à papoter. Personne n'écoute ce que dit l'autre, de sorte que nous pataugeons dans l'incohérence. Il a été question de Nicole tout à l'heure et je n'ai pas répondu... Je le dirai au moment de dépecer la dinde...

— Qu'est-ce que vous avez comme syndicat, à votre compagnie ? me demande le mari de ma sœur, qui voudrait faire partir la discussion sur quelque chose d'important.

— Moi j'suis pas syndiquée, mais au niveau de ce qu'on appelle les travailleurs, je crois que c'est la C.S.N.

— Ah bon ! La C.S.N. Tu sais que ça va barder, hein... Les négociations avec la Fonction publique et le Front commun des centrales syndicales, ça va barder. C'est l'impasse ma p'tite vieille...

— J'suis pas au courant... J'écoute plus la radio, j'lis plus les journaux, pis j'ai vendu ma télévision...

— Voyons Lucie, toi qui prenais toujours parti, qui connaissais tout, qui discutais ferme...

— Une cuisse, Lucie, ou de la poitrine ?

— Une cuisse, comme d'habitude (je suis ivre), j'aime les cuisses fortes comme les miennes, légères...

— Lucie !

Mon père me lance le même regard qu'autrefois... Je me vois soudain toute petite, âgée de huit ou dix ans. Je viens de lui « répondre » et il me crie : « Lucie ! On parle pas comme ça à son père !... » On lui parle comment, à son père, alors ? On lui écrit des lettres ou bien on lui téléphone ?... « Lucie ! Lucie ! » Et les fesses me chauffent parce que la claque est venue si rapidement que je n'ai pas eu le temps de l'éviter... Je n'ai jamais pu accepter le monde tel que le dessinait mon père. Donc je n'ai jamais accepté mon père... (Mais je n'ai jamais eu envie de tuer mon père, je n'ai jamais eu envie de coucher avec lui non plus, ni avec ma mère et je jure que je n'ai jamais été jalouse du pénis des petits garçons... Alors, docteur, vous pouvez bien jouer les Freud en vacances et vous amuser avec ces données si ça vous chante. Je ne crois pas à la psychanalyse. Je suis malade, probablement, mais je me sauverai moi-même...)

— J'aime les cuisses fortes, légères...

— Lucie !

Je ris aux éclats. Mon père me regarde sévèrement, puis regarde son gendre qui regarde son fils avec appréhension, son fils qui commence à comprendre.

— Lucie, fais attention. On a des enfants...

— Moi aussi j'ai un enfant ! Qu'est-ce que tu racontes là ! Faut pas scandaliser la belle petite âme du petit garçon ? C'est ça, encadre-le, enveloppe-le dans le plastique, fais-en une réplique parfaite de son cher petit papa. Une gloire nationale !

Ma mère, en pareilles circonstances, cherche toujours la phrase « opportune » pour faire diversion :

— Hector (j'avais oublié que c'était le nom du mari de ma sœur), tu voudrais pas encore un peu de ma bonne sauce sur ta dinde ?

— Merci, non... Quand même, un enfant, c'est un enfant...

— Grande vérité... Merci de me l'apprendre... Je suis une mauvaise mère... Une mauvaise fille mère, et ma fille sera probablement une putain... J'voudrais encore du vin.

— Voyons, Lucie !

— Eh oui, j'ai toujours été une mauvaise fille ; pas étonnant que je sois une mauvaise fille mère.

Mon père se tait, enfermé dans sa rigidité. Quel a bien pu être son problème à lui ? Le sexe ? Ma mère était-elle frigide ? Ou bien était-elle trop lubrique ? Mon père éprouve-t-il un amour incestueux pour l'une ou l'autre de ses filles ?

— Pourquoi as-tu vendu ta télévision, Lucie ?

— Parce que j'avais besoin d'argent, c'est très simple... Vous avez vu ? Je porte la même robe que l'année dernière, avec une tache en plus, juste ici sur le sein gauche.

Je montre la tache avec impudence. Nous nous enfonçons dans le malaise comme dans la mélasse.

— Si tu voulais on pourrait t'aider, dit mon père sans me regarder...

— Puis j'ai oublié de vous dire, Nicole s'est suicidée, justement le jour où je suis revenue à la maison, après l'accouchement.

— Qu'est-ce que ça veut dire, maman, se suicider ? demande la petite fille de ma sœur.

— Laisse faire, je t'expliquerai ça un autre jour, ma chérie.

— Mais non ! Cette enfant-là a le droit de savoir tout de suite.

— Laisse-moi élever mes enfants comme je l'entends !

— Encore un peu de pommes de terre ?

210

— Mais non, un peu de suicide pour l'enfant de ma sœur.

— Lucie, tu me décourages !

Je mange et je bois autant que je le peux, parce que ce repas ne me coûte rien. Profitons-en ! Nathalie se réveille et se met à pleurer, enfermée dans une chambre au deuxième étage de la maison.

— C'est la p'tite, dit ma mère.

— Oui, laissez-la pleurer un peu, ça va lui faire du bien... Est-ce qu'elle pleure comme je pleurais quand j'étais petite, hein maman ?

— Oui, elle te ressemble beaucoup.

— Pourquoi Nicole s'est-elle... ? demande le mari de ma sœur, qui cherche le moyen de nous lancer sur une conversation d'adultes, mais il choisit une voie bien périlleuse !

— J'aimerais mieux qu'on parle pas de ça, dit ma sœur.

— Lucie, j'vais aller chercher Nathalie, dit ma mère.

— Non, non, non ! J'irai tantôt, quand j'aurai fini. Il faut que je mange encore un peu, même si je risque d'être malade... Nicole avait des problèmes d'ordre sexuel, je pense... J'ai l'impression qu'elle a fait ça pour m'attacher à elle éternellement...

Tout le monde adulte s'arrête de manger et me regarde, l'œil ouvert sur l'épouvante. Je ris.

— Oui, je crois que c'est ça... Maintenant je pense à elle tous les jours. Ça n'a pas raté...

Une bouchée, trois gorgées de vin et j'enchaîne, puisque tout le monde reste muet. Il y a seulement les pleurs de Nathalie qui viennent d'en haut, mais maman n'ose pas aller la chercher parce que je ne le veux pas.

— Oui, Nicole m'aimait d'amour, comme on dit, et moi aussi je l'aimais... C'était une lesbienne refoulée...

C'est pour ça qu'elle faisait si souvent l'amour avec des hommes, pour se prouver qu'elle était normale...

— Lucie, laisse donc tomber ça, toutes ces insanités-là, pis vis donc comme le monde normal, dit mon père.

— Pauv'tite fille...

J'essaie d'avaler ce que vient de me dire mon père, qui me parle de « normal »... Ça ne passe pas.

— C'est vous qui allez m'expliquer ce qui est normal et ce qui ne l'est pas !

— Je pourrais très bien le faire, en effet...

— Allez-y ! Expliquez-moi ça ; faites briller votre jugement d'homme sain d'esprit... Eblouissez-moi ! Ça va être facile puisque je suis à moitié folle.

— Lucie, va donc chercher ta fille pour lui donner à manger, au lieu de dire des bêtises !

— Toi, ma chère sœur, tu devrais écouter ton père. Il va parler, il va nous dire ce qui est normal, sain, naturel, donc louable, en te citant en exemple une fois de plus... Allez-y papa, même au risque de gêner ma sœur.

Mon père est rouge de colère et de quelque chose d'autre que je n'arrive pas à définir exactement. Il a l'air de se dire : « En être rendu là ! Avoir deux grandes filles dans la trentaine et en être là, pris entre elles, l'une adorable et l'autre qui me torture, parce qu'elle vit dans un monde de fous... Puis elle a perdu la raison, maintenant c'est certain... Pauvre enfant... Si seulement je pouvais ne pas l'avoir mise au monde... » Finalement il ouvre la bouche :

— Lucie, il me semble que tu devrais au moins respecter tes parents... Tu parles devant des enfants, quand même !

— Mais les enfants d'aujourd'hui mûrissent très rapidement... Pis qu'est-ce que vous allez chercher là ! Je vous demande seulement de me dire ce qui est normal.

Je fais honneur à votre jugement. Je vous demande de m'éclairer, moi qui suis dans la mauvaise voie...

— Je te l'ai dit il y a longtemps et tu sais ce que je pense !

— Ma sœur est normale, elle, n'est-ce pas ?

Je sens bien que mon insistance est plus que gênante : elle est insupportable. Je me vois, assise à la table de mes parents, en face de mon père qui est vieux et con ; je m'entends parler et je me trouve choquante, intolérable et ridicule comme une scène réaliste de cinéma où l'on voit le poignard du méchant entrer dans la peau, trancher, s'enfoncer dans la chair saignante... Mais il faut aller jusqu'au bout, une fois pour toutes... Il se peut bien que mon père soit au commencement de ma maladie... Cela expliquerait son malaise en ce moment... L'année dernière à la même date, j'étais assise à la même place, à la même heure, mais j'étais trop « normale » pour faire une scène. Je suis partie. J'ai fui parce que j'étais en santé... Aujourd'hui je me sens comme un pauvre qui n'a rien à perdre... Et leur quiétude est une insulte à mon égard : ils se comportent comme des gens qui sont en possession tranquille de la vérité. Je dis :

— Y a personne au monde qui peut se croire en possession de la vérité.

On me regarde avec un étonnement décuplé : « Elle délire, ma parole... Pauvre Lucie ! »

— Alors, ma sœur est normale, elle, n'est-ce pas ?

Sur le point de pleurer, ma mère tente encore une fois de me faire appliquer les freins :

— Lucie, j't'en prie, cesse de faire la scie, comme ça ! Tu le sais très bien que ta sœur est normale ! Qu'est-ce que c'est que tout ce chamaillage pour rien !

Pauvre maman, elle ne suit pas la conversation, incapable qu'elle est de concevoir autre chose que les préoccupations du ménage quotidien. Mon père l'a bien rangée dans son armoire, dès le début du mariage, et il la fait servir à des tâches précises comme un outil qu'on achète.

— Bon, ma sœur est normale. Quand on est normal, on agit normalement, on fait pas de bêtises, de sorte qu'on est heureux, hein ?

— C'est évident ! dit le mari de ma sœur qui s'essuie la bouche et qui voudrait bien dire quelque chose d'intelligent pour rehausser le niveau de la conversation.

— Alors, ma chère sœur, es-tu heureuse ?

Elle s'arrête de manger et rougit.

— Je vois que tu nages dans le bonheur : un bon mari, des enfants qui font bien leurs petits devoirs et qui vont sagement à l'école. Tout ça est merveilleux...

— Lucie, tu m'agaces avec tes niaiseries ! Laisse-moi tranquille.

— Allons bon ! Le bonheur est une niaiserie maintenant ! Comment se fait-il que le monde normal lui coure après ? Donc tu es heureuse ? Alors ton mari doit être heureux lui aussi, puisque vous ne faites qu'un seul et même être moral ! Hein, es-tu heureux, Hector ?

— Naturellement que j'suis heureux !

— Alors pourquoi es-tu si déprimant à voir ? Pourquoi es-tu si vide, si terne, si nul comme être humain ? Pourquoi t'es-tu laissé embrasser par moi, l'année dernière quand t'es venu me reconduire après le réveillon ? Pourquoi t'es-tu laissé prendre oralement, là, dans la voiture ?

(J'ai posé la dernière question en me rendant compte qu'elle était bête parce que sans rapport avec le reste, mais j'avais envie de faire mal.)

— Maman, qu'est-ce que ça veut dire, « oralement » ?

Gifle, pleurs.

— Lucie, là, ça suffit !

Ma sœur regarde son mari qui est rouge jusqu'au pénis et elle suffoque. En bégayant, le pauvre con finit par dire :

— Heu... Heu... Elle est folle... Elle invente n'importe quoi parce qu'elle est jalouse...

Maman sanglote, renifle, tandis que mon père se lève au bout de la table, olympien :

— Lucie, je regrette, mais je suis ici chez moi et je ne permettrai pas que tu détruises l'harmonie de mon foyer...

Les pleurs de Nathalie redoublent, au deuxième étage, comme si elle sentait qu'elle est couchée sur un volcan.

— Va chercher ta fille et sors d'ici !

Dans sa rigidité et son imbécillité, il est superbe. Je l'imagine à poil, en train de faire l'amour à ma mère. C'est cet homme-là qui s'est penché sur ma mère, qui s'est arc-bouté et qui a poussé, de façon grotesque, sur le mur qui le séparait du plaisir et de la génération ! Plus je le regarde, plus je le trouve laid, obscène, pornographique ! C'est de lui que vient le mal qui me ronge maintenant.

— Et vous, cher papa, vous qui êtes si normal, si tellement comme tout le monde normal, êtes-vous heureux ? Et si vous êtes heureux, avez-vous rendu ma mère heureuse ?

Etouffé par la colère, mon père crie cette chose infiniment ridicule qui éclate au cœur des pontifes offensés :

— Lucie, tais-toi !

Alors il se passe quelque chose de merveilleux. Ma mère lève les yeux vers lui et dit en essuyant une larme :

— Laisse-la faire. Laisse-la parler...

Ma sœur demande à ses enfants d'aller manger leur dessert dans la cuisine et ils s'en vont, inquiets, le cœur gros parce qu'il y a quelque chose qui rôde autour de nous, quelque chose de mystérieux qui sent le malheur.

— Laisse-la parler, continue ma mère, laisse-la dire tout ce qu'elle pense de nous et assis-toi... J'suis maintenant une vieille femme et j'ai seulement soixante ans... J'suis vieille parce que j'suis malheureuse... J'suis malheureuse parce que t'as jamais su me trouver... J'sais pas comment dire ça autrement. J'ai passé ma vie à côté de toi, justement, pas en toi, à côté de toi, ailleurs...

— Voyons !

— Maman !

— Madame !

Tour à tour, mon père, ma sœur et le mari de ma sœur tentent de dire quelque chose pour arrêter maman, mais elle ne les regarde même pas... Elle ne les voit pas, ayant l'œil fixé sur l'intérieur d'elle-même, sur son propre passé :

— J'suis rien qu'une vieille femme pas instruite mais y a quand même des choses que j'comprends, me semble... J'comprends que j'ai pas réussi à élever mes enfants comme il faut... J'les ai perdues toutes les deux...

— Voyons maman, dit ma sœur, j'suis avec vous toutes les fois que j'peux, j'viens vous voir souvent, j'vous téléphone...

— Oui, tu fais tout ça mais Lucie a raison, t'es pas heureuse. Tu vis pas, on dirait... J'sais pas trop comment dire ça, mais tu ressembles à ton père... Tu mets les jours les uns à côté des autres, comme de l'argent qu'on place à la banque, en pensant rien qu'aux intérêts... J'ai toujours vécu dans l'ombre de mon mari, tandis que toi tu mènes le tien par le bout du nez, c'est pas mieux. Il me semble qu'une vie, ça devrait être autre chose. Me semble qu'on devrait manger la vie comme une bonne viande. Lucie, elle, est partie très tôt parce qu'elle détestait son père... Elle me détestait aussi un peu parce que j'acceptais son père trop facilement... Elle avait raison, mais dans quel genre de vie elle s'est embarquée, mon Dieu ! Ça me donne des frissons rien que d'y penser... Me semble qu'entre ces deux extrêmes, il doit y avoir une place pour quelque chose de plus... naturel... Comprenez-moi bien, là, j'veux pas dire que je reproche à Lucie d'avoir eu des amants, puis que j'suis fière de sa sœur parce qu'elle en a pas eus... Non, c'est autre chose qui se passe dans ma tête... On dirait, des fois, que c'est impossible de faire des choses toutes simples, ordinaires...

Ma mère s'arrête de parler et c'est le silence lourd des grandes circonstances. Ils ont tous repoussé leur assiette et je m'arrête de manger moi aussi, bourrée que je suis, puis j'écoute le silence. J'ai gâché le réveillon mais je m'en fous. Une certaine partie de la vérité a montré le bout du nez. A force de gratter avec des mots on finit par trouver le cœur des choses. D'un autre côté, il est temps que ma mère se taise : ce n'est pas elle qui est malade, c'est moi ! Il serait fâcheux qu'elle prenne la vedette, pour ainsi dire. En ce moment, je l'aime autant que je la déteste : elle a avoué qu'elle n'était pas dupe, qu'elle voyait clair, mais cela ne change rien à la situation dans laquelle je me trouve : je ne vois toujours pas ce qui a pu m'arriver, comment je me suis détraquée. Si c'était à cause de l'environnement : famille, ville, vie moderne ?

Le mari de ma sœur fait des boulettes de pain, la tête basse, et sa femme n'ose pas le regarder. Je sens qu'elle est en train de mesurer le pour et le contre : « J'ai été insultée par ma sœur ; elle a séduit mon mari, ils m'ont trompée tous les deux. Est-ce que je fais une scène qui risquerait de briser mon ménage ou bien dois-je tout accepter pour avoir la paix, quitte à lui faire sentir de plus en plus de quel bois je me chauffe ? » Je suis sûre qu'au fond d'elle-même elle a déjà choisi cette dernière solution. C'est la plus payante.

Heureusement que Nathalie pleure, là-haut, parce que ce silence autour de nos assiettes à moitié vides serait intolérable. De plus, il est évident qu'on cherche vainement une façon de sortir de cette situation. Comment mettre un point final à cette scène pénible ? Ils ne trouveront pas, les pauvres ! Heureusement que je suis là !

— Si j'comprends bien, y a personne d'heureux dans la famille !

Mon père éclate, trouvant enfin une façon de répondre à ma mère sans en avoir l'air :

— Laissez-moi donc tranquille avec votre maudit bonheur ! Faut savoir se contenter de ce qu'on a, c'est tout ! Pis y faut respecter ses parents, son mari, sa femme et tout le reste, autrement c'est l'anarchie. Chaque chose à sa place. Y a pas cinquante façons d'élever une famille ! Y en a une ! J'suis ben fatigué de vous entendre brailler à propos de n'importe quoi...

Je dis :

— Si j'étais à la place de maman, j'vous dirais de vous taire parce que je serais bien fatiguée d'entendre toujours le même refrain.

Je me lève pour aller chercher Nathalie, mais je suis tellement ivre que je fais une magnifique embardée, après quoi je parviens à m'accrocher au cadre de la porte. Ouf ! Allons, allons, Lucie, un peu de nerf ! Autour de la table ils ont baissé la tête, gênés. Ils ont honte de moi. Je lance :

— Pas la peine de faire cette tête-là ! Soûlez-vous donc, une fois dans vot'vie ! Mais non ! Vous êtes du monde correct !

Je dois m'asseoir sur la première marche de l'escalier. Alors ma mère se lève et monte au deuxième étage, malgré mes protestations. Mais je suis trop soûle pour la devancer. Quand je me lève enfin, elle est là, en haut des marches, avec Nathalie dans ses bras.

— Attendez, c'est ma fille, c'est à moi à la descendre.

— Laisse faire, tu sais bien que...

— Maman, j'vous défends de faire un pas de plus !

Je monte en tirant sur la rampe à deux mains. Derrière moi on dit :

— Si ça'du bon sens, se conduire...

— Habille-toi, on s'en va. Habillez-vous les enfants.

— J'vas aller faire chauffer la voiture.

— C'est ça, va faire chauffer la voiture, toi, le don Juan des pauvres...

Ma sœur a sa voix des jours solennels. Ça va être grandiose dans le lit tout à l'heure. Je monte toujours, en pensant qu'il faudra descendre en portant Nathalie. Je vais peut-être tomber, rouler jusqu'en bas et me tuer... Peut-être tuer Nathalie mais ça ne fait rien. Je monte quand même, résolue à aller jusqu'au bout de l'entreprise. Ma mère pleure, Nathalie pleure, sent le pipi et le caca. Je la prends, la serre de toutes mes forces au creux de mon bras gauche, et je m'agrippe à la rampe de l'autre main.

— Mon Dieu, mon Dieu, gémit ma mère qui se place devant moi, au cas où...

Elle a bien fait, parce que au beau milieu de l'escalier je trébuche. Si elle n'avait pas été là...

Ma sœur est partie sans me saluer et maintenant je change la couche de Nathalie. Excréments, excréments, excréments... J'ai le cœur dans la gorge... Excréments... La vie a ce visage-là, cette odeur-là, ce bruit-là : le bruit de la couche pleine qu'on laisse tomber sur le plancher. Allez donc faire de la philosophie après ça...

— Où est-ce que j'ai mis ses pots de nourriture pour bébé ?

— Je l'sais pas... J'pense que t'en avais pas...

— J'les ai oubliés.

Maman fait une purée avec des restes de pomme de terre, du lait et de la dinde déchiquetée. Cela fait une pâtée infecte que je fais avaler à ma fille. Je me vois comme étant en train de gaver un animal afin de l'abattre...

— Vas-y, bourre-toi...

— Va pas trop vite...

Je la barbouille un peu, parce qu'elle a la bouche petite. « Maudite boisson... »

— Au revoir, merci pour le délicieux repas...

Nous sommes maintenant placés en forme de triangle, ma mère tout près de moi et mon père légèrement en retrait. La tête sur mon épaule, Nathalie rote, ce qui fait sourire ma mère, qui a encore la force d'aimer toutes les facettes de l'enfant, tout ce qu'il y a d'animal chez lui, en bas âge. L'enfant a tous les droits. L'enfant est saint ! Plus tard, pour être grand, il devra renier son enfance ! Je ne comprends pas...

— Es-tu capable de marcher jusqu'à ton taxi ?

— Va donc la reconduire, dit ma mère.

— Non, merci. J'suis capable de sortir toute seule. J'suis pas une invalide !

C'est l'heure de l'adieu, je le sens bien. Il me paraît improbable que je revienne jamais chez mes parents, que j'ai peut-être dressés l'un contre l'autre pour les quelques années qu'il leur reste à vivre.

— Ma pauvre enfant... Qu'est-ce que j'pourrais bien faire pour toi ?

— Rien, maman, rien, vous le savez bien...

— En tout cas, j'te remercie de m'avoir donné l'occasion de parler... Ça faisait des années que j'avais ça dans la gorge...

Mon père baisse la tête. J'embrasse ma mère et je le regarde, toujours en équilibre instable, donc en état d'infériorité. Mais je le vois tel qu'il est, GÉNÉRATEUR DE MAL.

Qu'est-ce qu'il a fait, au juste ? Je ne le sais plus très bien, au fait... Il a été fidèle à quelques idées fausses, tout simplement emporté, ballotté, entraîné par une certaine impuissance ? L'impuissance, cette mystérieuse dégradation qui fait que toute chose se détériore, perd son sens... Au fond, c'est cela que je sens en moi depuis un certain temps... Qu'a-t-il fait d'autre, au juste, mon père ? Il m'a engendrée... Acte de création... La création est une perturbation, une source de mal.

Alors on tourne en rond, et je n'arrive pas à détester réellement mon père, ni à le mépriser. Il suffit de le rayer de mon univers. Or au moment de couper définitivement le cordon ombilical qui me retient à lui, malgré tout, je sens que ce n'est pas facile, que ça fait mal... D'autant plus mal que cela n'a rien de physique.

— Salut.

Je me suis avancée et je l'ai embrassé sur la joue.

Il pleure.

— T'es sûre qu'on peut rien faire pour toi ? Tu pourrais peut-être me laisser Nathalie, ça te reposerait un peu, dit ma mère.

— Non... J'peux pas me séparer d'elle.

— Si tu savais comme la maison est grande, ici ; grande et inutile... Ça me fait mourir.

— J'suis capable d'aller jusqu'au bout de mes aventures. Bonne nuit.

Ça y est, je me suis arrachée à leur emprise, à leur attraction. En route ! En avant ! Je me rends jusqu'au taxi en titubant, tombe sur la banquette arrière, laissant échapper Nathalie qui se remet à pleurer.

Maintenant tout est réglé. J'ai mis Nathalie dans sa couchette, j'ai vomi tout ce que j'avais absorbé, et je suis enfin entre mes draps. Joyeux Noël.

Au réveil il fait froid. Le soleil se lève difficilement mais il me semble qu'il y a quelque chose de neuf. Je me réveille comme autrefois, avec une étrange tranquillité au fond de l'âme. Qu'est-ce que c'est, au juste ? Je me suis soûlée, j'ai semé la pagaille dans la famille, et maman a parlé... Elle a condamné mon père... Voilà ce qui me fait du bien, me semble-t-il. Oui, le mal que ma mère endure depuis toujours me soulage, me libère de mes obsessions. C'est extraordinaire ! Je suis guérie ! Presque guérie ! Il me suffirait de pousser encore un peu sur la grosse pierre qui m'écrase et elle roulerait dans le vide. Elle est sur le point de basculer dans le vide et je vais être complètement libérée, debout sur le haut de la falaise, à l'air pur, les poumons remplis d'oxygène. Ho ! Hisse !

Je me lève pour prendre soin de Nathalie, mais dès que je l'ai dans les bras une scène revient me frapper en plein front et je chancelle : j'étais ivre et j'ai insisté pour descendre moi-même Nathalie dans l'escalier, alors que ma mère pouvait le faire. Je savais très bien que je pouvais tomber, j'y ai pensé, je me suis imaginée tombant et tuant la petite... Maintenant je sais bien pourquoi : j'ai envie de me débarrasser de Nathalie ! Si je la tuais... Si elle mourait, je serais de nouveau libre, plus à l'aise, forte... Je serais capable de rire, je mangerais mieux, je ferais l'amour, je vivrais ! Je ne l'ai jamais admis mais c'est ça, au fond, que je désire...

Il faut chasser cette idée folle ! Si je permets à une telle ineptie de m'entrer dans la tête, je suis foutue. Alors je pousse de toutes mes forces contre l'idée de meurtre. Je crie :

— Va-t'en ! Va-t'en !

Je pousse, je frappe dans le vide à grands coups de tue-mouches imaginaires. Mais l'idée est insidieuse. A peine ai-je quelques secondes de repos qu'elle revient, et subitement la voilà dans ma tête : « Je veux tuer Nathalie, je veux tuer Nathalie, je veux tuer mon enfant, c'est impossible, je devrais tuer mon enfant, non pas ça, une femme normale ne tue pas son enfant, mais non... Mais suis-je une femme normale, maintenant ? »

Quelques minutes seulement ! J'ai eu seulement quelques minutes de soulagement en me réveillant, parce que ma mère s'est ouverte et que j'ai vu sa souffrance. Il faudrait que je me rattache à la souffrance de ma mère, pour me libérer de la mienne. Est-ce que ce ne serait pas encore une espèce de retour à l'utérus ? Même pour moi, une femme ? Ça n'a pas de sens ! Je suis mère moi aussi. Ce serait comme le sel qui perdrait sa vertu de sel...

Me voilà donc toute nue en ce jour de congé, enfermée entre les quatre murs de ma dégradation mentale. Je tourne en rond dans l'appartement, me décide enfin à ouvrir la radio. Musique de Noël, vieux cantiques entendus des centaines de fois. L'enfance ! Retour à l'utérus de toute la population. Cliché : le clair de lune à la campagne, sous lequel une carriole tirée par un cheval s'en va à la messe de minuit... Et pourquoi va-t-on à la messe de minuit, en ces temps reculés (trente, cinquante, cent ans) ? Pour voir un enfant qui vient de naître ? Retour à l'utérus... De gros hommes s'agenouillent, joignent les mains et deviennent tout mous par en dedans, en face de la crèche. Quelqu'un est né qui va régler tous nos problèmes. On veut dételer, malgré soi...

A dix heures du matin, je sens une étrange démangeaison au creux de l'estomac. C'est le « temps des fêtes ». Je veux dételer moi aussi. Un p'tit gin ? Pourquoi pas ? Non, ça n'a pas de sens... J'entends les voix de la raison et de la concupiscence qui se livrent un débat réglé comme du papier à musique. De la scolastique comme dans le bon vieux temps : credo, distingo, objecto.

— Taisez-vous ! J'ai soif !

Il faut trancher la question, sinon on va passer la journée là-dessus. Les yeux battus, les cheveux ébouriffés, les jambes tremblantes, je m'allonge sur mon divan et la chaleur de l'alcool descend en moi, calme mes nerfs, engourdit mes membres courbatus, m'apporte la somnolence dont j'ai besoin pour faire taire toutes ces voix criardes qui me déchirent les oreilles de l'âme. Comment ai-je pu me priver de cette douceur pendant tous ces mois ? Me revoilà calme, détendue, et la souffrance de ma mère est de nouveau un baume qui coule sur moi. Je me penche vers elle et mes douleurs s'en vont dans son âme, comme siphonnées. Je me décharge lentement de mon mal et je vois ma fille comme je l'ai vue au jour de sa naissance : adorable, pleine de promesses, capable de m'apporter les plus grandes joies.

Le moment le plus savoureux est celui où j'arrive au haut de la vague. C'est là que je me trouve en ce moment. L'ébriété m'a soulevée avec l'amplitude d'une mer, et maintenant je glisse sur une crête aqueuse vers le rivage, comme si je faisais du surf... Non, pas vers le rivage, mais vers le large. La vague de l'ébriété court vers le centre de la mer, de sorte que mon horizon s'élargit sans cesse. Maintenant je contrôle tout... Ou du moins, j'ai la certitude que je contrôlerai tout, un jour. Je suis tout à fait résolue à ne plus être malade. Dorénavant, quand je penserai à cette vieille phrase qui m'arrachait l'oreille : « Au revoir, à lundi », ça ne me fera plus rien... Il n'y a pas de quoi perdre l'ouïe pour ces quelques mots stupides... Comme j'ai été bête de souffrir parce que j'étais abandonnée par mes amants pendant les week-ends ! Est-ce que je ne suis pas bien, chez moi, seule avec mon enfant ?

Je remplis mon troisième verre de gin et je vais faire faire un sourire à Nathalie qui s'amuse dans sa couchette :

— Fais une rizette à maman... fais tite rizette...

— da da damam...

— dis-ma-man... ma-man...

— da basda...

Adorable ! Dieu merci, Julien me l'a laissé à moi toute seule ! Plutôt que d'avoir un père lâche comme lui, mieux vaut ne pas en avoir du tout... Réglé. C'est réglé ! Pour ce qui est de Jacques, eh bien mon Dieu, je ne l'ai probablement jamais aimé... Il était comme tous les autres : un courant d'air, une illusion, une espèce d'olo-gramme. Je me suis trompée à son sujet, y a pas de quoi en faire un drame... Voilà qui règle le sort des hommes !

Je n'ai plus envie de faire l'amour... Enfin, si j'avais des occasions... Mais je suis bien niaise ! Il suffit que je fasse attention, que je dorme, que je mange, ce que je vais faire parce que je ne suis plus malade, et je vais redevenir belle comme avant. Alors si j'en ai le goût, je pourrai bien avoir un homme de temps en temps, quand ça me plaira... Je ne veux plus d'un amant régu-lier, un homme qu'on aime et qu'on attend... Je suis tellement bien, seule avec Nathalie...

Voilà mon verre rempli une fois de plus. Maintenant la vague ralentit. On dirait qu'elle veut s'étendre, alors que je suis au milieu de l'océan ! Peu importe, je revien-drai vers le rivage par un autre moyen... Ou sur une autre vague qui finira bien par passer en sens inverse... Je m'étends moi aussi, comme la vague de l'ébriété qui s'étale lentement, et je coule dans la chaleur de mon illusion. Je me souviens tout à coup de ce rêve que je faisais quand j'étais petite et que je mouillais mon lit.

Je rêvais que ma mère me couchait sur son ventre nu, chaud, et cette chaleur m'inondait, me soulageait de toutes mes douleurs.

Mais je n'ai plus besoin de ma mère. Hier je lui ai peut-être fait de la peine. Alors je vais lui téléphoner pour lui demander pardon. En même temps je lui dirai adieu. Il faut qu'on se sépare mais qu'on reste unies, malgré mon père qui est bête... Enfin, je n'aurai plus jamais ces idées folles à propos de Nathalie : je n'ai jamais eu envie de la tuer pour me débarrasser d'elle. Jamais, j'en suis convaincue ! Quand j'ai su que j'étais enceinte, j'étais heureuse, satisfaite, et j'ai attendu cette enfant avec joie. Bon. N'en parlons plus !

Reste Nicole. Elle s'est suicidée, je n'y peux rien. Je ne l'ai jamais encouragée à faire ce geste. D'ailleurs, s'il y a un acte essentiellement personnel, c'est bien le suicide ! J'éclate de rire, me rendant compte tout à coup que j'ai été ridicule de me sentir coupable à ce sujet. Je ris pendant de longues minutes en me répétant : un suicide est un acte essentiellement personnel... J'ai trouvé ça toute seule ! Il suffisait d'y penser...

Mon Dieu que l'alcool me fait du bien ! Je me sens comme dans le bon temps, quand je pouvais me contrôler parfaitement et enseigner à Nicole comment jouir de la vie... Encore un verre et je vais manger... Non ! Subitement il n'y a plus de vague pour me supporter. Il n'y a plus qu'un trou qui se creuse sans cesse, et je descends dans ce trou en forme de spirale. Tout change de couleur, de ton, d'odeur. Tout devient âcre, délavé, sent la vomissure. Je vais m'étendre mais il faut me relever tout de suite pour aller rendre ce que j'ai bu. Ça y est, je suis soûle encore une fois.

Maintenant je voudrais dormir mais Nathalie se met à pleurer. Il faudrait que je lui donne à manger.

— Tais-toi ! Fais dodo !

Je crie. Il faut absolument que je dorme pour me dessoûler, ensuite je lui donnerai tout ce qu'elle voudra... Impossible, elle s'étouffe dans ses pleurs et ses râles. La p'tite maudite ! Il faut que je me lève pour la changer, la nourrir. Elle pue !

— Tout ce que tu sais faire c'est manger, chier, pisser !

Elle me répond par des pleurs encore plus aigus. Un jour, je vais me débarrasser d'elle... Rien qu'à serrer un peu avec mes mains autour de ce petit gosier qui ne sait que crier...

Et pan ! Ça repart ! J'ai envie de tuer ma fille pour avoir la paix ! Je suis un monstre ! Non, pas si monstre que ça. Il y a des centaines de mères qui le font et on les excuse, parce qu'elles ont raison. L'enfant est destructeur !

Je tiens Nathalie dans mes bras, je titube et je pleure. Il me faut au moins une heure pour la faire manger, parce que je fais tout tomber par terre. Sait-elle qu'entre mes bras elle n'est pas à l'abri du danger ? Enfin je parviens à la coucher et je tombe sur mon lit, encore ivre jusqu'au bout des doigts.

Quand je me réveille il fait déjà sombre et je suis horriblement malade. La radio est restée ouverte et un speaker présente des chansons joyeuses : des chansons d'amour, des cantiques de Noël, *Ça Bergers assemblons-nous*, suivi d'*Une Histoire d'amour*, c'est-à-dire *Love Story*, *la Dame aux camélias* de notre siècle... Tout cela défile sur les ondes comme l'eau sur le lit d'une rivière, sans interruption. On a à peine le temps de s'émouvoir. Une sensation est aussitôt remplacée par une autre, vite, vite, il ne faut pas laisser une seconde à l'auditeur : l'auditeur n'a pas le droit de réfléchir !

Comme je suis idiote d'avoir bu ! Je ne boirai plus. J'ai encore voulu me dé... J'ai encore eu des idées folles... La nuit tombe, m'enserre dans ses griffes. C'est le terrible soir d'hiver qui s'abat sur moi à quatre heures de l'après-midi le vingt-cinq décembre, jour de fête... Mais je suis seule et à moitié folle, enfermée chez moi... Pourquoi ai-je vendu ma télévision ? Pour boire... Je le savais, dans mon subconscient, que je pourrais boire avec cet argent-là.

Si au moins Nicole était avec moi... Mais je n'ai pas su aimer Nicole comme il faut, et elle est morte à cause de moi. Il faudrait que je meure moi aussi...

Dans le néant, Nicole m'attend, c'est certain.

Péniblement, j'arrive au premier janvier. Au bureau, Jack m'a souhaité une bonne année en m'embrassant comme d'habitude, mais moins chaleureusement, il me semble. Puis je suis partie sans m'occuper des autres. Si Jack me prenait en charge, s'il me tenait seulement une fois dans ses bras, en me parlant doucement, je prendrais le dessus, je pourrais de nouveau faire le travail que je faisais avant, un travail « valorisant », comme disent les travailleuses sociales. Mais tout ce qu'il m'a dit c'est :

— Prends bien soin de toi, ma vieille Lucie...

— Toi aussi.

— Es-tu satisfaite ? Ça va bien dans ton travail ?

— C'est facile, tu sais...

Nous parlons comme des gens sains d'esprit, mais ce que nous disons n'a pas de sens. Jack sait que je sais aussi bien que lui que je suis mentalement atteinte, mais nous faisons semblant tous les deux de ne pas le voir. Nous jouons le jeu du monde en marche. Cela n'empêche pas Jack de m'observer, de me guetter, d'épier chacun de mes mouvements vers le bas. Je tombe de haut et il me suit du regard, bien assis au sommet de sa tour...

Maintenant, rien que le fait de penser à ce genre de

scènes me fatigue. Je n'ai plus de résistance. Pour échanger les quelques phrases de tout à l'heure avec Jack, il m'a fallu fournir un effort extraordinaire afin de ne pas flancher.

— Bonne et heureuse année !

— Bonne et heureuse année !

Comment peut-on se lancer une phrase pareille à la tête quand on sait tous que l'univers roule inévitablement vers la catastrophe ! (Le monde entier fait semblant d'être en santé, comme moi !) J'exagère, bien sûr, mais voilà comme je sens les choses. Et je ne suis pas la seule... Qu'il y ait seulement quelques milliers de personnes dans chaque pays qui soient dans mon état, et cela suffirait pour nous précipiter dans le néant un jour ou l'autre. Or il y en a peut-être des millions. Il paraît que seulement dix pour cent des malades mentaux sont enfermés...

Mais il m'arrive encore de faire un effort pour me sortir de l'abîme où je suis descendue, pour m'ouvrir une fois de plus au monde. Alors j'écoute la radio, qui diffuse des tonnes d'information assaisonnées de chansons d'amour : « Viens, un nouveau jour va se lever », chante le jeune Michel, « Ne me quitte pas », pleure l'autre, « Ye-yeyeeeyyeee », crie un troisième, et « cette année les Berlinois de l'ouest ont pu rendre visite à leurs parents qui vivent à l'est du mur... grâce à un accord signé par Brandt et Stoph... ». Quel soulagement pour le reste du monde que de voir ces pauvres gens pleurer, enlacés, parce que la guerre les avait séparés. Le monde a besoin de ces grandes émotions, et c'est pourquoi la violence est nécessaire.

Je déconne peut-être mais il faudrait voir ça d'un peu plus près...

Avec la nouvelle année, le froid est arrivé. Il marche sur nous avec ses grosses bottes à crampons, et ces pointes d'acier nous entrent dans la chair, sans pitié. Mais ce matin je me suis levée avec l'idée de résister. Résister à tout, même au froid. Tant que j'éprouverai le désir de résister à quelque chose, je peux être certaine d'arriver à m'en sortir, un jour ou l'autre. Ainsi je veux aller à la Régie des Alcools pour m'acheter du gin. Mon manteau de fourrure est déchiré et je n'ai pas d'argent pour le faire réparer. Je mets donc un vieux manteau de drap et, plus ou moins consciemment, j'oublie de mettre mes bas-culotte. Sur le trottoir, je pousse Nathalie dans sa petite carriole. Le vent me saisit aux cuisses, se coule entre mes jambes et me pénètre. Pendant les premières minutes, c'est presque agréable de se faire saisir de la sorte mais vient un moment où je me sens attaquée jusqu'à la moelle des os. Je cours, poussant toujours Nathalie. De quoi ai-je l'air ? J'ai l'air d'une folle mais ça ne fait rien. Je veux vaincre... Parvenue à Queen Mary Road, il faut que j'entre à la pharmacie Brodeur. C'est insoutenable. On me dit que j'ai les joues blanches. C'est le gel ! Nathalie ne semble pas avoir froid, emmaillotée qu'elle est dans tout ce que je possède de molletons. J'ai besoin de gin ! En route de nouveau ! Depuis trois jours il fait quinze sous zéro. En avant ! Mes joues piquent, brûlent, tandis que mes jambes sont devenues presque insensibles.

Avec moi, j'ai apporté les cent dollars qui me restaient sur la vente de ma télévision. J'ai envie de mettre tout le montant sur cet achat... Une douzaine de bouteilles... Ça serait fini, je n'aurais plus à faire ce voyage pour un bon moment, et surtout je serais sûre de ne pas dépenser cet argent à autre chose. Si on ne fait pas attention, nos économies s'en vont dans les trous les plus inutiles...

Quand j'arrive au magasin je suis tellement gelée que j'en suis stupide. J'entre et je reste sur place, au milieu de la pièce, sans bouger pendant au moins cinq minutes. Nathalie pleure mais je la laisse faire. Il est bon qu'elle dérange le monde. A qui appartient cette enfant ? Au monde entier. Dans vingt ans elle travaillera, donnera sa vie pour le pays, pour le monde. Alors que le monde sache qu'elle existe ! Les clients déjà au comptoir me regardent avec leurs méchants yeux d'hommes mesquins qui ne veulent pas souffrir un seul instant. Les pleurs de Nathalie les importunent affreusement et ils me dévisagent : « Ton enfant nous casse les oreilles ! Ton enfant nous fatigue ! Ton enfant nous écœure ! On devrait te foutre à la porte ! Va-t'en chez toi ! Fais quelque chose, idiote ! »

Finalement, un monsieur plus ou moins amène s'approche de moi. Nathalie tousse, expectore abondamment, et je suis debout à côté d'elle, les larmes aux yeux, le nez gluant, en train de mesurer l'effort que j'ai fait pour vaincre le froid. Lentement, mes jambes reviennent à la vie, mais je sens une blessure, en dedans, comme si la lame de l'hiver était venue se loger au creux de mes entrailles.

— Madame, vous pourriez pas vous occuper de votre enfant ? dit le monsieur près de moi, d'une voix teintée de reproche.

— Je me dégèle d'abord, si vous permettez. Mon enfant souffre pas du tout, tandis que moi...

— Ecoutez madame, ça'pas de bon sens, dit un autre.

— Ma fille a le droit de pleurer tant qu'elle voudra ! Si on n'est pas capables de s'endurer entre Montréalais, comment voulez-vous que les différentes nationalités du monde s'endurent !

Le plus dur à supporter, moralement, c'est de sentir qu'on est en train de dire une bêtise, tout en étant sûr d'avoir raison sur un grand principe de base... Ça me tue ! D'un côté il y a les principes, de l'autre il y a le monde organisé, avec des habitudes, des droits acquis, des lois, un tas de bêtises. Finalement le gérant du magasin sort de sa cabine et vient vers moi :

— Madame, c'est un endroit public ici, et les clients ont droit à la tranquillité...

Si je discute, il va me mettre à la porte et alors adieu mon gin. Je prends Nathalie dans mes bras pour tenter de la calmer, mais on dirait qu'elle a été blessée elle aussi. La toux, la morve... Elle est inondée par ce fleuve de misères que l'enfant-animal traîne avec lui, impuissant. C'est pitoyable ! Comme je montre de la bonne volonté, le gérant choisit de me servir lui-même, tout de suite, pour que je déguerpisse.

— Douze quarante onces de gin, Beefeater.

Son œil de vendeur pourtant conditionné à l'indifférence marque le coup : un étonnement qui m'amuse. Comme il hésite avant de partir vers les rayons, je sors mon portefeuille en disant :

— Inquiétez-vous pas, j'suis capable de payer...

Les autres clients me regardent puis échangent des sourires entre eux : « Drôle de bonne femme... Encore une craquée... » Mais je laisse faire. Pourquoi engager la conversation avec ces imbéciles qui me croient folle ? D'ailleurs il faut que je m'occupe de Nathalie qui pleure toujours. Ma mère m'a bien dit, l'autre jour, que je devrais aller chez le médecin avec elle, mais je n'ai pas encore eu le temps, et puis je me répète que tous les enfants ont l'air malade, parce qu'ils toussent ou qu'ils pleurent sans cesse. Les enfants ne sont pas vraiment malades, au fond : ils se débattent pour passer à travers la période de l'enfance. Ils s'aguerrissent pour être forts quand ils seront plus vieux... Ça aussi c'est une réflexion idiote, je le sais bien, mais elle a un fond de vérité... Et si Nathalie est gravement malade, elle va mourir !

Je le sens bien, il va falloir que je lutte encore contre cette idée fixe : je désire la mort de ma fille.

Douze quarante onces, c'est lourd. C'est une caisse au complet.

— C'est pesant, comment est-ce que vous allez la transporter ?

— Dans le pousse-pousse du bébé...

On commence à rire plus ou moins ouvertement, au comptoir. Je paie et recouche Nathalie au creux de ses petites couvertures. Mais il n'y a pas assez de place pour la caisse, qui risque d'écraser l'enfant. Le gérant cherche de l'espace en tournant et retournant la caisse. Rien à faire. Il faudrait plier Nathalie en deux. On m'entoure et on rit sans se gêner. Tout devient grotesque, comme un numéro de cirque raté.

— Vous auriez dû faire deux voyages...

— Allez-vous boire ça toute seule ?

— Oui monsieur... Laissez faire j'vais prendre un taxi.

La scène a duré assez longtemps pour me plonger au cœur même de mon dérèglement mental. Maintenant je me sens à l'aise, dans cette misère morale que je me suis créée, et je nage dans ce fluide malsain avec une espèce de volupté qui touche au masochisme... A moins que ce ne soit de l'exhibitionnisme, à la manière de ces grands blessés qui exposent leurs moignons en souriant...

Pendant que le taxi bien chauffé me ramène à la maison, une autre image archétypique me vient à l'esprit : celle de la femme de trente ans qui a été belle et qui maintenant, démaquillée, le visage couleur de cendre, les yeux fixés sur un vague au-delà, se promène parmi les gens normaux avec un sourire imbécile sur les lèvres, sûre de posséder la vérité, comme tout le monde... (C'est ça qui est amusant : tout le monde est sûr d'avoir raison...) C'est une image de cinéma qui me revient à la mémoire, probablement. Mais quelque chose me dit que cette image est fausse, comme tant d'autres, et que je suis peut-être moi-même victime de l'idée que l'on se fait de la « maladie ». Est-ce que je joue à être malade, transformée que je suis par toutes ces images que le siècle « informateur-informant-informé » me lance à la figure ? Est-ce que je joue à me laisser couler au fond de l'eau, comme si je pouvais prendre plaisir à me noyer ? Ou bien est-ce que j'éprouve le besoin incoercible de dételer, de retourner à l'utérus en passant par la maladie ? Je m'épuise à chercher des réponses à ces questions qui tournent en moi, comme brassées par une vis sans fin ; comme si mon cerveau était construit en forme de spirale...

Nathalie pleure, tousse de plus en plus, mais je ne l'entends presque pas. Je ferme la porte de sa chambre pour boire mon gin en paix. D'ailleurs, il m'arrive encore assez souvent de devenir sourde, quand Nathalie pleure trop fort. Autrefois, c'était seulement quand j'entendais : « Au revoir, à lundi », mais cette phrase qui m'agaçait, je l'ai oubliée complètement. J'évolue, je me transforme, comme tout le monde. Je fais du progrès ! Autrefois je souffrais parce que j'étais seule, parce que je n'avais pas d'homme attaché à moi, mais aujourd'hui j'ai d'autres préoccupations. Je vais plus avant, au fond de moi-même. J'ai toujours voulu aller au fond de moi-même, parce que c'était là que je trouvais le secours, des réponses, ou tout simplement la paix. Je plaignais Nicole parce qu'elle était incapable de rester seule plus de dix minutes. Pas de richesse intérieure, me disais-je à son sujet... Voyons un peu ! Maintenant je suis bien installée au cœur de mon âme et au lieu de penser aux hommes que je n'ai pas, ce qui est finalement d'une vulgarité plutôt déprimante, je m'occupe de problèmes plus importants : est-ce que j'ai vraiment envie de me débarrasser de ma fille ? Il me semble que je l'aime comme une mère aime son enfant, mais je fais souvent des choses qui peuvent nuire à sa santé. Remords... Je me sens coupable. Or on ne se sent pas coupable sans raison, tout comme il n'y a pas de fumée sans feu. A moins qu'une fille mère soit incapable de vrai amour maternel... Est-ce que j'ai vraiment envie de me suicider, comme Nicole ? J'aime la vie mais la vie que je mène depuis quelques mois n'a rien de reluisant. Il doit y avoir quelque chose, au fond de moi, qui s'est arrêté de fonctionner à mon insu. C'est comme si je ne voulais plus vivre ; alors je me suicide graduellement, en buvant, en prenant froid...

Le voyage que j'ai fait à la Régie des Alcools l'autre jour a eu des suites plus que fâcheuses. Mes joues ont pelé, de même que mon nez, et au bureau on rit de moi :

— T'as l'air d'un clown !

— C'est ce que je suis ! Un clown ça fait rire mais c'est un personnage tragique... Et je suis tragique ! Ma vie est une tragédie...

Quand je suis sérieuse, comme ça, on se détourne rapidement, feignant d'avoir quelque chose d'urgent à faire. Celui qui dit la vérité est toujours insupportable, c'est bien connu. Dans mon cas, c'est d'autant plus gênant que j'étais autrefois une fille que tout le monde respectait. Mais aujourd'hui on me regarde en pensant : « Pauvre Lucie, c'est donc dommage de tourner comme ça, elle qui était si brillante, si gentille. Elle fait pitié... » Voilà les généreuses pensées que je peux lire dans le regard et les attitudes de toutes mes camarades de travail.

— T'aurais pu rester chez toi, dit Jack en voyant les deux gales suppurantes qui ornent mes joues.

Au lieu de répondre, j'analyse le ton qu'il a employé

pour me faire cette remarque, tout en le dévisageant. Est-ce qu'il veut tout simplement mon bien ? Est-ce qu'il pense réellement à ma santé, comme il l'aurait fait autrefois, ou bien s'il veut m'éloigner, me faire perdre des jours de travail pour avoir le droit, ensuite, de me liquider ? Etant un numéro, dans la hiérarchie des petits, grands et moyens patrons, Jack est de moins en moins capable de supporter ma maladie, de sorte que l'amitié qui nous unissait n'existe plus. Il a le droit, en toute bonne foi, de me considérer comme un numéro moi aussi. Je finis par dire, l'ayant fixé avec mes yeux de névrosée :

— Tu voudrais bien me faire faire des bêtises, hein, pour mettre une autre fille à ma place, comme tu l'as déjà fait...

— Sois pas ridicule, Lucie, voyons...

— De toute façon, ça fait plus mal, c'est fini... Tout ce que ça peut faire, c'est déranger les autres, ceux qui trouvent que ça m'enlaidit... Mais ça change pas grand-chose puisqu'on me regarde plus...

Jack ne sait que répondre. Jugeant la situation trop pénible, il fuit dans son bureau... Je vois le monde en fuite. Toujours la fuite devant le mur ou devant l'agressivité. Toujours les mêmes qui attaquent, toujours les mêmes qui fuient. Les hommes fuient devant les femmes, les pauvres devant les riches, les Québécois devant les Anglais, etc.

Mais tout cela n'a pas d'importance, quand je pense aux suites de ma promenade à quinze sous zéro. J'ai attrapé une espèce d'inflammation des voies urinaires. Peut-être que j'ai les ovaires en compote et l'utérus gonflé comme une vessie de cochon qu'on a soufflée pour faire une blague à tabac. Cette image me revient tout à coup : la vessie de mon grand-père paternel, accrochée à une poutre du hangar, séchant pendant des mois. Du temps que je suivais mon père, il nous emmenait parfois à la campagne, en été, et son père gonflait de temps en temps une vessie de cochon, l'accrochait à une poutre pour la faire sécher. Quand elle était sèche, il la massait pendant une bonne heure pour lui faire perdre sa rigidité, ma tante lui cousait un rebord en tissu rouge dans lequel il passait un bout de babiche, et il avait une blague à tabac qui durait une couple d'années. Cette tabatière ressemblait aux bourses que l'on voit dans les films qui racontent des histoires d'époque. Il faudra que je me débarrasse de ces images qui me poursuivent encore. Tout ce qui touche mon père est pourri, me remonte à la gorge comme de la bile. Ou alors, c'est moi qui suis incapable de devenir adulte ?

Toujours est-il que j'ai mal au ventre. Atrocement ! Me voilà sans recours devant la douleur. Je gémis, appuyée sur mon pupitre.

— Qu'est-ce que t'as ? demande ma voisine.

— Probablement un cancer de l'utérus...

— Appelle ton médecin.

C'est vrai, il y a des médecins ! Je téléphone à celui qui m'a accouchée.

— Rendez-vous dans deux mois environ... Attendez j'vais vous donner une date.

— Mais j'ai mal au ventre maintenant, pas dans deux mois !

— J'y peux rien, mademoiselle, le docteur peut pas vous recevoir avant...

Depuis qu'on a l'assurance maladie, les médecins peuvent vous recevoir seulement à la morgue. Solution : la clinique d'urgence. C'est là que je me rends en sortant du bureau, au lieu de rentrer directement chez moi. Deux heures d'attente. Ma gardienne se désole parce qu'elle est coincée. Elle doit partir.

— Allez porter la p'tite chez le concierge.

Tout en parlant au téléphone, je lis une manchette de journal : Nixon fait un voyage en Chine... Branle-bas mondial.

— D'accord, mais vous savez, y'a une chose que j'trouve drôle. Vous, vous allez à l'hôpital parce que vous avez mal au ventre, mais vous laissez vot'pauv'tite fille traîner sa maladie.

— C'est pas de ma faute ! J'pouvais pas aller à la maison avant de venir ici...

Tous les matins depuis deux ou trois semaines, ma gardienne me fait un discours sur la santé de Nathalie : « Si ça continue, c'est moi qui vas y aller, la porter à l'hôpital... » Mais elle me dit ce genre de choses pour aviver mon sentiment de culpabilité. Tout ce qu'elle veut, la vieille, c'est que je paie, parce que j'ai eu mon enfant en dehors du mariage. A ses yeux, je suis dans l'illégalité... D'ailleurs je ne serais pas étonnée qu'elle rende Nathalie malade rien que pour me faire du mal, pour que je me sente encore plus coupable...

On me couche dans une petite cellule, sur une espèce de couchette pour pensionnat, et il faut que je retrousse mes jupes, que j'enlève ma culotte, mes bas. Au moment de me découvrir, la gêne me prend au ventre. Je rougis de partout.

— Docteur, j'ai maigri, excusez-moi, j'suis moins belle qu'avant...

Cette phrase idiote me sort de la bouche sans que je m'en rende compte. Il y a si longtemps que je me suis déshabillée devant un homme que j'en suis bouleversée. Malgré la douleur que je ressens, je suis à peu près incapable de voir le côté clinique de ce geste. Subitement, tout ce qui se rapproche des actes sexuels me répugne. Mais en même temps, j'ai la nostalgie du corps de l'homme, et je me débats dans cette contradiction, là, devant le jeune médecin qui est revenu dans la pièce après m'avoir laissé le temps d'enlever mes vêtements. Il sourit gentiment, même si j'ai dit une bêtise. Je vois tout de suite dans son regard qu'il m'a jugée : je suis une folle, une autre de ces pauvres folles qui hantent les couloirs des hôpitaux, surtout depuis l'assurance maladie, en quête de soins intensifs pour leurs maladies imaginaires. Tout cela parce que leur vie est vide de sens et qu'elles n'ont personne à qui se confier. Elles ont besoin de se faire bercer, de se faire endormir... Ainsi, le ministère du Bien-Etre social devient un immense oreiller où viennent se poser toutes les têtes des malheureux, en quête d'une caresse.

Le jeune médecin me touche l'épaule gentiment :

— Allez, allez, déshabillez-vous...

— Aidez-moi...

Il ferme les yeux pendant une seconde, comme pour rassembler toute la patience dont il a besoin. Il n'est pas beau mais s'il m'aidait à enlever mes bas, j'aurais l'impression de me préparer à faire l'amour, comme une petite fille et... Mon Dieu que j'suis bête !

— Mademoiselle, j'suis très pressé.

— Moi aussi, docteur... J'sais pas combien de temps j'pourrai vivre encore.

— Personne le sait...

Je parviens à me dévêtir sous son regard indulgent. Mes cuisses sont molles, flasques. J'ai honte ! Ce n'est pas dans les bras des hommes que les femmes sont « objet » ! C'est devant le médecin ! En ce moment où je suis si peu apte à l'amour, je suis la chose sur laquelle va se pencher le clinicien. J'ai le sentiment, tout à coup, que le sexe de la femme a été maudit depuis toujours... Non. C'est notre civilisation qui, pendant des siècles et des siècles, lui a fabriqué une malédiction. Comment nous libérer de la civilisation ?

Nixon peut bien aller en Chine... Si au moins il pouvait en revenir avec une idée sur l'art de vivre, avec une recette, un moyen de comprendre le cœur de l'homme. Le doigt ganté du médecin me pénètre et je crie de douleur.

— Voilà... Pas très grave.

Il emploie des mots que je ne comprends pas très bien mais je ne demande pas d'explications. En résumé, le froid a mis le feu à mon cher petit système de femme. Antibiotiques et calmants.

— Au revoir. Si dans une semaine ça va pas mieux, revenez à la clinique...

— Certainement. Vous m'avez fait mal mais vous avez des doigts intéressants...

Aucune réaction de sa part. Il disparaît et je me rhabille en vitesse. Il faut passer à la pharmacie, il faut rentrer à la maison, il faut lutter contre le froid et contre mes obsessions, etc. Il faut tellement de choses et être heureuse en plus que la tête me tourne. Pilules, biberon à Nathalie qui a beaucoup pleuré chez le concierge, et la femme de ce dernier m'a dit :

— Elle a pas l'air trop bien, vot'p'tite... Le docteur peut-être... Si jamais vous avez besoin de moi, gênez-vous pas...

Merci. Y a encore du bon monde ! Vite, un gin ! La soif me dévore, me fait mal autant que la douleur. J'en tremble. Toutes mes bouteilles sont alignées sur le comptoir de la cuisine, et chaque soir je les recompte. Ça baisse rapidement. Encore cinq... Après ? Je couperai sur autre chose puisque l'alcool me nourrit si bien. Me nourrit et m'endort. Quand je me réveille, vers cinq heures du matin, je me dis que « la boisson » m'a mise sur la plus mauvaise pente du monde, que je suis vraiment en route pour la catastrophe la plus classique : névrose, alcoolisme, hôpital psychiatrique, fin. Alors je décide que j'arrêterai quand j'aurai fini mes douze bouteilles. Résolution ferme ! Mais dès que j'ai avalé mon premier verre, le soir en rentrant, je fais des plans : comment torturer mon budget pour avoir les moyens, dans l'avenir, de boire mon gin tous les soirs ? Grâce à ces moments d'euphorie qui suivent les deux ou trois premiers verres, je peux passer des soirées convenables. Ce sont mes seules heures de détente, tout le reste de mon temps étant pris par les problèmes les plus aigus : est-ce que mon père m'aime de façon incestueuse ? Est-il l'homme à abattre ? (Au niveau de mon subconscient.) Si j'avais été lesbienne, est-ce que je serais névrosée aujourd'hui ? Comment faire disparaître cette culpabilité qui m'accable, au sujet de Nicole ? Dois-je suivre Nicole sur la voie du suicide violent, plutôt que de me laisser mourir lentement comme je le fais ? Ai-je vraiment envie de liquider ma fille ? Si je fais bien mon travail au bureau, pourquoi les autres me regardent-ils comme une arriérée mentale ? Est-ce que je vais avoir une augmentation cette année ? Et si j'avais les moyens d'aller chez le coiffeur, est-ce que je parviendrais à séduire un homme ? Je nage au milieu de cette mer de questions qui restent sans réponses, et jour après jour je me frappe de nouveau aux mêmes murs.

Profitant de la gentillesse de la femme du concierge, je suis allée au cinéma après lui avoir « prêté » Nathalie pour une soirée. Une idée folle que j'ai eue comme ça, après des mois de réclusion... *L'Acadie L'Acadie*, de Pierre Perreault, est une espèce de documentaire dramatique sur les Acadiens, qui a enflammé le Nouveau Brunswick. Dans un éclair de lucidité étonnante, comme aux jours heureux où j'avais peut-être des opinions sensées sur la politique, je suis allée le voir. Choc ! Il m'a semblé que je me voyais moi-même, aux prises avec des problèmes sans solutions. Les Acadiens se regardent, se demandent s'ils ont le droit d'exister, décident que oui, mais dans les faits ce droit n'existe pas. Ce droit n'a jamais été reconnu. « Ta langue n'existe pas, ni ta culture, ni ton héritage. Rien. Mange, bois (de l'eau) et paie des taxes. » A première vue, tout cela semble bien loin du Québec, mais il faudrait regarder ça de plus près... Nous nageons dans l'irréel. Nous existons par hasard, et pour parler comme tous les pessimistes québécois, nous sommes une erreur historique... Applaudissements. Bravo.

Tout est détraqué, comme ma pauvre tête.

Depuis quelques jours, Nathalie pleure tellement, la nuit, que je ne dors presque plus. Ce matin, je suis incapable de me lever. INCAPABLE !

Ma gardienne arrive, me découvre au lit, déchirée par cent mille couteaux qui me lacèrent les côtes et le ventre. Il n'y a plus de gin et je n'ai pas d'argent pour en acheter. Pas avant deux jours. Le gouvernement emprunte des millions aux autres pays, mais il ne ferait pas crédit pour une seule once d'alcool. Nathalie pleure toujours et ses cris d'enfant qui souffre m'entrent dans la tête comme de longues aiguilles brûlantes.

— Tais-toi ! Tais-toi ! Ferme ta gueule !

— C't'enfant-là va mourir, ma foi du bon Dieu, gémit la gardienne.

— Qu'elle meure, maudit ! Qu'elle meure !

— Viens ma belle titite... Moi j'vas m'occuper de toi...

— Faites-en ce que vous voudrez...

Je me roule dans mes couvertures et je pleure. Une demi-heure plus tard, la porte de ma chambre s'ouvre et la gardienne dit :

— J'm'en vas à l'urgence avec Nathalie, ça fait trop longtemps que ça dure...

— Allez-y si vous voulez...

La voilà partie et je tombe dans mon désarroi le plus profond.

Comment parvenir à me lever ? Et pourquoi me lever ? Je m'aperçois tout à coup que, Nathalie étant partie, un poids énorme vient de m'être enlevé, et je retombe dans le sommeil.

C'est le téléphone qui me réveille au bout d'une heure. « Votre numéro d'assurance maladie ? Votre emploi ? Votre âge ? Votre adresse et quoi encore ? J'ai envie de les envoyer au diable mais il faut que Nathalie soit hospitalisée. Le plus étonnant c'est que je ne crie pas : « Mon Dieu qu'est-ce qu'elle a ? » Non, ma réaction profonde est : « Tant mieux ! » L'hôpital est mieux équipé que moi pour en prendre soin. Je retombe sur mon lit, désarçonnée. On a tellement poussé sur moi que j'ai perdu l'équilibre et me voilà par terre, cavalier dans la poussière.

Le surlendemain je vais au bureau, surtout pour avoir ma paie.

— J'ai été un peu malade, dis-je à Jack.

— J'en étais sûr... T'as bien fait de te reposer...

Et il passe à autre chose. Jack ne s'occupe plus de moi : mon cas est réglé. Il sait que je suis au bout de mon rouleau, que je vais finir par ne plus venir au bureau du tout, que je vais disparaître définitivement un beau jour, et il tournera la page. « L'employé 1849 n'existe plus... » On me rayera des livres et je serai à peine un souvenir. De temps en temps Jack dira : « C'était dans le temps de Lucie, quand elle était en santé... » Puis ce sera tout. Est-il possible qu'un être humain existe si peu ?

Suis-je en train d'entamer la « phase finale » ? Revenue à la maison avec du gin, je me sers un grand verre avec fébrilité et j'attends le calme. Que cela au moins ne me soit pas refusé ! L'engourdissement du corps, la somnolence... Allongée sur mon divan, le verre entre les mains, je me dis que tout serait parfait si je pouvais m'endormir pour ne plus jamais me réveiller. Cette fois, l'idée de la mort ne m'a pas frappée. Elle s'est glissée en moi, elle s'est insinuée entre ma peau et mes os, comme un tout petit ver à peine visible. C'est contre cette idée que je dois maintenant lutter, après avoir lutté si fort contre tout le reste. Il ne faut pas que je perde cette dernière chose, ce dernier bien, ma vie. J'ai besoin de vivre, rien que pour vivre. J'accepte d'être une loque humaine, mais que je sois cela jusqu'au bout. Que je dérive, condamnée à la noyade, mais que je ne me laisse pas couler au fond de l'eau volontairement...

Je m'accroche à cette idée et le temps passe.

Je veux vivre !

Au bureau je chante de temps en temps :

> *Je veux-vi-i-i-i-vre,*
> *Dans ce-rê-ê-ê-ê-ve... ah ah ahou !*

ce vieil air d'opéra ridicule, tout en classant des papiers qui n'ont pas de sens pour moi. On me regarde à peine. Je ne fais même plus rire. Quand je me « dérègle » trop, Jack passe et me dit doucement :

— Lucie ma chérie, dérange pas les autres...

— Non mon amour...

Il s'en va et je pleure en silence. S'ils savaient tous jusqu'à quel point je suis lucide ! Comme je me vois ! Et comme je vois tout ! Mais je n'ai pas la force de me retenir, d'endiguer ce flot d'insanité qui coule en moi. Je parle et ce qui sort de ma bouche est un fruit pourri. L'arbre ne peut rien contre le fruit qu'il produit. Je suis constamment comme la mère qui met au monde un enfant difforme. Cela sort d'elle-même et elle est impuissante, béante, ouverte comme un égout. Oui, je produis un monstre chaque fois que je parle, mais je ne sais pas me taire. Je ne veux pas me taire. Parler, c'est faire sortir le mal de moi. Voilà comment je peux me sauver. Il a fallu que j'aille à l'hôpital. Nathalie ne m'a pas reconnue. Elle est entre les mains blanches des infirmières qui la dorlotent, et comme un animal ; elle roucoule de bien-être, elle bave de plaisir. On la bourre d'antibiotiques, on l'examine, on la bichonne et elle se laisse guérir, comme si elle n'avait rien d'autre à faire dans la vie. Le bébé s'adapte magnifiquement à ce genre de situations. Tout ce qu'il demande, c'est la possibilité de fabriquer des cellules nouvelles, grandir, devenir fort pour regarder les autres mourir, en riant... Pleurésie.

— Heureusement que votre bébé a été hospitalisé, mademoiselle, parce qu'il était très malade. Encore quelques jours et...

— Oui je sais, mais j'avais pas le temps de vous l'amener. Je travaille tellement que le soir j'ai plus envie de m'amuser...

L'infirmière me regarde sans parvenir à cacher son étonnement. Je viens de dire une bêtise parce que la mère d'un enfant, c'est bien connu, trouve toujours les moyens d'aller à l'hôpital avec son bébé, s'il le faut. A moins qu'elle ne soit folle !

— Excusez-moi mademoiselle mais j'comprends pas... Assoyez-vous donc un peu... Le docteur va passer dans quelques minutes et il veut vous voir, à propos de votre enfant...

Mon œil ! Le docteur veut me voir parce que cette brillante infirmière a découvert que je suis « malade ». Si par malheur je tombe entre leurs griffes, c'est la fin. Alors je prends Nathalie dans mes bras avec l'intention de lui dire adieu. Je la presse sur ma poitrine, gauchement, fébrilement (d'ailleurs je tremble parce que j'ai soif), et elle se met à pleurer. Dommage, c'était un beau moment d'émotion qui se préparait, une belle scène que je me jouais à moi-même. Mais les pleurs de Nathalie me replongent subitement dans l'enfer : elle est dans mon appartement et elle pleure de douleurs, pendant que je suis étendue sur mon lit, incapable de me lever. La dernière fois que je l'ai entendu pleurer, voilà ce que je vivais. Alors je me mets à pleurer moi aussi, de rage autant que de peine, de peine autant que de remords, et je la remets entre les mains de l'infirmière qui s'approche.

— Excusez-moi, faut que j'aille aux toilettes...

Mais dès qu'elle ne me voit plus je me précipite vers la sortie. Jamais plus je ne mettrai les pieds ici parce qu'ils vont me faire passer par la torture des examens psychiatriques et tout le reste. C'est la mort !

Grâce à l'alcool, je m'endors. Lourdement, mais je dors quand même.

Je me réveille et c'est le printemps. Un printemps sale et froid. Il fait sombre. Je ne sais plus combien de jours j'ai vécu sans vivre, ballottée entre le bureau et l'appartement, chantant que je veux vivre, dormant soûle, pleurant à cause du mal de tête le matin, buvant le soir pour endormir mon mal : culpabilité, remords. « De quoi suis-je coupable ? » De tout. Je ne sais plus.

Le temps a passé sur moi comme un nuage de cendre, et maintenant j'ai la couleur incertaine des vieilles croix de bois qui servent de pierres tombales aux pauvres.

Ce matin, donc (au fait il est midi), je me réveille un peu plus lucide que d'habitude, il me semble... J'ai encore baissé ! Je suis descendue ! Je coule, inexorablement... Depuis combien de temps Nathalie est-elle partie pour l'hôpital ? Je ne sais plus. Ils m'ont téléphoné à plusieurs reprises, mais j'étais toujours ivre quand ils me joignaient à la maison, et si c'était au bureau je disais des bêtises. Voilà donc le remords qui m'assaille sous un aspect nouveau : après avoir voulu faire mourir mon enfant, je l'ai abandonnée ! Je n'éprouve pas les sentiments maternels propres à toutes les mères, donc je suis un monstre ! Comment puis-je avoir l'audace de vouloir vivre à tout prix. D'un côté je me crie : « Débarrasse la terre de ta personne indigne », mais de l'autre je me réponds : « Non ! Il faut que je vive ! »

A la radio on parle d'une grève générale de la Fonction publique. Qu'est-ce que ça changerait ? J'ai entendu un chef syndicaliste dire :

— Faut changer le Christ de système !

Maintenant, tout cela me laisse froide. Est-ce que le socialisme me donnerait la santé ? Est-ce que le socialisme me délivrerait du sentiment de culpabilité qui me ronge ? Allez-y voir ! Alors je les laisse crier, du Premier Ministre au dernier des enragés syndicaux. Faites la grève si vous voulez, faites sauter le gouvernement, défoncez les murs de la Confédération si ça vous chante, mais dites-moi comment je peux être heureuse comme autrefois !

Evidemment, personne ne peut me le dire parce que « le monde » s'occupe seulement de « choses sérieuses », et il discute de ces choses sérieuses au moyen de clichés :

— Le système capitaliste est pourri !

— Sale communiste !

— Graine de fasciste !

— Gauchiste !

— Extrémiste !

Tout cela ne veut plus rien dire pour moi. Un communiste malade est en tout point semblable à un capitaliste qui n'est pas en santé : graine à cercueil avant d'être graine à quelque régime que ce soit. Ce n'est pas le système qui m'a rendue faible, malade, à peu près folle. J'avais le mal en moi « de toute éternité », comme Nicole.

Me répéter ces évidences ne me guérit pas, mais me donne au moins l'illusion de savoir où je m'en vais... Comme si cela pouvait être une planche de salut !

On me téléphone de l'hôpital :

— Mademoiselle, il faut que vous veniez chercher votre fille.

— Elle est guérie ?

— Pas tout à fait mais la grève va éclater et on ne pourra plus s'en occuper convenablement. Elle sera mieux chez vous.

— Comment le savez-vous ?

La conversation prend une mauvaise tangente. Je parle de mon appartement qui est sale, des hommes qui sont laids, de la bombe atomique qui devrait nettoyer tout cela, et je termine en disant que j'irai peut-être dans quelques jours, sans avoir manqué l'occasion d'éclater en sanglots.

Je me traîne au bureau vers trois heures de l'après-midi. Il me semble que j'arrive chez des étrangers. Combien de temps ai-je été absente ? Une semaine ? Deux ? Quatre ? Je ne sais pas. Tout ce que je sais c'est que j'ai mal partout et que je suis d'une faiblesse incroyable. Je sais aussi une chose terrible : la réaction de Jack, quand il m'a vue, signifie que je suis maintenant une loque humaine. Il m'a fait venir à son bureau. Je savais bien que cela finirait de la sorte...

Je suis assise en face de lui et il évite de me regarder. Il répète plusieurs fois mon nom, dans un souffle :

— Lucie... Lucie... Lucie...

Puis il se passe quelque chose de merveilleux. Il se met à pleurer. Impossible de le laisser seul à cette magnifique occupation. Je pleure moi aussi.

Mais si belle soit-elle, une belle scène n'est qu'une belle scène, et il faut en venir à la réalité qui, elle, a tous les aspects du drame. Ce n'est plus de la beauté, c'est de la grandeur. JE SUIS CONGÉDIÉE.

— Lucie, je ne peux pas faire autrement...

— Je sais, Jack, que tu m'aimes encore...

Comment me révolter ? Je n'en ai pas la force. D'ailleurs, est-ce que les choses ne se passent pas le plus normalement du monde ? Le plus « régulièrement » du monde ?

Je rentre chez moi avec mon dernier chèque, en passant par la Régie des Alcools. Gin, culpabilité, brouillard, sommeil, mal de tête, vomissements, mal d'estomac. MAL !

Ce matin, je me lève avec un énorme mal de tête et deux obsessions : essuyer le sang que j'ai vomi au cours de la nuit et aller chercher ma fille à l'hôpital. Plus je la laisse entre les mains étrangères des infirmières, plus j'ai la conviction que je veux sa mort, plus je me sens coupable. Comment se fait-il que je voie les choses avec tant de clarté, maintenant ? Il faut aller chercher Nathalie, la garder avec moi pour toujours, mais avant de partir essuyer le sang. Cela s'impose... Est-ce que mon subconscient verrait que j'approche de la limite ? Je suis d'une faiblesse...

Le sang... J'ai toujours aimé le sang. Au fond de moi, je l'appelle. En voilà sur le parquet, sur les carreaux de la salle de bains. Mon sang à moi, comme si je m'étais immolée, et je me crie vengeance ! Sang, source de vie et de remords... A quatre pattes, je frotte, mais je n'y arrive pas. C'est trop sec. Il faut humidifier, et alors l'odeur revient, me donne la nausée. Je vomis de nouveau. Faible... Je tremble et finalement m'allonge sur le plancher, doublement coupable. Ces vomissures ne me tombent pas seulement sur le cœur mais aussi sur la conscience : je me détruis en buvant, en vivant mal. Je me suicide d'une façon dégueulasse.

Allons, debout ! Il faut aller chercher Nathalie. Il n'y a qu'elle pour me sauver. Avec elle dans les bras, ma vie aura un sens. J'abandonne l'opération nettoyage et je monte dans l'autobus, vêtue seulement d'une vieille robe déchirée, couverte de taches. Au bout de cinq minutes, incapable de supporter plus longtemps la station debout, je descends pour prendre un taxi. C'est par ce moyen de transport luxueux que j'arrive à l'hôpital, devant les piquets de grève. Donc le Front commun a mis sa menace à exécution... Je ne savais pas.

— On passe pas.

— J'suis malade.

— On passe pas.

— J'suis malade.

— T'es pas plus malade que nous autres.

En guise de fusils, cette armée de « révolutionnaires » brandit des pancartes sur lesquelles on lit des slogans qui me font rire : « A BAS LE GOUVERNEMENT », « BOURRASSA AU POTEAU », « LES RICHES S'ENRICHISSENT LES PAUVRES S'APPAUVRISSENT », « ON EXPLOITE LE TRAVAILLEUR », etc. Combien sont-ils ? Cent ? Deux cents ? Deux mille ? Je ne sais plus. Ils sont nombreux, ils veulent des sous et ils sont laids.

— Etes-vous malades ?

— Tout le monde est malade.

— C'est le gouvernement qui est malade.

— On passe pas.

D'un pas aussi résolu que possible dans mon état de faiblesse, j'avance. Deux piquets se croisent, me barrent le chemin, me repoussent. Me voilà par terre et on rit.

Tout devient grotesque, absurde.

Pourquoi ai-je dit que j'étais malade, au lieu de leur parler de Nathalie. Ils m'auraient peut-être laissé passer. Maintenant il est trop tard ; ils ne me croiront pas.

— Vous avez pas le droit de fermer les hôpitaux.

— Les services essentiels sont assurés !

— C'est vous qui le dites !

Je me relève péniblement, convaincue qu'il faut lutter, que je vais finir par passer parce qu'ils n'ont pas le droit de me séparer de mon enfant.

— Tout ce que vous savez dire c'est : on passe pas... Qu'est-ce que vous faites là, au juste, hein ?

— On fait la grève, au cas où tu le saurais pas ! C'est la seule arme qu'on a pour obtenir justice.

— Justice ! Qu'est-ce que ça veut dire, justice, dans vos belles p'tites gueules ?

— La justice c'est la justice. Le gouvernement nous exploite.

— Si vous voulez la guerre, faites-la donc une fois pour toutes ! Prenez vos fusils puis allez tirer sur les députés qui s'amusent en chambre. Montez en avion puis lancez des bombes sur le Parlement, sur les ponts, partout. Vous voulez la merde, mettez-la donc partout, à la grandeur du pays, une vraie merde ! Mais non, vous êtes trop peureux, trop chieux ! Tout ce que vous êtes capables de faire, c'est priver vos semblables de soins. Si vous êtes tellement convaincus d'avoir raison, vous avez le droit à la guerre civile...

— On passe pas !

— Hei, la police pourrait ben la ramasser c'te folle-là.

— On passe pas.

Cette phrase est aussi déprimante que l'autre : « Au revoir, à lundi... » Tout à coup, je me rends compte que je suis au cœur d'un tourbillon, d'une tornade de turpitudes, que je suis aussi bête que ces imbéciles qui me barrent la route parce que la société est malade et qu'il n'y a pas de remède à son mal. Il faut sortir de ce remous qui sent la fange et pour en sortir, rassembler mes forces, courir contre ce mur qu'ils dressent devant moi.

Je cours.

Puis c'est le choc violent.

Je tombe... Je tombe... La mort n'est pas un phénomène biologique mais un phénomène religieux... La mort survient au moment où une main invisible et toute puissante rompt les liens qui unissaient notre présent à notre passé, notre présent à notre futur... Ce qui me semble tragique, c'est que je n'ai jamais pensé à cet aspect de la mort, occupée que j'étais à courir après la vie.

Et je tombe...

FIN

*(Montréal, le 5 septembre 1973,
10 heures.)*

DU MÊME AUTEUR

IMPRIMÉ AU QUÉBEC